d

Andrzej Szczypiorski

Der Teufel im Graben

Roman

Aus dem Polnischen von Anneliese Danka Spranger

Diogenes

Titel der 1974 bei Czytelnik, Warschau,
erschienenen Originalausgabe:
›I ominęli Emaus‹.
Die deutsche Erstausgabe erschien 1976
unter dem Titel ›Und sie gingen an Emmaus vorbei‹
im Spranger Verlag Much
Umschlagillustration:
Ernst Ludwig Kirchner,
›Der Rote Turm in Halle‹,
1915 (Ausschnitt)

300/93/44/1
ISBN 3 257 01959 9

Es schneite immer noch. Durch das Fenster sah ich verfallene Mauern. An den Zäunen bildeten sich schon Schneewehen, auf dem Gehsteig lag brauner Matsch.

Als ich herunterkam, saß er am Ofen. Sein Gesicht war rot und verquollen mit Tränensäcken unter den Augen. Er erinnerte mich an einen alten Hund, der lange Jahre in unserer Familie gelebt hatte, bis er an Herzschwäche starb. Der Hund hörte auf den Namen ›Bürste‹, weil sein Fell auf dem Rücken hart und steil nach oben stand.

»Ach, Sie sind es«, sagte Bürste vom Ofen her. »Sie sind ein früher Vogel.«

»Es ist schon acht«, gab ich zurück.

»Hm, so was«, sagte er. »Ich sitze hier schon lange, eigentlich schon immer.« Er lachte auf. Seine Lippen waren groß und blaß, es fiel mir schwer, sie anzusehen. Aber er wirkte sympathisch.

Irgend jemand, der ihm ähnlich sah, ging mit mir durch den Wald. Bis zu den Knien versanken wir in Schneewehen. Dicke Flocken fielen vom Himmel, wie weiße, undurchdringliche Wolken nahmen sie uns die Sicht. Wir durchstießen die feuchte, bewegliche Mauer. Er ging voraus, in Schafspelz und Fellmütze, und hinterließ in den Wehen tiefe Trichter. Es fiel mir schwer, Schritt zu halten, denn ich war klein und zierlich. Angst überkam mich bei dem Gedanken, ich könnte mich im Wald verlaufen. Derjenige, der damals vor mir ging, blieb später in einem anderen Wald, und wieder habe ich seinen Rücken gesehen, so wie bei unserem Marsch durch den Schneesturm. Aber da war er schon ohne Schafspelz, er hatte nur eine Hose an, und seine nackten, geschwollenen Füße baumelten über der Erde wie zwei erlegte Vögel. Damals war er ausgestreckt, den Kopf hatte er, wie verwundert, leicht nach links geneigt. Und niemals sah ein Mensch in meinen Augen so elend aus und so unwirklich wie jener damals. Die Leichen von denen, die am Strang gestorben sind, wirken billig, ganz unabhängig davon, warum sie den Tod fanden. Vielleicht ist das der Grund, weshalb man sie häufig im Film zeigt. Es genügt ja schließlich, irgendeine Puppe aufzuhängen, und schon ist das Bild getroffen. Im Grunde genommen empfinden das die Menschen schon immer. Ein Gehenkter ist kein toter Mensch mehr, er wird zum Ding. Sicherlich kam man deshalb zu der Überzeugung, daß dies die schändlichste Todesart sei.

Der Mann saß am Ofen und sprach zu mir, ich aber dachte an jemanden, der ihm ähnelte und sich in ein Ding verwandelt hatte, in eine billige Puppe.

»Haben Sie gefrühstückt? Stellen Sie sich vor, man hat mir hier gebratene Leber angeboten. Für gewöhnlich esse ich Haferflocken, aber in diesem Nest hat man wohl davon noch nie etwas gehört. Setzen Sie sich doch! Mögen Sie Öfen? Sie verjüngen. In früheren Jahren sah man überall Öfen, heute nur noch im Museum. Heizkörper ersparen zwar viel Mühe, aber die Luft wird trocken und ungesund. Ich habe gelesen, daß in Amerika mehr Menschen bei Autounfällen umgekommen sind als im letzten Krieg. Das alles sind die Streiche der Zivilisation ...«

Er redete ein bißchen zuviel. Ich verspürte keine Lust, mir seine Bemerkungen über den Fluch des Fortschrittes anzuhören. Schließlich schneite es ja immer noch.

»Ich werde doch frühstücken«, sagte ich.

»Setzen Sie sich. Sie wird gleich kommen ...«

Da kam sie auch schon, Pullover, dunkelblauer Rock, der am Bauch abstand, Filzpantoffeln. Sie sah mich fragend an. Ihre Augen waren hell, wie von der Sonne ausgebleicht oder von Tränen ausgewaschen.

»Kann man Eier bekommen?« fragte ich fast demütig.

»Natürlich. Rühreier, ja? Kaffee oder Tee?«

»Kaffee, bitte.«

Sie entfernte sich sofort. Bürste seufzte.

»Sehen Sie«, sagte ich. »Rühreier. Es ist noch nicht so schlecht.«

»Ich kann nicht leben«, sagte er mit Bedauern. »Konnte ich noch nie. Ich bin einfach zu fügsam.«

Er stand auf und ging ans Fenster, dabei verdeckte er es mit seiner Gestalt. Er hatte breite Schultern, am Hinterkopf wurde sein Haar schon dünn, genau wie vor Jahren bei jemand anderem, der ihm sehr ähnlich sah.

»Ich werde Ihnen etwas sagen«, meinte er und sah zum Fenster hinaus. »Ich bin ein alleinstehender Kerl.«

»Dachte ich mir«, gab ich zurück.

»Warum? Woran erkennen Sie Alleinstehende?«

»Das ist schwer zu beschreiben«, sagte ich. »Sie sind auf eine besondere Art schwerfällig. Selbst dann, wenn sie schlank sind, machen sie den Eindruck von Menschen, die sich jeden Augenblick anlehnen müssen, an die Wand, an den Tisch. Am häufigsten an eine Bar.«

Bürste lachte.

»Ich auch an eine Bar?« fragte er.

»Ich glaub schon.«

»Ohne Übertreibung. Früher schon. Jetzt viel seltener.«

Von hinten sah er doch ziemlich kläglich aus. Schultern

können hilfloser sein als Gesichter. Selbst nach dem Tode ändern sie sich nicht. Um den Schnaps tat es ihm wohl etwas leid, denn seine Stimme wurde traurig.

Er kehrte zum Ofen zurück, setzte sich aber nicht, sondern lehnte sich an die Kacheln und verschränkte die Arme über der Brust.

»Sie sind hier natürlich auf der Durchreise?« fragte er und wartete meine Antwort gar nicht ab. »Selbstverständlich! Kann man denn hier überhaupt leben? Haben Sie das Städtchen gesehen? Wenn Sie es interessiert – wir sind im Zentrum. Hotel, Apotheke, Kneipe. Um die Ecke das Krankenhaus und der Sitz der Kreisverwaltung. Dahinter der Fluß.« Er brach ab und fügte nach einer Weile mit Widerwillen hinzu: »Stinkt ...«

Ich schnupperte.

»Der Fluß«, sagte Bürste. »Er wird vergiftet wie überall. Industrieabwässer. Wieder die Zivilisation.«

»Und Sie sehnen sich nach der Natur, ja? Pferdeschlitten, Reiten, tiefe Wälder ...«

»Alles, nur keine Wälder«, sagte er. »Davon habe ich genug fürs ganze Leben.«

»Aus der Kriegszeit?«

Er nickte. Ein junger Mann trat ein in einer Leinenjacke, die nicht mehr frisch war, mein Frühstück auf dem Tablett. Seine Haare waren mit Brillantine verklebt, Koteletten, ein Pickel unter der Nase. Gestern hatte ich ihn im Flur gesehen neben der Rezeption, als er ein dürres Mädel abgrapschte. Wahrscheinlich hat sie ihn doch nicht erhört.

Er stellte den Teller mit dem Rührei vor mich, dazu etwas Brot, ein Glas Kaffee, auf dessen Grund schmutzig brauner Satz hing.

»Noch etwas?« fragte er.

»Nein, danke.«

Er ging, blieb dann zögernd an der Schwelle stehen und kam zu mir zurück mit trägen, etwas tänzelnden Schritten, die ich nicht ausstehen kann.

»Chef«, sagte er. »Sie haben gestern über mich gelacht, nicht wahr?«

»Ich habe nicht gelacht. Es gab nichts zu lachen.«

»Worum geht es?« fragte Bürste. Er schien erschrocken darüber, daß ich auch noch außer der Bekanntschaft mit ihm ein Leben führte.

»Kleinigkeit«, antwortete ich.

Der Junge neigte den Kopf und sagte: »Sie haben gelacht.«

»Verschwinde, Kamerad!«

Er lächelte säuerlich und ging, aber die tänzelnde Leichtigkeit war nicht mehr da. Bürste setzte sich an den Tisch.

»Gestern habe ich gesehen«, sagte ich und aß weiter, »wie er in einer dunklen Ecke ein Mädchen begrapschte. Er meint, ich habe über ihn gelacht. Das stimmt aber nicht.«

Bürste nickte. Er war mißmutig geworden.

»Sie sind verdammt empfindlich«, sagte er. »Sie nehmen sich Dinge zu Herzen, die man lieber vergessen sollte. Und das treibt dann ganz seltsame Blüten.«

»Wovon sprechen Sie eigentlich?« unterbrach ich ihn.

»Von dem kleinen Schmutzfinken. Sie haben es nicht bemerkt, ich aber sehr wohl. Ich meine seinen Blick. Nur Haß!«

»Ich habe nicht über ihn gelacht. So was hat mich noch nie amüsiert. Ein dürres Mädel mit einem schmutzigen Bengel. Sie knutschten in einer Ecke. Wenn schon, hätte ich eher heulen können.«

»Für ihn war das nicht traurig. Er wird etwa siebzehn sein

und kann gar nicht wissen, daß uns in solchen Situationen eher zum Heulen ist.«

»Wer hat Ihnen gesagt, daß ich weine, wenn ich eine Frau küsse«, unterbrach ich ihn. »Und Sie? Weinen Sie tatsächlich?«

Er stand plötzlich auf und ging zurück zum Ofen. Er sah mich nicht an, sondern schaute aus dem Fenster, wo schon eine Menge Schnee lag.

»Den Winter mag ich nicht. Das hängt mit Erinnerungen zusammen. Ich hatte eine böse Kindheit. Die anderen Kinder bauten Schneemänner, fuhren Schlitten, und ich saß in einer stickigen Stube, denn ich hatte keine warmen Schuhe.«

Ich sah ihn aufmerksam an.

»Nun ja«, sagte er. »Sie rechnen nach. Ich werde Ihnen helfen. Es war während des Ersten Weltkrieges. 1915. Die Russen waren gegangen, die Deutschen gekommen. So wie meistens bei uns. Mein Vater war in der Zarenarmee, irgendwo in Wolhynien, wenn ich mich recht erinnere. Die Mutter blieb mit drei Kindern zurück, mittellos und auf ein solches Leben nicht vorbereitet. Ich habe alle Kriegswinter in der Stube verbracht, neben dem Herd, und Seifenlauge eingeatmet, denn Mutter verdiente den Unterhalt als Waschfrau. Seit dieser Zeit hasse ich den Winter und Seifenlauge. Und noch irgend etwas, das ist mir eben entfallen.«

»Vielleicht den Krieg?«

»Vielleicht«, sagte Bürste und lächelte, sah aber aus, als würde er immer trübseliger. Und überhaupt langweilte er mich schon etwas. Ich hatte gerade den Kaffee ausgetrunken, der herbe Satz knirschte zwischen den Zähnen. Es war zwanzig nach acht, und ich kam zu der Überzeugung, daß unsere gemeinsame Zeit erfüllt war.

»Ich gehe«, sagte ich und stand auf. »Ich hoffe, wir treffen uns noch.«

Er blickte mich finster an und war plötzlich erschrocken.

»Wo wollen Sie hin?« fragte er schnell.

»Ich habe hier ein paar Sachen zu erledigen. Dienstreise, Sie verstehen . . .«

»Natürlich. Ich bewundere immer Leute, die sich wegen einer Schraube oder einer Stange herumtreiben. Ermüdende Beschäftigung. Aber bis Mittag werden Sie ja wohl die Schräubchen von dem, der sie hat, herausgepreßt haben?«

Ich lachte.

»Müßte ich schaffen«, sagte ich. »Und wir essen zusammen zu Mittag.«

Da benahm er sich ziemlich ungewöhnlich. Er streckte die Hand aus und drückte überschwenglich die meine. Seine Hand war weich und etwas feucht, was ich nicht ausstehen kann. Aber diesmal hat es mich sogar gerührt. Er schien mir hilflos, und ich dachte, daß er bald sterben würde.

»Wir könnten zusammen essen«, sagte Bürste. »Aber nicht hier. Am Markt ist eine Kneipe, *Piastowska* heißt sie.«

»Einverstanden.«

»In der *Piastowska* um zwei.«

Ich nickte. Als ich den Raum verließ, stand er wieder am Ofen.

Unten bellte ein Hund. Hinter den Fenstern war es leer, der Schnee schmolz zu dunklen Pfützen. Das Geräusch kam übrigens aus dem Innern des Hauses und wurde durch die dünnen Pappwände nur noch verstärkt. Hundegebell ist etwas Furchtbares. Immer klingt darin Gewalt mit. Ich öffnete die Tür, auf der Schwelle stand der schmutzige Bengel.

»Was ist das für ein Hund?« fragte ich.

Er zuckte die Schultern.

»Chef«, sagte er, »sie hat es auch gesehen, als Sie gestern gelacht haben.«

»Kamerad!« unterbrach ich ihn. »Einbildung! Und was ist mit dem Hund da unten?«

»Alles Einbildung!« sagte er. »Vergessen Sie den Hund. Sie hat's auch gesehen und ist deshalb weggegangen.«

»Sie kommt zurück, Kamerad! Mir kannst du vertrauen. In diesen Dingen habe ich Erfahrung. Ich habe nicht gelacht. Sie hat sich nicht wohl gefühlt in dem dunklen Flur, weil sie sich eure Liebe anders vorgestellt hat. Also hat sie gesagt, daß sie es nicht ertragen könne. Die Leute sehen es und lachen. So hat sie doch gesagt, nicht wahr, Kamerad?«

Der Junge nickte, stand aber weiter auf der Schwelle.

Der Hund bellte scharf.

»Ich will hinausgehen«, sagte ich ruhig. »Vielleicht ist der Hund krank, oder er hat Durst. Ist das euer Hund?«

»Sie sagen nicht die Wahrheit«, sagte der Junge. »Sie gehört nicht zu den Mädels, die sich deshalb schämen.«

Ich schob ihn weg. Er fiel nach hinten. In seinen Augen war keine Spur des Erstaunens, nur viel Haß. Ich schloß die Tür ab, steckte den Schlüssel in die Tasche und ging hinunter. Er blieb hinter mir, sagte kein Wort mehr, unten verschwand er im Flur.

Das alles war schon einmal in meinem Leben vorgekommen. Ich wußte also, daß ich in der Rezeption diese Frau treffen würde.

»Warum bellt der Hund?« fragte ich. »Ich kann es nicht leiden, wenn in meiner Gegenwart Tiere gequält werden.«

Sie nickte. Ein kalter und blasser Sonnenstrahl fiel auf ihr Gesicht, einen Augenblick lang sah sie aus wie ein junges

Mädchen. Ich wußte, daß es keinen Sinn hatte, das Gespräch über den Hund fortzusetzen, im übrigen bellte er gar nicht mehr. Es war so still, als wäre die ganze Welt schon vor langer Zeit gestorben, nur der Schnee, der die Fensterscheiben verklebte, lärmte draußen. Ich fragte sie nach dem Restaurant *Piastowska* und erklärte, daß ich mich dort zum Mittagessen verabredet hatte.

»Wenn Sie nach links gehen, dann über den Markt, dort sehen Sie schon ein großes Schild.«

»Ja, jetzt erinnere ich mich.«

Am Vormittag war ich zweimal auf dem Marktplatz und habe dort das Restaurant gesehen. Auch früher bin ich schon einmal dort vorbeigekommen. Damals hieß das Restaurant anders, es gab gar kein Schild. Irgend jemand wies mich an, da hineinzugehen, und als ich drinnen war, hatten sie mich geschlagen, bis ich die Besinnung verlor. Das habe ich nachts geträumt, gleich nachdem ich im Flur den Jungen mit dem dürren Mädchen gesehen hatte.

»Sagen Sie mir bitte, wie heißt er?« fragte ich.

»Stanislaw Ruge«, antwortete sie. »Ein sehr netter Mensch. Er hat viel erlebt...« Sie sprach natürlich von Bürste.

»Der Junge interessiert mich«, sagte ich.

»Er heißt Leszek. Bedient bei uns. Aber man muß ihm oft freigeben, denn er geht noch zur Schule. Das ist ziemlich lästig für so einen kleinen Betrieb.«

»Interessiert mich eigentlich nicht«, sagte ich, aber es war nicht die Wahrheit. Es gab eigentlich keinen Grund, die Sorgen dieser Frau einfach abzutun. Sie war weder alt noch häßlich und vernachlässigt, nur hatte ich mich ganz einfach an andere Frauen gewöhnt, die ihre Kleidung besser auswählten und mir andere Sorgen aufzwangen.

Es genügte, einen Schritt zu tun, vielleicht etwas näher ans Fenster zu treten oder an die Theke, um eine hübsche, anziehende Frau zu bemerken von selbstverständlicher Eleganz. Seltsam. Niemals habe ich diese Frau besessen, aber ich kannte sie gut, jede Einzelheit ihres Körpers wurde mir früher einmal offenbar. Plötzlich kam ich zu der Überzeugung, daß sie ein besseres Schicksal verdient hatte und ich ihr Leben in der Provinz nicht länger dulden sollte, zwischen ein paar Betrunkenen, einer gewöhnlichen Köchin und diesem schmutzigen Bengel, der ihre Sorgfalt und ihr Interesse gar nicht verdient.

Damals war ich dürr wie ein Stock. Nein, das ist nicht genau genug, eher wie ein Holzspan. Ein Stock hat etwas Hartes in sich, etwas Festes, ich aber fühlte mich innerlich ausgetrocknet. Sogar mein Körper war innerlich wie ausgewrungen, denn ich saß auf der unbequemen Lehne, den linken Arm an der Wand entlang ausgestreckt, mit den Zehenspitzen am Boden abgestützt. Es war eine akrobatische Haltung, ermüdend bis zum Äußersten, aber ich spürte nicht den geringsten Schmerz. Sie saß bequem auf dem Sofa und sprach von etwas, was mit dem Buch zu tun hatte, das sie auf dem Schoß hielt. Mein Kopf war etwas über ihr, das erregte mich nur noch stärker, denn ich fühlte mich ein bißchen wie ein Geier, der über seinem Opfer schwebt. Ich erinnere mich an ihre Lippen, rosa und schmal. Heute weiß ich, daß sie die ganze Zeit über Unruhe verspürte und sicher deshalb blaß wurde. Also ähnelte ich einem Holzspan, so trocken, daß ich nicht wagte zu sprechen, denn ein Wort hätte mein ganzes Unglück verraten. Ich starb eine Viertelstunde lang und lauschte den Geräuschen im Hause, erfüllt von Angst und Hoffnung. Entferntes Türschlagen, Schritte, die

Stimme meiner Mutter, eine Kutsche auf der Straße. Wenn doch endlich jemand hier herein käme, dann wäre ich befreit. Aber es kam niemand. Und plötzlich, schon beinahe von Sinnen, fiel ich mit meinem ganzen Gewicht auf sie herab. Meine Lippen berührten ihren Mund, glitten aber sofort auf die Wange, denn sie bewegte heftig den Kopf. Mit der schmerzenden Hand griff ich nach ihrem nackten Arm, sie schrie auf. Alles passierte so schnell, daß es vielleicht gar nicht geschehen war.

Ich sah sie vor dem Fenster, wie sie ihr dünnes Sommerkleidchen zurechtzog, dann brachte sie ihr Haar in Ordnung.

»Widerliche Rotznase!« sagte sie.

In ihrer Stimme lag zu viel Verachtung und Selbstbewußtsein, als daß ich ihren Worten hätte glauben können. Jetzt wußte ich, daß es nicht so schlimm war. Ich ging zu ihr, umarmte sie und drückte sie an mich. Sie wollte sich losreißen, aber sie war ja doch schwächer. Mein Gott – wie zerbrechlich war dieses Mädchen.

»Wissen Sie, was mir eben einfällt?« sagte ich und schaute auf den zerschlissenen, geflochtenen Läufer, der auf dem Boden lag und an der Theke einen Knick hatte. »Sie sind zu schwach für diese Arbeit.«

Sie lachte.

»Ich bin gar nicht zu schwach«, antwortete sie. »Ich sehe vielleicht nicht gerade sehr kräftig aus, aber ich komme zurecht. Das ist kein großes Haus. Jetzt im Winter ist nicht viel los. Im Sommer wird es schlimmer. Feriengäste kommen, alle Zimmer sind belegt, und wie viele Leute zu den Mahlzeiten hier sind, das können Sie sich nicht einmal vorstellen. Für diese Zeit stellen wir zwei Köchinnen und einen Kellner ein.« Sie sprach noch etwas, es dauerte sogar länger, als ich angenommen hatte. Überhaupt wollte sie anscheinend gerne ein bißchen von sich erzählen. Menschen in der Provinz suchen nach Gelegenheiten, um für eine Weile etwas anders zu leben. Wenn sie von sich selbst sprechen, gewinnt ihr Leben eine neue Bedeutung.

Zwei Wochen später, an einem heißen Sommerabend, entkleidete sie sich in meiner Gegenwart ohne die geringste Scham. Ich saß am Bettrand, nur mit einer Hose bekleidet. Schweißtropfen liefen mir den Rücken hinab. An der Decke brannte eine Glühbirne. Im Zimmer war es schwül, schwarze Papierrollos verdeckten die Fenster, Verdunkeln war Pflicht. Im Hof bellte ein Hund. Es war ein Haus in einem Vorort, gebaut zwischen Obstbäumen und Schrebergärten, also mußten sie einen Hund halten zum Schutz vor Dieben. Nicht weit davon entfernt lag die Bahnlinie. Die ganze Nacht hindurch ratterten Züge. Deutsche Transporte rollten in den Osten. Sie zog sich langsam aus, aber es war ihr nicht bewußt, daß es mich schmerzte und erregte. Sie überwand sich ganz einfach selbst, zog das Kleid aus, dann den Unterrock. Sie war sehr schlank, nicht groß, hatte aber eine üppige Brust.

Ich kann mich noch daran erinnern, daß sie nicht hübsch war. Das magere Gesicht gab ihr einen strengen, asketischen Ausdruck, der gar nicht zu ihrem sonst schalkhaften Blick paßte. Als sie nackt vor mir stand, löschte ich das Licht. Aber die Rollos waren nicht dicht. Mondnacht. In der Dunkelheit sah ich die Umrisse ihres Körpers. Ich war verlegen wegen der Hose, ich wollte feinfühlig, diskret und anmutig wirken, und das machte mich befangen. Sie war die ganze Zeit passiv, als wäre sie gestorben in dem Augenblick, da sie sich entblößte. Wir hatten wohl beide das Gefühl, ein Verbrechen und eine Lächerlichkeit zu begehen. Schließlich wurde es eine traurige und dumme Nacht. Sie ließ sich nicht anmerken, daß sie Schmerz empfand, und ich wußte doch, daß es ihr wehtat. Zartfühlend dehnte ich die Sache aus, bis ich schließlich zum Mann wurde, so plötzlich, als hätte ich einfach aufgeatmet.

Einen Monat später war sie nicht mehr am Leben. Die Deutschen hatten sie bei einer zufälligen Schießerei in einem Dorf getötet. Sie war dort hingefahren, um ihre älteren Geschwister zu besuchen. Und in dem Dorf wurde sie auch begraben, deshalb war ich nicht bei der Beerdigung gewesen.

Später sah ich sie gelegentlich in der morastigen Grenzlandschaft zwischen Tag und Traum, aber niemals in jenem Zimmer, in dem sie sich mir hingegeben hatte, sondern in einer völlig unrealistischen Umgebung, zum Beispiel am Strand oder an einer Bar, wo sie Alkohol trank. Als sie sie töteten, war sie knapp sechzehn Jahre alt und war wohl noch nie am Strand gewesen, hatte auch noch niemals Alkohol getrunken, überhaupt ist sie nur geboren worden, um gleich wieder zu sterben – und vielleicht sollte ich es bedauern, daß ich sie damals enttäuscht habe in diesem Haus in der Vorstadt, wo fast die ganze Nacht der Hund gebellt hatte und die Munitionszüge vorbeigerattert waren. Irgendwann einmal, fast schon im Traum, sagte sie zu mir, sie habe damals Enttäuschung verspürt, sogar Verzweiflung. Doch am nächsten Morgen wußte ich, daß es meine eigene Stimme war. Im Grunde genommen war ja nicht sie, sondern ich übriggeblieben mit der Erinnerung an jene Nacht und die unerfüllte Liebe.

»Nun ja«, sagte ich zu der Frau in der Rezeption, »trotz

allem muß man irgendwann einmal ausspannen, nicht wahr? Sollten Sie nicht in einer großen Stadt ausspannen? Veränderte Umgebung, Verkehr, Lärm, Theater?«

»Ich habe keine Ahnung«, antwortete sie. »Ich habe noch nie darüber nachgedacht.« Mir schien, daß sie aufgeschreckt war. Eine große Stadt. Sie bekommt wohl Kopfschmerzen in einer großen Stadt.

»Wann haben Sie das erste Mal daran gedacht? Ich kann mich nämlich noch ausgezeichnet daran erinnern. Ich hatte mich aus dem Fenster eines Zuges hinausgelehnt. Ein Bahnsteig, ich sehe ihn noch heute vor mir. Ein Mann schiebt einen Wagen, beladen mit Postsäcken. Lärm. Und plötzlich erscheint ein großgewachsener Herr mit einer roten Mütze auf dem Kopf und einem roten Fähnchen in der Hand. Er hebt das Fähnchen, der Zug fährt langsam an. Eben da kam mir dieser Gedanke. Ich schrie auf und wich zurück in das Innere unseres Abteils, geradewegs in die Arme meines Vaters.«

Er schloß die Augen, um es noch einmal besser zu sehen, sein Gesicht war jetzt noch mehr gerötet als heute morgen, aufgedunsen, auf der Stirn Schweißtröpfchen, denn in der Kneipe war die Luft stickig, über dem Tischchen zogen graue Rauchstreifen, überall roch es nach Bier und Hering.

»Mein Vater war ein großgewachsener, schöner Mann. Er hatte ein Gesicht, wie man es heute nicht mehr findet. Rechtschaffenheit, Ehrlichkeit und ungezwungener Ernst. Ein Kerl, der keine Krücke braucht, könnte man sagen. Er stand immer auf den eigenen Beinen. Damals hob er mich bis zur Decke des Abteils, wo das milchige Licht der elektrischen Lampe schimmerte. Denken Sie nur! Es sind so viele

Jahre vergangen, und ich bedaure es noch immer, daß ich damals Vater nicht nach dem Namen dieser Bahnstation gefragt habe. Im übrigen weiß ich, warum ... Ganz einfach, als die Angst vorbei war, habe ich die Geschichte vergessen. Und danach war es schon zu spät. Vater zog in den Krieg. Bis ich so weit erwachsen war, daß ich in jenes Zugabteil hätte zurückkehren können, war ziemlich viel Zeit vergangen. Die Wahrheit konnte ich nie mehr ergründen. Ich weiß nicht, was es für eine Station war. Ich weiß nicht, woher mein Vater kam und wohin er fuhr.«

»Na, wunderbar!« sagte ich, über meine eigene Aggressivität erstaunt.

»Aber was haben Sie denn damals gesehen ...«

»Ich erzähle doch«, antwortete Stanislaw Ruge. »Der Bahnhofsvorsteher in einer roten Mütze mit einem Fähnchen. Eigentlich ist das gar nicht so wichtig. Nur, warum habe ich gerade damals zum ersten Mal seine Anwesenheit gespürt? Und ob das etwas bedeutet?«

»Nichts bedeutet es«, sagte ich hart. »Das sind Hirngespinste.« Bürste berührte meine Hand. Ein Gläschen wurde angestoßen und klirrte.

»Und Sie?« fragte er. »Erinnern Sie sich wirklich nicht mehr an den ersten Augenblick?«

»Nein, ich erinnere mich nicht«, antwortete ich.

Natürlich habe ich gelogen, aber ich war wütend, daß mich dieser Mensch zu solchen Erinnerungen zwang. Ich war noch nicht an jenem Punkt, an dem er bereits angelangt war. Oder vielleicht hatte ich ihn schon vor langer Zeit überholt? Ja, ich war ihm wohl um einiges voraus. Davor kann man sich nicht ein Leben lang fürchten. Es kommt ein Augenblick der Versöhnung. Es ist ein langer Augenblick, er dehnt sich unbeschreiblich, dauert Monate und Jahre.

Es hat den Anschein, als geschehe nichts, alles dauert an, banale Landschaften breiten sich vor unseren Füßen aus. Und doch sondert sich darin etwas ab, es bildet sich etwas heraus, zunächst ist es ein schwaches Pflänzchen – und es wächst in das Herz hinein, in den Kopf, dort entwickelt es sich, reift, manchmal auf unbeschreiblich schmerzhafte Weise, so schmerzhaft, daß der Mensch von allem genug hat, daß er diesen Vorgang beschleunigen möchte, von dem er weiß, daß er unvermeidlich ist. Und schließlich geht alles vorüber.

Dieses Einverständnis mit dem Unerläßlichen führt zu der wunderbaren Aussöhnung mit der ganzen Welt. Ich bin nicht mehr mit den Landschaften, sondern versinke darin und verschmelze mit ihnen, ich werde zu einem Baum, verwandle mich in einen Grashalm, in das Wasser im Fluß und werde auch ein bißchen Gott. Aber das alles hat seinen Anfang, irgendwo und irgendwann. Es bricht über den Menschen herein wie ein Windstoß, ist wie ein Faustschlag. Manchmal geschieht es noch außerhalb des Bewußtseins, vielleicht sogar im Mutterschoß – und dann ist der Mensch wohl am glücklichsten, denn er war schon gereift, bevor es ihn eigentlich gab, also hatte er jene Einheit früher erhalten, noch bevor ihm ein eigenes Schicksal zuteil wurde. Das kann man wohl für das große Glück der Dummköpfe halten, denen jegliche Phantasie fehlt. Aber die anderen müssen schon ein Weilchen leiden.

Als der liebe Wagenbach, genannt ›unser lieber Benno‹, mir befahl, auf allen vieren zu laufen und zu bellen, hatte ich keine Konflikte. Bei zweihundert Kalorien täglich kriechen alle Konflikte in den Bauch. Benno Wagenbach mochte mich nicht leiden, denn eines Tages, als er einen Holländer mit dem Holzschemel schlug, hatte ich ihm gesagt, er solle dies nicht tun. Alle erstarrten, denn ich allein bildete mir ein, Benno Wagenbach könnte lassen, wozu er doch Lust hatte. Ja, also das bildete ich mir ein, und aus diesem Anlaß machte ›unser lieber Benno‹ aus mir einen Hund. Er befahl mir, auf allen Vieren zu laufen, zu bellen und das Bein zu heben. Ich tat dies ohne Protest, doch als er mich anwies zu pinkeln und ich nicht pinkeln konnte, weil ich in Wirklichkeit gar kein Hund war und meine Blase anders beschaffen war, ich würde sagen – mit weniger Finessen, mit einer kleineren Spanne der Willkür und einer gewissen Einschränkung des Gehorsams vor dem Willen, selbst dann, wenn es ein so mächtiger Wille war wie der des Benno Wagenbach und des Tausendjährigen Reiches, als ich also auf seine ausdrückliche Weisung hin zu pinkeln nicht in der Lage war, schlug er mich außerordentlich grausam. Doch dies hatte mich gerettet, weil ›unser lieber Benno‹ die Lust an weiteren Experimenten verlor. Sicherlich erlebte er die erschütternde Offenbarung, daß nämlich eine Grenze besteht, jenseits derer, sein, Wagenbachs, Wille die Welt nicht mehr gestaltet. Er konnte mich zwar erschlagen, aber er konnte nicht bewirken, daß ich auf seine Weisung hin pinkeln konnte. Seit jenem Tag wurde Wagenbach trübsinnig und sanfter; als schließlich das Reich unterging, hatte er keine Hoffnung mehr und ließ sich von den Russen festnehmen.

Ich aber hatte damals nicht einen Augenblick lang den Eindruck, daß ich sterben würde. Überhaupt nahm ich weder Wagenbachs Gewalt noch meine eigene Zerbrechlichkeit zur Kenntnis. Als er den jungen Burschen aus Holland mit dem Holzschemel schlug, habe ich es als notwendig erachtet, eine Erklärung abzugeben, die unter jenen Umständen eher unpassend klang. Immerhin hatten sie mich gegen Abend abgeholt, ich las damals Thomas Mann – das war mein Verderben. Jede Lektüre hat ihre richtige Zeit – man soll nicht dem Kammerton der Freiheit lauschen, wenn um uns herum Bomben explodieren und der Lärm der Exekutionen verhallt. Also, Wagenbach schien mir auf eigentümliche Art den Mann'schen Gestalten verwandt, sogar hanseatisch, seine Gesichtszüge bezeugten eine uralte Kultur, er hatte zarte Hände, einen Blick voller Neugierde, und in der Tiefe seiner Seele konnte er wohl all diese seine Kumpane nicht ausstehen, die dem Nationalsozialismus zugelaufen sind aus den dunklen Ecken der Erniedrigung, des Elends, der Primitivität. Bis heute bin ich überzeugt, daß ›unser lieber Benno‹ zufällig zu Hitlers Scharen gestoßen war, fasziniert – wie viele andere auch – von der Brutalität, der Kraft und dem Gestank verschwitzter Füße in braunen Fußlappen.

Ebenso wie die überwältigende Mehrheit aller Menschen war Wagenbach ziemlich schwach, und deshalb imponierte ihm die Gewalt. Aber er hatte Abstand bewahrt, denn er hielt die Gewalt für etwas Beschämendes und wußte, daß sie ihre Grenzen hat, jenseits derer sie sich als ebenso hilflos, schwach und zerbrechlich erweist wie er selbst. Als er also diesen holländischen Jungen schlug, habe ich ihm erklärt, übrigens äußerst behutsam, er möge es doch lassen, denn es sei gemein oder irgend etwas Ähnliches. Ich habe dafür keine Beweise, aber ich bin zutiefst überzeugt, daß Wagenbach damals dem Tode nahe war. Wenn er jene hanseatische Vergangenheit der Mann'schen Helden hatte, so meine ich, ist sie ihm damals an den Hals gesprungen wie ein tollwütiger Hund. Einen Augenblick lang schwieg er, dann fragte er, ob ich anstelle jenes Holländers geschlagen werden wolle. Ich antwortete, ich wolle gar nicht geschlagen werden, und diese Auffassung erläuterte ich, indem ich hinzufügte, es gäbe überhaupt keinen Grund, aus dem irgend jemand geschlagen werden sollte. Die sieben Leute, die damals zuhörten, hatten mir bereits alle Sünden verziehen, von mir Abschied genommen, meinen Körper abgewaschen, in den Sarg gelegt, in die Erde versenkt, sie hatten sich meiner erinnert in den Erzählungen aus der Kriegszeit, hatten ihren Enkeln berichtet, wie ich wahnsinnig geworden sei und Wagenbach Vorhaltungen gemacht habe, wie sie mir meine Sünden verziehen und von mir Abschied genommen hatten, meinen Körper abgewaschen und in den Sarg gelegt – und während sie dies in tiefer Andacht taten, erdachte Wagenbach voller Ungeduld hundert Todesarten für mich, verwarf sie nacheinander, bis ihm schließlich die alberne Idee übrigblieb, mich in einen Hund zu verwandeln. Und darin war auch etwas Besonderes, nur ›unser lieber Benno‹ konnte auf solch einen Gedanken kommen, kein anderer SS-Mann, nur er, denn darin lag etwas Märchenhaftes, etwas von den literarischen Traditionen, vielleicht von den Brüdern Grimm und vielleicht sogar von Lessing oder Herder, jedenfalls eine originelle Idee, immerhin eine Metamorphose, eine ausgefallene Feinheit und nicht eine Primitivität in der Art des Schädeleinschlagens mit dem Pistolengriff. Wagenbach hat uns damals sein Gesicht gezeigt, aber vielleicht habe nur ich es bemerkt. Wenn irgend etwas in Hitlers Ideologie ›unseren lieben Benno‹ anzog, dann war es wohl eben diese Irrationalität. Wagenbach konnte zwar keinen Frosch in eine Prinzessin, wohl aber mich in einen Hund verwandeln.

Mit diesem simplen Verhältnis unserer Abhängigkeit gab er sich übrigens nicht zufrieden, sondern machte mich zum Hund in einer – wenn man so sagen darf – totalen Weise. In jener Ära, als ich sein Hund war, war ich ein Hund für alle um uns herum. In diesem Maße konnte er seinen Willen aufzwingen; und jener holländische Junge, der mittelbar der Grund meiner Metamorphose war, ebenso die übrigen Gefangenen akzeptierten bereitwillig das Wunder jener Verwandlung, das Wagenbach vollzogen hatte. Er konnte dieses Phantasiebild nicht aufrechterhalten ohne den Anteil anderer Menschen. Meine Hundeexistenz wurde dann wirklich hundemäßig, wenn auch andere, nicht nur ›unser lieber Benno‹, sie zur Realität machten. So schnalzte der holländische Junge, und ich kam zu ihm gelaufen. Zwei andere in unserer Stube zausten mit den Fingern mein lockiges Fell am Kopf, kraulten mich zwischen den Schultern und hinterm Ohr. Dabei knurrte ich zufrieden. Selbst wenn sich Wagenbach für eine Viertelstunde entfernte, gaben mir die Menschen meinen menschlichen Stand nicht zurück. Aber auch ich blieb auf allen vieren und versuchte sogar, die Wände zu begießen, wozu mich die Umwelt bewegte. »Van Nigge, bring Wasser, rasch! Mag er sich vollsaufen, dann fällt es ihm nicht schwer. Beweg dich, Van Nigge, er muß doch jetzt ziemlich viel trinken ...«

Sie sprachen überhaupt nicht zu mir, sondern unterhielten sich miteinander, und Van Nigge, der rasch nach Wasser lief, tätschelte im Vorbeigehen zärtlich meinen Hundekopf. Als ich Wasser trank, rief jemand: »Seht mal, er ist ganz außer Puste!« Wagenbach kam zurück und wies sie scharf zurecht. – »Mein Hund trinkt nur zweimal täglich Wasser. Morgens und abends. Er ist ein Rassehund, den ich gegen solche, wie ihr seid, dressiere. Und jeden, der sich ihm nähert, werde ich in die Schnauze hauen. Das ist aber gar nicht nötig, denn mein Hund springt jedem an die Gurgel ...«

Ich konnte nicht pinkeln, und damit war das Märchen zu Ende. Aber ich war die ganze Zeit davon überzeugt, daß ich diesen Hund überdauern würde. Und Wagenbach auch. Ich habe den Tod nicht gefürchtet, ich dachte nicht daran. Ein Hund spürt genau, wann er sterben muß.

Der Gedanke kam mir unter ganz anderen Umständen. Wir waren in den Bergen. Kein anstrengender Spaziergang. Eigentlich hatten wir das Ziel schon erreicht, denn vor uns lag in der Sonne die Berghütte. Da dachte ich plötzlich voller Verzweiflung, daß sie allein bleiben muß, wenn ich sterbe.

Immer noch schneite es heftig. In der Kneipe war es stickig, nur wenn jemand auf die Straße hinausging, zog durch die offene Tür ein feuchtkalter Luftstrom, Schneeflocken fielen über die Schwelle und bildeten eine Pfütze. Stanislaw Ruge spendierte mir Wodka und war gesprächig. Genau genommen war er für mich gar nicht Stanislaw Ruge, sondern Bürste, denn bei der dritten Runde hatte ich ihm erklärt, er sei einem gewissen bereits verstorbenen Hund ähnlich. Das hatte ihn gerührt, und er gab sein Einverständnis, daß ich ihn Bürste nennen werde. Übrigens habe ich davor auch nicht anders an ihn gedacht und nicht einen Augenblick lang geglaubt, daß er Stanislaw sei und obendrein noch mit dem albernen Nachnamen Ruge, der überhaupt nicht polnisch klingt. Eigentlich war mir das auch gleichgültig, denn man hatte mir die Verehrung für den Internationalismus anerzogen und die Achtung vor der arbeitenden Bevölkerung, unabhängig von ihrer Rasse, ihrer Nationalität oder ihrem Glauben. Aber meine launenhafte Natur, die keinen Widerstand duldete, hieß mich jenen Stanislaw Ruge aus meinem Bewußtsein zu drängen, ihn möglicherweise als Objekt der Geschichte, aber niemals als eine mir gut bekannte Person zu betrachten. Wodka trank ich also mit Bürste und war zufrieden, daß Bürste dies akzeptierte, und zwar so weitgehend, daß ich ihn zum Säubern der Läufer in der Kneipe hätte benutzen können.

Aber ich hatte ihn wieder satt, genauso wie heute morgen beim Frühstück. Bürste befand sich nämlich in einem etwas unwirklichen Zustand, er verbreitete um sich herum ein unangenehmes Klima der Erschöpfung, eine gewisse Müdigkeit, und dies, verstärkt durch den Alkohol, übte auf mich eine verhängnisvolle Wirkung aus.

Da kam Rostocki. Er trat aus der Rauchwolke, und zarte Schneeflocken fielen von seinem Schopf auf unsere Gesichter.

»Wir kennen uns«, sagte Rostocki zu Bürste und setzte sich an den Tisch, ohne den Mantel auszuziehen. Das war hier so üblich. Bürstes Gesicht verfinsterte sich. Heute weiß ich, daß die plötzliche Ankunft Rostockis für ihn besonders unangenehm war. Zweifellos wollte er mir etwas Wichtiges mitteilen, er wollte mit mir darüber sprechen, was ihn so quälte, aber die Anwesenheit Rostockis verschloß ihm den Mund. Damals habe ich es nicht für wichtig gehalten, um so mehr, als Rostocki meiner Meinung nach sympathisch und vertrauenerweckend wirkte. Ich fühlte mich sogar etwas wohler, als er sich neben mich setzte, feucht vom Schnee, lächelnd und auf eine unheilverkündende Art jung.

Bürste war ein bißchen langweilig, außerdem hatte er die Sechzig bereits überschritten, was uns beim Wodka früher oder später zu abgegriffenen und dummen Erinnerungen bringen mußte, vor denen ich zu fliehen pflegte, nicht deshalb, weil meine Jugend kummervoll gewesen sei, sondern nur weil mir jedes Übermaß unangenehm ist.

Also begrüßte ich Rostocki überschwenglich, denn er brachte ganz andere Erfahrungen mit, sein Wodka war immer aus der Gegenwart, er hatte es irgendwie vermocht, auf eine Sandbank zu laufen, oder besser, zur rechten Zeit das Tau festzubinden.

Doch dies war eben ein Abend der Überraschungen, denn – man würde es kaum für möglich halten – Rostocki begann sofort zu reden und wandte sich dabei an Bürste: »Sie werden es nicht glauben, aber sooft ich Sie treffe, schwimme ich in die Vergangenheit. Sie konnten natürlich niemals in Pawoszyn gewesen sein, wer von euch weiß denn überhaupt, wo dieses Pawoszyn liegt. So ein Kaff am Ende der Welt. Von dort stammt das Geschlecht der Meinen. Stellen Sie sich also bitte vor, daß ich in diesem Pawoszyn, als Kind natürlich, eben Sie während des Krieges getroffen habe.«

»Ich war nicht in Pawoszyn«, sagte Bürste und nahm einen Schluck.

»Klar, daß Sie nicht dort waren. Da war ein Polizist, der Ihnen zum Verwechseln ähnlich sah.«

»Das kommt vor«, warf ich ein.

»Ja, aber selten«, fuhr Rostocki fort. »Sie waren natürlich nicht in Pawoszyn, aber ich könnte schwören ...«

»Einen Meineid«, unterbrach ihn Bürste. »Behaupten Sie, daß ich es doch war?«

Sein Ton wurde seltsam scharf, als hätte er plötzlich Lust bekommen, Krach zu schlagen. Rostocki wurde verlegen.

»Ich höre! Warum schweigen Sie?!« fragte Bürste. Wie bei einem bösen Hund stand ihm zwischen den Lippen ein Zahn hervor.

»Ich wollte Sie nicht kränken«, brummte Rostocki. »Ist ja schließlich nicht meine Schuld, daß dieser Polizist Ihnen so sehr ähnlich sah. Und wären nicht Ihre Beteuerungen, denen ich ganz sicher glaube ...«

»Eben!« schrie Bürste. »Wir bauen die Wirklichkeit auf Vertrauen. Wir sind edel, wahrheitsliebend und können uns gegenseitig grenzenlos vertrauen. Glauben, das ist unsere Devise ...«

Ich war verblüfft über diesen spöttischen Ausbruch. Rostocki fühlte sich so gekränkt, daß er aufstehen und fortgehen wollte, aber Bürste schnappte ihn am Ärmel.

»Laufen Sie nicht weg«, sagte er, »ich bin noch nicht fertig! So wahr mir Gott helfe, nichts kann ich so wenig ausstehen wie diese eure heutige Gedankenlosigkeit. Sie trauen mir, wie nett! Hier braucht man aber nicht zu vertrauen, es genügt, einen Augenblick nachzudenken. Fühlen Sie sich nicht gekränkt, aber ich könnte einen Sohn in Ihrem Alter haben. Wie ist es also mit dem Polizisten? Sie haben vor dreißig Jahren einen Burschen gesehen! Sie tragen das Bild dieses Menschen in sich und messen es an einer Welt, die sehr gealtert ist und sich völlig verändert hat. Aber Sie nehmen dies nicht zur Kenntnis. Ihr Polizist aus Pawoszyn ist heute hundert Jahre alt, und als er mir so verblüffend ähnlich sah, war ich ein junger, gutaussehender und sehr glücklicher Blondschopf. Wann werdet Ihr endlich diese Weiche umstellen? Der Zug, auf den Ihr wartet, ist längst abgefahren!«

Bürste hatte natürlich recht, aber dieser Zug hämmerte ohne Unterlaß in meinem Kopf. Ich empfand das anders. Nicht die Weiche war es, sondern ein Waggon.

Manchmal habe ich das Gefühl, als führe ich in einem endlos langen Zug, in einem der ersten Wagen. Durchs

Fenster sehe ich Landschaften, von denen die Reisenden im letzten Wagen noch keine Ahnung haben. Da dieser Tag endlos lang ist und die Zahl der Wagen unendlich groß, werden die anderen meine Landschaften nie mehr zu sehen bekommen.

Mein Wagen fährt an einem Bäumchen vorbei, und wenn die anderen nach einiger Zeit aus dem Fenster schauen, sehen sie kein Bäumchen, sondern einen dichten Wald, von dem wiederum ich nichts weiß. Und manchmal, wenn wir aussteigen, um uns auf dem Bahnsteig die Beine zu vertreten, da spricht jeder von einer anderen Reise, so als seien wir gar nicht im gleichen Zug.

Am schlimmsten war das Bewußtsein, daß sich alles geändert hatte, alles, außer mir. Mein Wagen war aus der Reihe geglitten, man hatte ihn auf ein Nebengleis gestellt. Ringsherum dürres Gras, von der Sonne verbrannt, zertreten von vielen tausend Hufen und Füßen, und mir war, als seien ungezählte Scharen über mich hinweggegangen. Sie gingen, bevor ich war, sie gingen in mir und werden noch über mein Grab hinweggehen, angefangen von den römischen Legionen, deren Sandalen, mit einem Lederriemen geschnürt, ich am stärksten spürte; über all jene wilden und sanften, stumpfen und erhabenen Angehörigen meines Geschlechtes, die in mir tausend Jahre gingen und auf ihren Schultern die unbeschreibliche Last der Sünde, der Dummheit und der Schwermut trugen; und auch die anderen, die auf ihren schweißdampfenden, muskulösen Pferdchen den Geruch der Steppe mit sich führten und über mich hinweggerast waren, irgendwo und irgendwann; und auch jene großgewachsenen, blauäugigen Lutheraner, erfüllt von religiösem Eifer, in langen Reitstiefeln, und auch die nächsten noch, die mich mit der Hand ›unseres lieben Benno‹ zum

Hund gemacht haben; und auch noch andere in zerschlissenen Tuchjacken mit breiten Backenknochen und Schlitzaugen unter dem Schirmdach der Helme, die die Musik über alles liebten und die jetzt mein Anfang sein sollten, obwohl ich unablässig die anderen spürte, ungezählte Scharen, die mich in die Erde getreten hatten wie einen Samen, damit ich aufgehen könne.

Mein Gott, sagte ich zu mir, gibt es denn davon keine Befreiung? Es muß doch eine Möglichkeit geben, diese Wurzeln abzuschneiden, die mich so schmerzlich gefangen halten und mich vor allem mit dem bitteren Gift dieser Erde nähren. Scheinbar der ureigenen, mir nahestehenden und einzigen Erde, die jedoch ständig die Sehnsucht danach verstärkt, von ihr loszukommen. Ich wußte, daß ich meine Vergangenheit nicht kenne, niemand kennt sie, denn sie ist nur das Gepäck auf dieser Reise. Alles verändert sich mit mir, denn ich sehe meine Jugend nicht so, wie sie war, sondern im unklaren Licht von Erfahrungen und Qualen des reifen Alters, das irgendwann einmal meinem altersschwachen Verstand fruchtlos und leer oder aber glanzvoll und reich erscheint, keinesfalls aber das sein wird, was es heute ist, denn die Last der Zeit wird sich darauf legen, die – heute noch nicht erfüllt – das Antlitz der Welt verändern wird. Ich weiß genau, daß ich wie ein Baum bin, der sich auch nicht an sein erstes Grün und an den ersten Laubfall zu erinnern vermag. Und erst wenn ihn die Axt fällt, wird ein anderer aus den Jahresringen die vielen Frühjahre und Herbste ablesen, dann beginnt die grausame und unbestechliche Wahrheitsfindung, die Existenz des Baumes in der Natur wird bestätigt und sein Schicksal offenkundig. So wußte ich also, daß diese Wahrheit über mein Schicksal für mich zu spät kommt, daß ich eingeordnet, beschrieben und benannt werde, aber erst dann, wenn ich schon gar nicht mehr bin. Das ist nur scheinbar zum Verzweifeln, im Grunde aber unumgänglich und auch vernünftig. Denn solange ich bin, unterliege ich ständigen Wandlungen, und das macht es schließlich unmöglich, mich objektiv in die Welt einzuordnen. Wie gesagt, diese Tatsache habe ich also nicht nur verstanden, sondern war auch mit etwas Wehmut bereit, sie zu akzeptieren. Wenn ich aber tiefer in all das eindrang, woraus ich gewachsen war und was mich veränderte, in jene betörende, schöne und giftige Erde, überkam mich die Furcht, daß ich doch unbestimmbar sei durch ihre Unbestimmbarkeit, veränderlich durch ihre Wandlungen, ihre Launen, ihre Vieldeutigkeit, die zwangsläufig jede Wahrheitsfindung über mein Schicksal in Frage stellt, nicht nur heute, sondern auch in weiter Zukunft.

Wenn jene Erde, die mir gegeben ist von der Vorsehung, dem Schicksal oder dem Zufall, einmal schwer erscheint, ein anderes Mal sandig, dann wieder naß oder überaus fruchtbar, wenn also ihre Wahrheit nur eine Laune ist, dann muß ich auch die ganze Schwäche meines Seins begreifen.

Man hatte mich gelehrt, daß in einer Novembernacht jemand gerufen habe – und ich hörte den Ruf in mir, denn ich war es selbst, der gerufen hatte. Aber man hat mich auch gelehrt, daß dieser Ruf gut war, edel, und so, wie man hatte rufen sollen – und das war jenes Körnchen der Wahrheit. Ich habe es in mich aufgenommen wie Nahrung, ohne die man nicht leben und sich verändern kann. Doch später belehrte man mich, daß jener Ruf nicht gut war und man nicht so hatte rufen sollen – also wurde das alles, was ich in mir geschaffen hatte, jener schmale Steg, auf dem der Mensch die Unbill der Zeit überquert, brüchig und unsicher. Von da an drohte die Gefahr, ins Leere zu stürzen. Ich war abgeschnitten. Weil es aber unmöglich ist, sich mit einer solchen Lage abzufinden, baute ich einen neuen Steg. Doch dabei geriet ich in einen Hinterhalt, denn ich hatte mich stets nach Versöhnung mit meiner eigenen Erde gesehnt. Aber als ich schließlich begriff, daß die wahre Versöhnung außerhalb dieser Erde liegt – denn Gott wird nur mich richten, und ich werde allein meine Sünden zu verantworten haben – da erschien über mir der Fluch, den alle Nomaden gut kennen. So bleibt mir also nur der Wunsch, zu einer Knolle zu werden und in der Süße dieses Abgeschlossenseins zu verharren bis zum Ende. Und ich tröste mich damit, daß vielleicht eines Tages diese Knolle das Maul eines Dummkopfes verbrennen wird, der sich allzu gierig mit einer heißen Kartoffel wird sättigen wollen.

Sie sprachen. Eigentlich kann man es nur schwer als ein Gespräch bezeichnen, denn Rostocki trank schweigend seinen Wodka, stocherte mit der Gabel auf dem Teller herum, dabei hatte er den Kopf zur Seite gelegt. Das gab ihm Ähnlichkeit mit einem Vogel, und weil er einen dunklen Mantel trug, dunkles Haar und auch ein dunkles Gesicht hatte, war er an diesem Tisch zu einer Krähe geworden. Bürste dagegen stritt verbissen, stets in der gleichen Sache, es ging ihm darum, daß man den Wandel der Zeit bemerken müsse und auch ihren Fortgang. Er hatte gar nicht gemerkt, daß sein Gesprächspartner längst überzeugt war. Aber darum ging es ihm gar nicht. Er wollte loswerden, was ihm wie eine Gräte im Hals steckte. Also redete er und redete, die Zigarette an die Unterlippe geklebt, was ihm das Aussehen eines Menschen verlieh, an dem eine häßliche Krankheit zehrte, die – sagen wir – bereits in das unabwendbare Stadium getreten war.

Unser Tischchen schwamm langsam in der vom Qualm

erfüllten Luft, im Lärm der Gespräche, im matten Licht der Glühbirnen zur wunderbaren Insel der Betrunkenen, wo alles ganz einfach ist, wo auf schlanken Palmen heiße Würstchen wachsen und aus den Quellen an den Hängen der Hügel gut gekühlter Wodka fließt.

Wir machten eine Reise, die schönste Reise zu dem nächstgelegenen Ziel, ohne auch nur für einen Augenblick unsere Wirklichkeit zu verlassen, jene gezähmten und dressierten Selbstverständlichkeiten, die nach unserer Rückkehr wie Raubtiere über uns herfallen würden. Das Gesicht der Kellnerin, das plötzlich von der Decke herab auf mich zuschwebte, zusammen mit einem neuen Fläschchen, hatte engelhafte Züge wie die Madonna von Murillo, deren Anblick mich einst so gerührt hatte, daß ich drei Tage hintereinander trauerte.

Rostocki faßte die Kellnerin am Arm und flüsterte ihr Anzüglichkeiten ins Ohr. Das war sie seit Jahren gewöhnt, also gab sie ihm einen leichten Schlag, befreite den Arm aus seinem Griff, fügte aber dieser Zurechtweisung ein kurzes Kichern der Vergebung hinzu.

Und ich betrachtete Bürstes Gesicht wie ein Gemälde. Plötzlich schien mir, ich sei ein Astronom, der den Mond erforscht, und ich begann, jene Gebiete, die sich auf dem Gesicht dieses Mannes ausbreiteten, mit verschiedenen Namen zu versehen. So beschloß ich, daß sein Mund die Schlucht des Linäus sei, sein rechtes Auge der Krater der Finsternis, das linke dagegen das Meer des Schweigens. Auf seiner Stirn fand ich ein gelbes Fleckchen, dem ich den Namen See des Punius des Jüngeren gab. Eben von diesem See führte eine vertikale Falte zu der bereits kahlen Schläfe, und das war der Cannon des Tycho von Brahe.

Mit anderen Worten, ich habe Bürstes Gesicht dort

untergebracht, wo es hingehört – in den Himmel. Und dort blieb dieser Mann für mich für alle Zeiten. Als ich nämlich über einen Namen für seine Nase nachdachte, da war alles plötzlich vorbei. Ich merkte gerade noch, daß der Tisch unter meiner Wange weich und warm war und daß er irgendwie auf den Wellen schaukelte, der Lärm um uns herum verstummte, und die Stille verkündete ein wundervolles Geheimnis. Es war wie im Konzertsaal, wenn dem Orchester ein Zeichen seines Dirigenten gebietet, das Stimmen der Instrumente zu beenden, das Rascheln der Notenblätter verstummt, oben unter der Decke verklingt ein einsamer Ton der Klarinette, selbst die letzte Saite der Geige schwingt nicht mehr, in der versteinerten Stille warten alle auf den ersten Takt der Ouvertüre.

Jemand schlug an die Tür. Das kannte ich schon, es war im tiefsten Grund meiner Erinnerung verborgen. Jemand schlug an die Tür, und als ich die Augen öffnete, erblickte ich das totenblasse Gesicht meiner Mutter. Auf dem Nachttisch neben der Lampe lag ein Roman von Thomas Mann mit einer häßlich geknickten Seite. Da sagte meine Mutter: ›Wir müssen öffnen!‹ und ich öffnete. Tausend Jahre mußten vergehen, bis ich zu Thomas Mann zurückkehren konnte, aber da gab es das alte Buch mit der häßlich geknickten Seite nicht mehr. Die Flammen des Krieges hatten es verschlungen.

Jemand schlug an die Tür, also stand ich auf, immer noch blind, aber doch schon bereit, den Schlag hinzunehmen. Mit den nackten Füßen fühlte ich die kühle Glätte des Fußbodens. Ich öffnete die Augen, aber meine Mutter war nicht im Raum. Die Dunkelheit wurde durchsichtiger. Vor dem Fenster brannte im Schneesturm eine Straßenlaterne. Der

Schrank und der Tisch, die drei Stühle und das Regal mit dem kleinen Radio schliefen noch. Irgendwo über dem Ural schien bestimmt schon die winterliche Sonne, hier aber näherte sich der Morgen erst auf Zehenspitzen.

Ich öffnete die Tür. Im Flur brannte Licht, auf der Schwelle stand die Frau aus der Rezeption in einem warmen Flanellmorgenrock, neben ihr ein Polizist, die Uniform schneebedeckt. Danach verlief alles ziemlich seltsam in der schützenden Hülle des Katers, die immer wieder von der kantigen Außenwelt durchstoßen, zerrissen, zertrennt wurde. Langsam kleidete ich mich an, vom Durst gepeinigt und sorgfältig darauf bedacht, meine steifen Glieder nicht zu beschädigen.

Meine Fragen und seine Antworten rollten in der stickigen Luft langsam wie die Billardkugeln über das grüne Tuch. Und sie trafen einander nicht, gingen nachlässig aneinander vorbei, fast ebenso wie unsere Blicke. Der Polizist war jung, nicht groß, sein Gesicht vom nächtlichen Frost gerötet. Ich fand darin jene sympathische Verbissenheit, in die sich manchmal unerfahrene Menschen flüchten, um vor sich selbst Bestätigung zu finden, und dadurch nur noch hilfloser werden.

Wir gingen hinunter, ich voraus, er hinter mir. An der Rezeption sah ich die Frau wieder, jetzt aber angezogen, in einem dunkelblauen Rock und Pullover. Unter der staubbedeckten Palme lümmelte im Sessel Leszek, der Kellner. Auf der Lehne lag sein schneebedeckter Anorak, Tropfen fielen auf den Boden. Er war soeben gekommen, nun nahm er mit schadenfrohem Blick von mir Abschied. Er rührte sich nicht, und doch hatte seine Haltung etwas Ordinäres, vielleicht lag es daran, daß er die Beine weit auseinandergestellt hatte. Als wir an ihm vorbei waren, spürte ich auf dem

Rücken seine Blicke golden und heiß, wie zwei mörderische Wespen.

Vor dem Hotel stand der Polizeiwagen. Der Motor tukkerte im Leerlauf, am Steuer saß der Fahrer, im blassen Schein der Armaturenbeleuchtung konnte ich sein Gesicht erkennen. Wir setzten uns auf die Rückbank, der Wagen fuhr an und versuchte, in der ausgefahrenen, glatten Spur zu bleiben.

»Reden Sie nicht so viel!« sagte der Polizist. »Sie reden entschieden zu viel.«

»Kamerad«, antwortete ich, »an meiner Stelle würden Sie noch mehr reden.«

»Ich bin nicht Ihr Kamerad«, sagte er streng. »Reden Sie keinen Unsinn.«

In der Polizeistation gingen wir über einen hell erleuchteten Flur bis zu einem kleinen Raum mit vergitterten Fenstern. Darin standen zwei Schreibtische, völlig zerkratzt und wie angenagt, als ob die Leute, die daran saßen, seit unendlichen Zeiten nicht genug zu essen bekommen hätten. Ich sagte es laut, und der Polizist antwortete: »Sie werden gleich ganz anders singen . . .«

»Kamerad«, sagte ich warm, »ich bin ein sehr alter Mann und kenne die heimatlichen Sitten. Wenn Sie glauben, daß Sie einen Schatten auf mein Leben werfen können, so sind Sie im Irrtum.

Gleich wird ein elegantes Kerlchen im Anzug oder in einem hellblauen Polohemd hereinkommen, und schon wirst du nichts mehr zu sagen haben. Sie werden dich in die Nacht und in den Schneesturm schicken, damit du die schmalen Wege der Besoffenen abklapperst. Laß uns lieber eine Zigarette rauchen.«

»Rauchen ist gestattet«, sagte er. Danach habe ich seine

Stimme nicht mehr gehört. Nach einer Weile kam ein Mann mit brauner Hose und grauem Sakko. Er hinkte ein wenig, setzte sich an einen der angeknabberten Schreibtische, seufzte und bat mich, den Rauch nach der anderen Seite zu blasen, denn er vertrage ihn nicht. Vor einem Monat hatte er das Rauchen aufgegeben, er sei deshalb nervös, und sogar das Knacken eines angezündeten Streichholzes bereite ihm Qualen.

»Es wird noch schlimmer«, unterbrach ich ihn. »Am schlimmsten ist die sechste Woche.«

»Das darf nicht wahr sein! Dann breche ich zusammen.«

Er erzählte mir von der Sache. Ich fühlte mich hundeelend, träumte davon, in mein Bett zurückzukehren, und zeigte weder Neugierde noch Ungeduld. Das schien dem Mann nicht zu gefallen. Schließlich stand er auf, kam hinter dem Schreibtisch hervor und sagte: »Lassen Sie uns gehen!«

Wir gingen also wieder über den hellerleuchteten Flur, dann die Treppe hinab, sie war schmal und ausgetreten, so daß ich mit der Schulter an die rauhe, ungekalkte Wand stieß. Unten im Keller, im unbarmherzig grellen Licht mehrerer Birnen, die unordentlich von der Decke herabhingen – sah ich Bürste. Er lag auf einem Tisch, der mit Plastikfolie überzogen war. Überall eingetrocknetes Blut. Bürste war ganz nackt, aber sein Körper war nur noch eine blutige Masse.

»Entschuldigen Sie bitte«, sagte der Polizist. »Ist er es?«

»Ja«, antwortete ich und sah in Bürstes Gesicht.

Sein Kopf war unverletzt, und wäre er vorher mit einem Laken bis zum Kopf bedeckt worden, so hätte ich glauben können, er sei nur eingeschlafen.

Wir gingen wieder hinauf. Aber schon auf der Treppe wurde mir übel. Den Rücken an die Wand gelehnt, atmete ich schwer. Erst in diesem Augenblick hatte ich alles begriffen und wurde hellwach.

»Was hat er getan?« fragte ich.

Der Polizist zuckte die Schultern.

»Er lag auf den Gleisen, sehr gerade, wie im Sarg.«

Irgend etwas an seinem Tonfall berührte mich seltsam. Ich wollte seine Augen sehen, aber er ging schnell hinauf. Seine Schuhe knarrten, besonders der linke an dem hinkenden Bein. Der Flur schien mir jetzt länger als vorher und noch greller beleuchtet. Im Vorbeigehen bemerkte ich alle Schatten an den Wänden, auch die kleinsten Risse und sogar Spuren von Spinnweben an den Fassungen der Glühbirnen. Plötzlich begannen meine Sinne gierig den Flur, die Wände, die Decke und den Fußboden und auch den Rücken jenes Mannes, der hinkend vor mir ging, abzutasten. Ich hörte sein Herz schlagen, ganz deutlich, obwohl mein hellwacher Verstand mir befahl, diesen übersteigerten Geräuschen nicht zu trauen. Ich spürte den Duft der Farbe, den Geruch der grauen Jacke, die ein wenig feucht und erst vor kurzem gebügelt worden war, ich sah die gekräuselten Wollfäden, mehr noch, die Fasern des Stoffes, die aus dem Rücken des Mannes herauswuchsen wie ein Wald aus dem Erdreich. Meine Augen waren wie Vergrößerungsgläser und bemerkten ringsum das Leben der Mikroorganismen, und meine Ohren lauschten dem Rhythmus ihrer Vermehrung.

Als ich geradeaus schaute, sah ich weit vor mir am Ende des Flures ein Fenster, dahinter aber eine weite Fläche, sie war wie eine Landschaft, beobachtet durch ein umgedrehtes Fernglas. Mit den Fingerspitzen berührte ich die Naht meiner Hose, und es schien mir, als würde das Blut sogleich herausspritzen, weil ich das Fleisch bis zum Knochen aufgeschlitzt hatte. Selbst die Anwesenheit der Luft schien mir wie eine Marter, ihre Atome knirschten zwischen meinen Zähnen, strolchten durch meine Kehle, überschwemmten die Lunge wie bitteres, warmes Wasser.

Ich ertrank im Übermaß meines eigenen Ich, schmolz dahin in der Materie der Welt. Wie glühendheiße Lava floß ich auf den Boden und die Wände des Flures, ich floß aus dem Gebäude heraus, aus dieser Straße, aus der Stadt, aus dem Planeten. Ich dachte daran, daß dies der Tod sei, daß darin eben die Qual des Einswerdens besteht, jene organische Verbindung mit der Materie des Alls, deren Verwirklichung jedem gegeben wird.

Wir traten ins Zimmer. Der Beamte, der jetzt noch stärker hinkte, ging um den Schreibtisch herum, bat mich, Platz zu nehmen, und sagte:

»Möchten Sie etwas essen? Es ist bald sieben Uhr morgens.«

»Nein. Ich werde im Hotel frühstücken.«

In diesem Augenblick sah er mich an und entzündete damit ein Lichtlein ganz tief in meinem Kopf.

»Was für ein Wahnsinn«, sagte ich. Schweigen. Er öffnete die Schublade und holte ganz langsam ein paar Gegenstände heraus. Dann legte er sie sorgfältig nebeneinander auf den Schreibtisch. Mir fiel ein, daß er einen sehr ordentlichen Verkäufer abgeben würde.

»Erkennen Sie das?« fragte er.

Ganz vorsichtig, um den kleinen Lebewesen keinen Schmerz zu bereiten, berührte er jetzt mit dem Ende eines Kugelschreibers nacheinander das Taschentuch, den Personalausweis, einen anderen Ausweis in einer Klarsichthülle, Schlüssel an einem Metallring, Sparbuch, einen Brief im Umschlag, ein Taschenmesser, das Portemonnaie und die Fahrkarte.

»Das alles war in seinem Mantel«, erläuterte er und zeigte auf den Übergangsmantel, der in der Zimmerecke auf einem Bügel hing. Es war Bürstes Mantel.

»Als der Zug kam, lag er auf den Schienen, ohne Mantel. Der fand sich sorgfältig zusammengefaltet unter einem Strauch, direkt neben dem Bahndamm.«

Ich sagte nichts. Erst jetzt begriff ich, daß er gestorben war. Er wurde tot durch die Herrenlosigkeit dieser Gegenstände, die auf dem Schreibtisch lagen. Im Schlüsselbund spiegelte sich das Licht der Lampe wider, ich schloß die Augen...

Ich befand mich auf der Durchreise. Am späten Abend rief ich Fräulein Isabella an. Mit ihrem greisen Stimmchen bat sie mich um einen Besuch. Das war unmöglich, meine Faulheit ließ es nicht zu. Ich hatte etwas Zeit, aber sie wohnte zu weit entfernt in dieser riesigen Stadt, die mir völlig fremd war und vom Regen verwaschen – ich sagte also, mein Zug führe schon in einer Viertelstunde. Eine Woche später, nach der Beerdigung, mußte ich ihren winzigen Haushalt auflösen. Ich kannte weder das Zimmer noch das Leben, das darin erloschen war. Die schöne Isabella hatte bereits das achte Kreuzchen auf dem Rücken, als man sie in den Sarg legte. All die vielen Jahre hindurch bewegte sie sich leicht gebeugt, sie sprach wenig, war einsam und beschäftigte sich hingebungsvoll mit barmherzigen und schönen Dingen, von denen die Menschen unserer Gegenwart kaum noch Ahnung haben. Früher einmal, in meiner Kindheit, spielte sie Klavier. Als ich sie damals besuchte, war sie ein alterndes Fräulein, sie hellte ihr Haar auf, schminkte ihre Lippen und träumte wohl von einem kräftigen Mann. In einem hellen Raum stand damals das Klavier, überall Blumen und Nippsachen, ein paar Bücher und Noten. Doch dieses Bild gehörte in eine längst erloschene Zeit. Während des Krieges hat sie sich davon getrennt, um später wieder Krümel des Lebens zu sammeln in der fernen, riesigen Stadt, die ihr gesund und sympathisch schien.

Nach der Rückkehr vom Friedhof, wo ich sie in die Erde gelegt hatte unter einem schönen Ahorn, machte ich mich also an die mühselige Arbeit in ihrem Zimmer. Und erst da starb sie wirklich. Sie starb, als ich ihre dünnen Batisttüchlein zusammenlegte, die warmen Schals und kleinen Pantoffeln wegräumte. Sie zeugten von der Eleganz des Alters, das noch nicht resigniert, sich hartnäckig zur Wehr setzt, das aber dem Bedürfnis nach Wärme und Weichheit nachgibt und jenen Flaum braucht, der den Körper umgibt wie eine Hülle, um ihn vor der Härte der Welt zu schützen. Sie starb, als ich die raschelnden Papiere durchsah, Briefe von Menschen, die nicht mehr lebten, Notizen über längst vergessene Dinge, über Ereignisse, die sich vor vielen, vielen Jahren zugetragen hatten, als es noch eine andere Menschheit gab, eine andere Wirklichkeit, eine andere Welt, andere Sterne, die an unserem Himmel nicht mehr sichtbar sind, Rechnungen auf Papierschnipseln, eilig zusammengezählte Zahlen, irgendwo und irgendwann, wie aus einer Puppenstube, so klein und scheinbar unwichtig, obwohl sie Gegenstände betrafen, die heute wie aus dem Museum wirkten. Sie starb, als ich die Fotografien auf steifem Kartonpapier, glänzend und in verschiedenen Brauntönen, in die Hand nahm. Sie zeigten junge Offiziere und Damen in langen, engen Kleidern und eleganten Hüten, mit Federn geschmückt. Doch am empfindlichsten starb Tante Isabella, als ich die armseligen Kleinigkeiten zur Hand nahm, die sie längst nicht mehr brauchen konnte, die selbst Tante

Isabella vor ihrem Tod vergessen hatte, Stoffreste, Knöpfe, zerbrochene Federhalter, Arzneifläschchen, die längst geleert waren, Broschen, aus denen der Stein verlorengegangen war, ein Ring, dessen Stein vielleicht bei einem Ball weggerollt oder in einem entscheidenden Augenblick ihres Lebens herausgefallen war, Kästchen ohne Boden, Ärmel ohne Mäntel, Untertassen ohne Tassen, künstliche Stiele ohne Blumen.

Dinge, die noch von Nutzen sein konnten, gab ich den greisen Nachbarinnen von Tante Isabella. Alte Briefe, Papiere und Rechnungen verschloß ich in einem Metallkästchen, das ich mit nach Hause nahm, um es dort auf den Boden zu legen in dem Gedanken an künftige Chronisten von Sitten und Gebräuchen, die sie vielleicht in hundert Jahren entdecken werden – und den ganzen Rest des Krams fegte ich in eine Ecke des Zimmers. Als die Aufräumefrau dann alles in einen Plastiksack lud, um es auf den Müllhaufen zu werfen – da habe ich Tante Isabella zum zweiten Mal begraben.

»Erkennen Sie die Gegenstände?« fragte der Beamte.

»Nein«, antwortete ich. »Ich habe sie noch nie gesehen. Ich habe ihn erst gestern morgen kennengelernt. Es sind noch keine vierundzwanzig Stunden vergangen.«

»Nun ja«, sagte der Beamte. »Aber sehen Sie, wir müssen uns unbedingt unterhalten. Sie waren wohl der letzte, der ihn lebend gesehen hat.«

»Vielleicht«, antwortete ich schwerfällig, »vielleicht war es wirklich so. Aber das wird Ihnen nichts nützen, denn ich kann mich kaum an etwas erinnern.«

»Und wenn ich Sie daran erinnere?«

»Woran wollen Sie mich erinnern?«

»An das, was Sie jetzt nicht mehr so recht wissen.«

Dieser Mensch ärgerte mich, um so mehr, als ich ihn geringschätzte. Er erschien mir gar nicht bedrohlich, obwohl er es gerne gewollt hätte. Die heutige Welt ist gemütlich und sicher wie das Bett eines Kleinkindes. Sie hat früher einmal ihre ganze Bedrohlichkeit gezeigt, und nun waren nur noch Grimassen und martialische Gesten geblieben. Doch der Bursche am Schreibtisch begriff das nicht. Es schien ihm sicher, daß die Angst immer noch existiert, daß sie in den Ecken lauert und er sie herbeirufen kann mit seiner frostigen Stimme, seinem drohenden Blick. Aber er irrte sich. Die Angst existierte zwar immer noch, doch in anderen Ekken. Dieser hinkende Beamte war einfach zu jung, um wichtige Veränderungen der Wirklichkeit zu begreifen. Er las Bücher und schöpfte daraus sein gesamtes Wissen. Doch es waren Chroniken und, wie alle Werke der Geschichtsschreibung, ein bißchen märchenhaft. Dabei war seit jenen vergangenen Jahren alles durcheinandergeraten. Wagenbach, ›unser lieber Benno‹, konnte annehmen, daß er die Angst an einer Kette führt wie einen bösen Hund.

Schließlich gehörte er meiner Generation an, die daran gegangen war, nachdem die Geschichte die Rollen verteilt hatte, die Apokalypse endlich zu erfüllen. Der hinkende Bursche am Schreibtisch hatte daran keinen Anteil. Mag sein, daß er von der Apokalypse gelesen hatte, das war aber auch schon alles. So verstand er also jene einfache Wahrheit nicht, daß Wagenbachs Hund, von der Kette gelassen, längst nicht mehr auf der Erde herumläuft, daß er seine Jungen gezeugt hat, jedes mehr oder weniger räuberisch, und jedes dieser Jungen ist in das Innere eines Menschen gekrochen, wuchs dort, reifte, wurde gezähmt in den dunklen Ecken der Phantasie und der unterschiedlichen Gewissen, in dem Geruch verschiedener Sünden und Heiligtümer. Der Bursche am Schreibtisch meinte also, er führe den Hund aller Ängste an der Leine und er könne diesen Hund auf mich hetzen. Ich aber wußte ganz genau, daß nur wir beide in diesem Zimmer anwesend waren, daß uns der Schreibtisch trennte wie ein unüberwindbarer Gebirgszug – und deshalb konnte sein eingebildeter Hund Schaum vor dem Maul haben, ohne bei mir auch nur das geringste Interesse zu wecken, denn ich habe meine eigene, wahre Angst, die nicht zu erkennen ist und so versteckt, daß dieser Bursche in seinem ganzen Leben nicht einmal einen Krümel davon ahnen wird. Er wird sie nicht finden mit dem Tastsinn seines Verstandes, mit dem Geruchssinn seines Rationalismus, mit dem Gehör für das Sinnvolle, denn er hätte sich in die Urgeschichte zurückversetzen müssen, in die Zeit der Höhlen und der Wildheit, die nackt und tot in mir versteinert ist, ganz tief auf dem Boden, wo meine persönliche, unveräußerliche Angst nistet. Die Angst vor etwas, was niemand kennt. Also kann mich auch niemand mehr erschrecken. In dieser Steinzeit, als unser Planet anfing zu sein und niemand selbst in den erhabensten Augenblicken sich seine künftige Gestalt vorzustellen vermochte, da hatten die Menschen eine seltsame Gabe bekommen, nämlich ihre eigene, einzigartige und für andere nicht erkennbare Existenzangst. Diese Angst wurde später zu dem Fels, auf dem jeder seine Kirche baute ... Aber dies alles wußte der Bursche nicht, und deshalb sagte er streng: »Sie haben mit ihm zusammen in der *Piastowska* getrunken bis ein Uhr dreißig. Was sagen Sie dazu?«

»Stimmt.«

»Daß Sie zusammen getrunken haben?«

»Nein. Daß es ein Uhr dreißig war. Ich habe zu Ihnen

Vertrauen. Ich will nicht verheimlichen, daß mir der Film gerissen ist, in einem Augenblick, der gar nicht so leicht zu bestimmen ist. Ich saß am Tisch in der *Piastowska*, und dann weckte mich der Polizist. Zu diesem Zeitpunkt war ich im Hotel. Von dort brachten sie mich hierher zu Ihnen.«

»Ach so«, brummte er, als hätte er jetzt alles verstanden. Und doch fragte er weiter.

Guter Gott, dachte ich und sah dem Beamten zu, der langsam und ein wenig mühselig den Kugelschreiber zwischen den Fingern drehte, um endlich etwas aufschreiben zu können, etwas zusammenzufassen, für seine Akten festzuhalten. Guter Gott, dies also ist das Resultat deiner monumentalen Bemühungen! Du hast etwas unendlich Großes geschaffen, das keine Grenzen kennt, keine Maße und keine Gestalt. Du hast das All geschaffen, um es in göttlicher Laune in die Schale einer menschlichen Existenz zu legen, die eine Grenze hat, ein Maß, eine Gestalt und in der sich doch ein Stäubchen der Unendlichkeit befand, dem sie es zu verdanken hatte, daß sie unbeschreiblich reich war. Nun wirst du Zeuge sein und Richter einer erbarmungslosen Entblößung. Bürste wird zwischen die Akten kriechen, dort wird er sich verewigen, seine Größe, sein Gewicht, die Farbe seiner Augen, Adresse, Narbe unter dem linken Schulterblatt, das Gebiß. Dazu kommen dann noch ein paar runde Sätze, die mir aus der Nase gezogen wurden, vielleicht auch aus den Mündern von zehn oder hundert anderen Menschen, von Männern, die irgendwann einmal mit Bürste Wodka getrunken oder mit ihm in den Wäldern gekämpft haben, von Frauen, die mit ihm geschlafen, ihn geliebt oder verflucht haben. Und so wird das Bild jenes Menschen mit dem Mondgesicht zu den Akten gelegt, dieses Menschen, der vom Leben erschreckt und schwerfällig geworden war, der, geschwätzig über alle Maßen, doch nichts von seinem Inneren preisgegeben hatte, denn er verschanzte hinter dem Wall aus Worten Kummer und Unglück und den letzten verzweifelten Zusammenstoß. Trotzdem hatte ihn der Teufel gestellt, ihn an die Leine genommen wie ein Schlachtvieh und geradewegs unter die Räder der Lokomotive geführt.

Guter Gott, dachte ich, während ich die Fragen des Beamten beantwortete, warum hast du diesen Menschen verlassen? Warum läßt du zu, daß er so plattgedrückt wird, bis er zwischen den Seiten des Protokolls Platz findet, und warum erlaubst du diesem Beamten, der im Grunde so unschuldig ist wie ein Kind, sich der Illusion hinzugeben, daß er sich das Wissen über den Toten aneignen könne? Dieser Bursche, der die Fragen stellt, ist in einem gewissen Sinne gerechtfertigt, denn er hat den Verdacht, daß es sich um einen Mord handelt, um einen blutigen Streit von Betrunkenen. Unter den halbgeschlossenen Lidern sieht er jetzt ein entsetzliches Bild. Am Bahndamm wälzen sich zwei Menschen in einer Schneewolke, einer sticht das Messer in das Herz des anderen, dann schleppt er den Leichnam auf die Schienen, legt ihn so sorgfältig hin wie in einen Sarg, damit die Räder des Zuges die Spur des Verbrechens überfahren und eine Gewalttat die andere tilgt. Dann legt er den Mantel des Opfers an eine gut sichtbare Stelle, duckt sich in den verschneiten Sträuchern, hört, wie sich der Zug nähert, sieht das Entsetzliche und entfernt sich, um heimlich in sein Hotel zu gelangen, dort den Schlaf eines Betrunkenen zu simulieren. So sucht also der Mann, der die Fragen stellt, nicht nach der Wahrheit über Bürste, sondern eher über seinen Mörder, was aber wiederum falsch zu sein scheint, denn selbst wenn ich das

Verbrechen begangen hätte, gäbe es keine Möglichkeit, seinen wahren Grund aufzudecken.

»Sie sagen also, daß Sie sich gestern morgen im Hotel *Polski* beim Frühstück kennengelernt haben?«

»Ja, aber er hat nicht mit mir zusammen gegessen. Er ist wohl früher zum Frühstück heruntergekommen.«

»Und worüber sprachen Sie?«

»Eigentlich über gar nichts. Er sagte irgend etwas über die Schädlichkeit von Zentralheizungen, dabei erinnerte er sich an seine Kindheit.«

»Im Gespräch mit einem Menschen, den er eben erst kennengelernt hatte?«

»Gestern war ich auch ein bißchen überrascht. Jetzt wundert es mich nicht mehr. Wenn er an Selbstmord dachte, hatte er wohl das Recht dazu.«

»Woher wissen Sie, daß er an Selbstmord dachte?«

»Weil er ihn ja schließlich begangen hat.«

»Das wissen wir noch nicht«, sagte der Beamte.

Es war eigentlich ein einfacher, sympathischer Mensch. Er konnte etwa fünfunddreißig Jahre alt sein, trug einen Trauring und hatte das Rauchen aufgegeben. Keine allzu komplizierte Natur. Warum sollte er sofort an einen Selbstmord glauben? Damit geriet sein Weltbild ins Wanken, obwohl er bei der Miliz war und schon manchmal mit dem Unglück in Berührung gekommen. Aber er war der Auffassung, daß zu seinen Pflichten eine positive Lebenseinstellung gehörte. Wäre er anderer Meinung, so hätte er sich möglicherweise unbehaglich gefühlt bei der monatlichen Gehaltszahlung. Er war hier, damit andere Menschen gesund, ruhig und sicher leben konnten – und wenn Bürste Selbstmord verübte, so hatte er gegen seine Mission verstoßen. Ein ermordeter Bürste dagegen bestätigte den tiefen Sinn seines Seins. Bei Gott, ich konnte diesem Burschen keinen Vorwurf machen. Aber ich wußte, daß ihn Zweifel quälten. Mehr noch, er war kein Kind und wußte, daß sich der andere selbst auf die Schienen gelegt hatte. Die scharfen Fragen, mit denen er mich von seinem Schreibtisch aus bombardierte, waren nur noch ein ungeschickter Versuch, der Wirklichkeit standzuhalten. Sie waren kein Akt der Vernunft, diktiert von der Pflicht des Untersuchungsbeamten, sondern Ausdruck der Sorge um einen ehrenvollen Rückzug. Als er sagte, man habe die Version vom Selbstmord noch nicht bestätigt, war das ein Aufschrei aus seiner Wunschvorstellung, die bereits zu erlöschen begann, oder besser, die letzte Geste der Verteidigung. Während er an diesem angeknabberten Schreibtisch saß, überkam ihn wohl das bedrückende Gefühl, daß Bürstes Selbstmord endgültiger war als ein Verbrechen, dem er hätte zum Opfer gefallen sein können. Dieser junge Mann war gar nicht dumm und provinziell. Er verstand, daß ein Mord kein bißchen Mystik enthielt, während in einem Selbstmord ein Übermaß davon vorhanden war. Zu einem Mord konnte er ein Verhältnis gewinnen, er mußte sogar Stellung beziehen, und sei es nur als Vertreter der gesellschaftlichen Macht. Einem Selbstmord gegenüber war er wehrlos. Also baute er mühevoll sein Gerüst, im Grunde sogar ein ziemlich banales, ohne spitzes Stilett, ohne höllisches Gift und wahnsinnige Leidenschaften, dafür war es einfach und brutal, er hatte dabei aus seinen Erfahrungen geschöpft, die er auf Bauernhochzeiten gesammelt hatte, bei Raufereien von Betrunkenen, bei kleinen Raubüberfällen. Wodka spielte dabei eine Rolle, ein Messer, eine Uhr.

Es war tatsächlich so, daß eben die Uhr fehlte. Von allen

Gegenständen und Ereignissen, die in Bürstes Leben aufgetaucht und verschwunden waren, blieb die Uhr das einzige, was jetzt zählte. Sie hätte dasein müssen, und doch fehlte sie.

»Was für eine Uhr hat er gehabt?« fragte der Beamte. Ich konnte die Frage nicht beantworten trotz der größten Anstrengung meines Gedächtnisses.

»Vielleicht hatte er gar keine«, brummte ich schließlich. »Oder vielleicht hat er sie irgendwo in den Schnee geworfen, als er dorthin ging in der Nacht?«

»Wieso hätte er sie in den Schnee werfen sollen, das ist doch sinnlos.«

»Sie haben recht, aber dafür macht alles andere Sinn.«

Er sah mich zum ersten Mal offen und menschlich an, ohne seine Vernehmungskoketterie. Und plötzlich lächelte er ratlos. »Es ist bald acht Uhr«, sagte er. »Ich denke, Sie sollten in Ihr Hotel zurückgehen. Wann wollen Sie abreisen?«

»Heute«, gab ich zurück. »Um die Mittagszeit fährt ein Bus. Aber ich kann bleiben, wenn Sie meinen, daß es besser wäre.«

»Ach, ich glaube nicht.«

Er stand auf und knipste die Lampe aus. Es war schon ziemlich hell, aber es schneite immer noch so heftig wie während der ganzen Nacht.

»Was hat ihn so geknickt? Was meinen Sie?«

Jetzt war er kein Polizist mehr. In seinen Augen bewegte sich eine kleine Spinne der Angst vor dieser Welt, in die er hinaustreten sollte, wenn er sein Zimmer in der Kommandantur verließ.

»Was hat ihn so geknickt?« wiederholte er. »Und wo sollte man danach suchen?«

»Suchen Sie nicht«, sagte ich. »Bessere als Sie haben schon gesucht und auch nichts gefunden.«

»Das ist richtig«, antwortete er, »aber wenn ich es suche, werde ich ruhiger sein.«

»Das weiß man im voraus nie«, sagte ich.

Ich hatte schon Mitgefühl für ihn. Ich wußte, daß er suchen würde, daß er es nicht finden würde, daß er verkommen würde in diesem mit Brettern vernagelten Städtchen, wenn er plötzlich seine berufsmäßige Sicherheit verlöre, besessen von dem Bild des anderen Menschen, der fremd war und unglücklich, der nicht nur sich selber getötet hatte, sondern jetzt auch noch andere hineinziehen wird in sein unzugängliches Leben, in den tiefen Brunnen, den nur Dichter straflos ergründen dürfen.

Ich lag im Bett, das geräuschlos in der Luft schwebte. Ich fühlte mich wohl, denn ich wußte, daß ich im Begriff war einzuschlafen. Aber irgendwo, ganz tief auf dem Grund meines Bewußtseins, steckte ein Dorn. Es schien mir, daß ›unser lieber Benno‹ Wagenbach durch so einen Dorn seinen Schwung verloren hatte und sich selbst den Russen ausgeliefert hatte, im April 1945. Er konnte ihn ganz einfach nicht loswerden, ihn nicht herausschneiden, ihn nicht aus sich herausziehen – und so verlor er sein ganzes Blut. Und als er ausgetrocknet war, begriff er, daß es ihm schwerfallen würde zu leben, und er ging die Straße entlang nach dem Osten, wo man das Rattern der Panzer vernahm.

Ich lag fast unter der Zimmerdecke, ruhig und schmerzlos, in Gedanken versunken über die Süße des Sichausruhens, über die Wärme im Zimmer, die Stille, die Reglosigkeit, aber irgend etwas drückte mich doch unter der Schädeldecke. Mühselig versuchte ich, diesen Schmerz zu ergründen, und kam zu dem Schluß, daß er mich seit dem vergangenen Abend quälte. Es war nicht gut, daß ich zu viel getrunken hatte, ich bin am Tischchen in der Kneipe eingeschlafen und habe mir alles angehört, was mir Bürste erzählen wollte. Aber das war noch nicht der stärkste Schmerz. Als ich tiefer suchte, begriff ich, daß noch etwas Schlimmeres geschehen war. Ich habe also den Splitter schon früher gespürt, er steckte schon in mir, als ich in die *Piastowska* kam und Bürste zu meiner Begrüßung aufstand und mich in die Arme nahm. Ich trank, denn durch den Wodka glitt ich in ein weiches Moor, wo mich die vertraulichen Mitteilungen dieses Menschen nicht mehr erreichen konnten. Die Wahrheit sah so aus, daß ich ganz einfach nichts wissen, nichts hören und kein Mitgefühl empfinden wollte. Ihn habe ich am anderen Ufer gelassen, während ich selbst dem Grund der Flasche entgegensegelte.

Welche Last trug er, und warum glaubte er, ich könnte einen kleinen Teil von seinen Schultern nehmen? Ich stellte mir diese Frage, blieb aber innerlich kühl und träge, denn ich wußte ja sehr genau, daß ich keine Antwort bekommen würde. Nicht Bürstes Konflikt war hier das Wichtigste, sondern jene Hoffnung, die ich zertreten hatte. Gegenüber diesem alten Mann mit dem Mondgesicht bin ich der Veruntreuung schuldig geworden, denn es hätte genügt, ihn anzuhören, darin sah er nämlich die Erlösung, ich aber habe mich vollaufen lassen, um mich davor zu drücken. Das hat ihn zerschlagen. Er hatte eine Wand gefunden und wollte sich nun endlich daran lehnen – die Wand stürzte ein und riß ihn mit sich.

Ich schwebte im Bett unter der Zimmerdecke, da kam Rostocki. Er kletterte zu mir herauf, setzte sich an den

Bettrand und sagte, er käme von der Polizeiwache. Sein Gesicht, das immer dem eines jungen Wolfes geähnelt hatte, war jetzt grau, lang und etwas listig. Er trug wieder einen Mantel, auf dem langsam die Schneeflocken tauten.

»Und was sagen Sie dazu?« fragte er.

»Nichts«, gab ich zurück. »Er hat sich ganz einfach das Leben genommen.«

»Sie sind zynisch.«

Ich nickte und segelte noch ein bißchen in die Höhe, er blieb unten.

»Ich kann mir denken«, sagte er, »was ihn zu diesem Entschluß bewogen hat. Jetzt bin ich sogar ganz sicher. Ich habe es auf der Wache gesagt. Sie zeigten sich sehr interessiert.«

»Nämlich?«

»Er hat sich doch umgebracht, als ich ihn an Pawoszyn erinnerte. Jetzt weiß ich ganz bestimmt, daß er es gewesen ist. Er erschrak, die ganze Vergangenheit sprang ihm an den Hals. Sie sind sich doch darüber im klaren, daß er auf die Anklagebank gewandert wäre. Das, was er während des Krieges in Pawoszyn angestellt hat ...«

»Freundchen«, sagte ich höflich. »Verschwinden Sie!«

»Was haben Sie denn? Sind Sie wieder betrunken?«

Vorsichtig kroch ich vom Bett. Ich hatte angenommen, man müsse springen, aber der Fußboden war nah, ich berührte ihn mit den Füßen. Ich hatte keine Lust aufzustehen, herumzugehen, ihm in die Schnauze zu schlagen, ich hatte nicht einmal Lust zu leben. Aber das war stärker als ich. Also stand ich auf, ging zur Tür, öffnete sie ganz weit und sagte zu Rostocki: »Freundchen, wenn du keins in die Schnauze willst, schwirr ab ...«

Doch er war nicht feige. Es ist nicht wahr, daß jede

Kanaille ihren eigenen Schatten fürchtet. Es gibt heroische Lumpen.

»Haben Sie ihn gekannt?« frage Rostocki ironisch.

»Nein.«

»Woher also die Gewißheit, daß ich das Andenken des edlen Verstorbenen beleidige? Ich verstehe ... De mortuis nihil nisi bene.«

»Ich habe noch nie solche Ansichten vertreten«, sagte ich, während ich in der offenen Tür stand.

»Also? Hat Sie seine Theorie über den Ablauf der Zeit überzeugt? Das hörte sich zwar logisch an, aber trotzdem hat er sich zwei Stunden später das Leben genommen. Dieser Bursche aus Pawoszyn sah ihm zum Verwechseln ähnlich. Nicht alle Menschen verändern sich äußerlich, sogar im Verlauf von dreißig Jahren. Er behauptete zwar, er sei damals ein gut aussehender Bursche mit einem blonden Schopf gewesen, aber wo gibt es einen Beweis dafür?«

»Jetzt wird kein Beweis mehr nötig sein«, sagte ich wütend. In Rostockis Worten entdeckte ich einen Sinn, der mich zutiefst verletzte. Rostocki war scharfsinnig und hatte dies sofort bemerkt.

»Na also, wundern Sie sich jetzt, daß ich alles auf der Wache erzählt habe? Ich bin der Meinung, daß es meine Pflicht war.«

Er gehörte zu den Menschen, die nicht nur von dem Bedürfnis nach Ordnung und Harmonie verfolgt wurden, sondern auch von der Notwendigkeit, ständig Sündenvergebung zu erlangen. Ich dachte, daß er jetzt gleich das Lied des treuen Bürgers anstimmen würde, und er begann tatsächlich: »Sie erinnern sich an den Krieg besser als ich«, sagte er. »Als der Krieg vorbei war, war ich kaum sieben Jahre alt. Also wer sonst, wenn nicht Sie, sollte begreifen, daß man diese Verbrechen nicht vergessen oder ungestraft lassen darf.«

»Hängt ihn auf!« sagte ich.

»Was meinen Sie?« rief er.

»Hängt ihn auf!« wiederholte ich hart. »Schleppt ihn aus dem Keller heraus, in dem er jetzt liegt, packt die Reste in einen Sack, so daß nur der Kopf herausschaut, und hängt ihn an einen trockenen Ast, mitten auf dem Platz in Pawoszyn.«

»Was für einen Quatsch reden Sie da«, brummte Rostocki. Ich hatte den Eindruck, daß er jetzt endlich zu begreifen begann. Doch er gab noch nicht auf.

»Wenn er es doch war? Bedenken Sie!«

»Lebte er, so hätte es vielleicht eine Bedeutung. Heute nicht mehr, Herr Rostocki. Aber wenn er noch leben würde, wären Sie doch nicht mit Ihrem Verdacht zur Wache gelaufen . . .«

»Woher nehmen Sie die Sicherheit?« knurrte er.

Ich sagte nichts mehr, ich wollte ihn nicht endlos demütigen. Als er hinausgegangen war, legte ich mich wieder ins Bett, da ich aber das herrliche Gebäude des Trostes und der Verzweiflung zerstört hatte, das von einem zarten Spinnennetz des Katers umgeben war, band mich jetzt die Anziehungskraft an die Erde. Ich wollte einschlafen und von diesem Städtchen fortsegeln, das zu verlassen ich keine Kraft hatte. Mein Autobus war schon vom Marktplatz gefahren, durch tiefe Pfützen, vorbei am Restaurant *Piastowska*, an der Kirche machte er einen leichten Bogen. Dort hatte der Schnee einen hohen Wall errichtet, der uns alle von Gott trennte, dann bog er in die Straße des Generals Pradzyński ein, gewann an Geschwindigkeit, fuhr sehr schnell an den Hotelfenstern vorbei, auf die Brücke. Dann tauchte er noch einmal zwischen den Zäunen der Obstgärten auf, die unter dem Schnee schlummerten, zwischen Glashäusern hindurch fuhr er auf die Betonstraße, die durch Wälder in das Innere Polens führte.

Ich lag im Bett, blickte zur Decke und sehnte mich plötzlich nach dieser Reise, die an mir vorbeigegangen war. Der nächste Bus fuhr um fünf Uhr nachmittags im Schein der blauen Laternen vom Marktplatz ab. Es war Mittag, und trotzdem sah ich diesen anderen Bus, wie er sich durch den Schneesturm kämpft. Der starke Motor brummt, der Fahrer in einem riesigen Schafspelz hält die Hände auf dem Lenkrad, von Zeit zu Zeit hört man das Ächzen des Getriebes und den kranken Atem der Bremsen. Wie ein großes, müdes Tier bewegt sich der Bus durch den Wald. Im schwachen Lichtschein verschwimmen die Gesichter der schlummernden Reisenden, sie gleiten fort in die Dunkelheit. Alle schweigen, niemand liest, die Körper dampfen in der warmen, winterlichen Kleidung, irgend jemand stöhnt im Schlaf, der Tod ist immer näher, aber wir wissen es nicht, wir versuchen, nicht daran zu denken, versuchen alles zu vergessen, sogar das Leben, denn dann werden wir für den Tod unerreichbar. Er kann uns nicht nehmen, was für uns das Wichtigste ist. Wir selbst haben das Leben abgelegt, wir verhalten uns so, als betreffe es uns gar nicht, wir spielen Freiheit und Würde, und so verläuft unser Würfelspiel mit Gott, der – anders als wir – niemals einschläft.

Endlich war ich aufgestanden, hatte mir Gesicht, Nacken und Oberkörper mit kaltem Wasser gewaschen, rieb mich mit dem Handtuch ab, bis die Haut schmerzte, und glaubte dann einen Augenblick lang, daß ich dieses Gefängnis verlassen könnte.

Aber das Gefühl hielt nicht länger an, als eine Träne

braucht, um unter den Lidern zu trocknen. Ich war wieder mit mir allein, hinter Gittern. Nur war ich noch stärker entblößt als vorher, denn ich war wieder nüchtern, alle Verstandeskräfte begannen zu walten, die normale Bürokratie meines Körpers setzte ein. Die Luft im Zimmer war jetzt wie Kristall und so zerbrechlich, daß ich Angst bekam, sie mit der leichtesten Bewegung zu zerschlagen. Die schmutzigen Wände des Hotelzimmers belebten saftige Farben, wie damals, als hier noch die Leitern der Maler standen, die das Haus renovierten. Der Staub war von den Fensterbrettern verschwunden, die Scheiben blitzten vor Sauberkeit, Schneesturm tobte durch die Welt. Als ich die Schizophrenie der vergangenen Nacht abgewaschen hatte, waren Haut und Muskeln wie abgerissen, im klappernden Skelett hörte ich jetzt die darin klopfenden Sünden. Selbst wenn ich abreisen kann, werde ich dieses Gepäck mit mir nehmen.

Früher einmal habe ich von mir geträumt, doch war ich jemand anders, ein Knabe, besser erzogen und netter als ich, der maßgeschneiderte Anzüge trug, in seinem eigenen großen Zimmer wohnte, das mit Spielsachen angefüllt war, und der sich mit Süßigkeiten vollessen konnte. Doch damals wurde mir bewußt, daß ich immer dann träumte, wenn ich der andere Knabe war. Die Grenze zwischen Wirklichkeit und Traum war ganz deutlich. Ich überquerte sie zu gewissen Zeiten der Nacht wie ein Mondsüchtiger, nur sicherer, denn wenn mich Rufen oder Lärm weckten – fand ich mich in meinem eigenen Bettchen wieder als armer Knabe mit schlechten Manieren, ohne Maßanzug und Süßigkeiten. Ich kehrte also aus der Welt der Träume in die Wirklichkeit zurück, sanft und ohne Bedauern, denn diese nächtlichen Reisen genügten mir als Nahrung für die Seele. Man kann behaupten, daß ich damals nicht sehr anspruchsvoll war. Die Phantasie erweiterte meine Welt gerade so viel, daß ich darin Platz fand. Später wuchs ich und paßte nicht mehr hinein. Da habe ich dann eine enge Zelle bezogen und blickte durch das Gitter in die Welt.

Ich gehörte zu der recht zahlreichen Gruppe von Menschen auf dieser Erde, denen der Krieg etwas Trost und Hoffnung brachte. Immerhin bekamen wir Gelegenheit, uns zu prüfen und eine Rechtfertigung für unser Dasein zu finden. Ich sollte Rostocki nicht verdammen, nur weil er seine Existenz auch zu rechtfertigen sucht und krampfhaft nach Mitteln forscht, die es nun nicht mehr gibt, denn der Krieg ist schon längst zu Ende. Rostocki läuft von einem Zaun zum anderen, von einem Amt zum anderen, krank von den verschiedensten Einbildungen, immer auf der Suche nach neuen Gesten und Kostümen, die ihn gut kleiden. Doch quält ihn die Angst, die schlimmste von allen möglichen, denn immer, wenn er in den Spiegel blickt – sieht er nicht sein eigenes Bild, sondern nur Leere in einem modernen Anzug. Wie kann man den Lebensschmerz stillen, wenn das Leben des Risikos beraubt wurde? In der Zeit, als ich Wagenbachs Hund wurde, der Hund ›unseres lieben Benno‹, habe ich das Menschsein nicht aus eigener Schuld abgelegt, was sich als äußerst heilsam erwies. Denn als ich es zurückgewann, hatte es schon seine Narben. Seit dieser Zeit schmerzt mich jedes Kostüm, selbst die Nacktheit drückt mich, obwohl sie natürlich noch am erträglichsten ist. Aber ich war bereit, mein Leben zu opfern, um jemand anders zu werden. Doch das schien nicht möglich zu sein. Mit jedem Tag wurde ich mehr und mehr ich selbst. Die Erinnerung an die Ereignisse bedrückte mich immer stärker, der Wunsch nach Verwandlung ließ die Fesseln immer enger werden.

Die Welt aber wurde immer schöner, die Menschen immer besser, die Gegenstände immer dauerhafter, die Währungen härter und Gott entfernter.

Ich wußte nicht, wo ich hingehen sollte, saß auf dem Hotelstuhl und wartete auf den Bus, der laut Fahrplan um siebzehn Uhr abfahren sollte. Wohin hätte ich auch gehen sollen, wenn es so viele Orte gibt, nach denen ich mich sehne? Und was möchte ich wissen, wo doch von allem ein solches Übermaß vorhanden ist?

Der Mensch, den sie im Wald vor langer Zeit gehenkt hatten, sah Bürste ähnlich, und doch war er kein Polizist aus Pawoszyn – er konnte ja nicht lesen. Vom Lesen bekam er einfach immer Kopfschmerzen. Er hatte sehr viel Instinkt, jene Ehrlichkeit, die aus einem einfachen Gemüt geboren wird, die man in mir zu Tode gehetzt und gemordet hat. Vielleicht hat Bürste sie besessen und sich deshalb auf die Schienen gelegt, so gerade wie in einen Sarg. Oder vielleicht drückte ihn ganz einfach dieses Übermaß? Von allem gab es zu viel, zu viele Konzeptionen, Gedanken, Hypothesen, Programme. Was kann man denn wirklich wissen in einer Welt voller Überfluß? In einer solchen Welt kann man nur noch vereinfachen. Wenn jemand vor zweihundert Jahren die Welt erforschte, bereicherte er sie auf seine Art und machte sie komplizierter. Heute macht er sie nur noch vulgärer. Damit zwei mal zwei vier ist. Damit man wenigstens das retten kann. Wenn Gott fehlt, der die Sterne anzündet und löscht, wenn sich dieser Gott als berechenbar erweist, wenn er so groß ist und doch in die Enge der Berechnungen hineinpaßt, in die vier Wände eines Laboratoriums sich stecken läßt und längst von den Altären gefallen ist, kann ihn sich jetzt jeder nehmen. Jeder kann ihn für sich haben, wenn er nur die Dressur des Rationalismus, der Wissenschaftlichkeit und der tauben Gewissen aushält – so wird zur einzigen Chance das Charisma, das dem Einfachen zuerkannt wird, den trivialen Selbstverständlichkeiten, den einfachsten Dingen. Um mich herum sprechen alle jetzt nur noch von dem einfachen Menschen, und darin liegt die Wahrheit, die Klugheit und die letzte Gelegenheit zur Erlösung, denn nur der einfache Mensch, der manchmal geradezu finstere Mensch hat das größte Maß an Redlichkeit bewahrt. Endlich ist für uns auf dieser Welt das Voltairesche Bäuerlein zur Realität geworden. Damals, im 18. Jahrhundert, glaubten sie an die Wissenschaft, an den Verstand, und niemand konnte seine vernichtenden Möglichkeiten voraussehen. Damals schien die Sonne eben ganz einfach. Wenn ich heute in die Sonne blicke, denke ich an Katastrophen. Eine Welt, die in Urteile zerlegt, bis in die geringsten Einzelheiten beschrieben und in Atome gespalten wurde, verlangt nach einer Ordnung! Der Mensch kann nicht zwischen dem Nichts und einer so unendlichen Vielfalt sein. Um zu existieren, muß man das alles ordnen. Selbst um den Preis eines Massakers, einer Grausamkeit oder einer Gemeinheit. Wagenbach, ›unser lieber Benno‹, verstand das sehr genau. Die zarte Zäsur zwischen zwei Welten verlief irgendwo zwischen ihm und Tante Isabella. Sie gehörte noch der erkalteten Welt der einfachen Abhängigkeiten an, der dauerhaften Hierarchie, der ausgebleichten Schleifen, der schönen Pferde und der Kachelöfen. Wagenbach trieb sich in den dunklen Gassen der Leidenschaften herum, und schon bei dem Wort Kultur entsicherte er seine Pistole. Das furchtbare Übermaß von all dem, was in vielen Jahrhunderten zur zweiten Schale unseres Planeten wurde, hemmte seine Bewegungen. Niemals werde ich Wagenbach verzeihen, aber ich verstehe ihn! Der sehnliche Wunsch, diese Welt zu ordnen im Namen einer gewissen Symmetrie und Harmonie, zwang ihn dazu, Menschen die Gurgel zuzudrücken. Wie wenig hält man dem Teufel entgegen, um eine solche Entscheidung zu treffen. Aber Wagenbachs Ängste sind mir nicht fremd, auch wenn ich mich zu seinen Opfern zähle. Der Andrang des Neuen bedrückt mich. Ich fühle diese glänzende, kühle Kupferdecke, die mich immer enger umschließt und meine Brust zermalmt. Mitten im Alltag, in der Langeweile eines Schlummers, der Sattheit der Verdauung, im Lärm meiner Träume überfällt mich wie ein Schlag der Gedanke, daß schon wieder etwas Neues geschieht. Also träume ich davon, den Augenblick anzuhalten, in der unveränderten Landschaft zu verweilen, unter den gleichen Ereignissen, den gleichen Möbeln und Gefühlen – doch das gelingt nicht. Wohin soll man fliehen? Manchen reicht der gute Gott seine hilfreiche Hand, und sie glauben, Ruhe gefunden zu haben. Doch die übrigen? Mit heraushängender Zunge jagen sie der übergeordneten und ordnenden Kraft nach. Sie suchen die einfachste und selbstverständlichste. Der erste Satz im Lesebuch für ABC-Schützen, das ist schon etwas, ein Maßstab. Und ich wundere mich nicht, daß Menschen wie Rostocki Altäre bauen und falsche Götter anbeten. Ein falscher Gott ist immer noch besser als gar keiner, denn man kann von ihm aus die Reise beginnen, und man hat etwas, wohin man zurückkehren kann.

Dieser Mensch Bürste hatte wohl zu viel Schamgefühl, um einen Altar für sein Idol zu errichten. Oder hat er vielleicht nur einfach niemals geliebt?

Ich ging hinunter, und plötzlich verwandelte sich die ganze Welt. Es hatte aufgehört zu schneien, die Sonne schaute durch die Wolken. Das war so plötzlich geschehen, daß ich mich der Vorstellung nicht erwehren konnte, im oberen Stockwerk, vor den Fenstern tobe immer noch der Schneesturm, den es hier unten nicht gegeben hatte. Die Rezeption lag im Sonnenschein, der gewachste Steinboden sah aus wie ein flacher, sauberer Teich am Anfang des Sommers. Ich ging über den Teich auf einem Steg aus geflochtenem Läufer und lehnte mich an die Theke wie ein Schwimmer an den Rand des Beckens.

»Sagen Sie mir, was war das für ein Mensch?«

Die Frau lächelte ein wenig.

»Warum wollen Sie das wissen?« fragte sie. »Das ändert nun nichts mehr.«

»Liebe Frau, er wollte mein Freund werden...«

»Und?«

»Wir waren gerade auf halbem Weg. Also habe ich das Recht zu wissen, wer mein Freund werden wollte.«

Sie kam hinter der Rezeption hervor und ging durch den sommerlichen Teich bis zu einem Sessel unter der Palme. Ich ging ihr nach, wir setzten uns einander gegenüber, ein niedriger, ovaler Tisch trennte uns, eine Tischdecke lag darauf, mit Folkloremustern bestickt. Daneben stand ein Aschenbecher in der Form eines riesigen Zwerges, dem man die Asche in das offene Maul schüttete zwischen die beim Lachen gefletschten Zähne. Ich zündete mir eine Zigarette an, da sagte sie: »Bieten Sie mir bitte auch eine an.«

Es gibt Menschen, denen wir gewisse Eigenschaften andichten und andere bei ihnen erst gar nicht vermuten, mehr noch, wir sind davon überzeugt, daß sie gar nicht existieren. Ich nahm also an, daß diese Frau nicht rauchte, sie hatte kein

Recht zu rauchen, ich sprach es ihr ab, weil sonst alle meine Vorstellungen von ihr den Sinn verlieren müßten. Und das ist geschehen. Als sie eine gläserne Zigarettenspitze aus der Tasche zog und die Zigarette hineinschob, als die Spitze zwischen ihre schmalen Lippen geschoben wurde und aus der Nase Rauchfäden kamen, sah ich eine Hexe vor mir. Das war nicht mehr diese ruhige, schweigsame Frau, Witwe eines Kommunalbeamten oder vielleicht eines Bahnangestellten, deren Leben zwischen der Arbeit in der Hotelrezeption, die ihr bescheidenen Unterhalt gewährte, und der Wohnung in der Mansarde eines Nachbarhauses verlief, einer Wohnung, die eher dunkel wirkte, mit Fenstern nach Nordwesten, ohne Bad. Dafür war aber diese Wohnung mit patriotischen Bildern geschmückt, mit Reproduktionen des Malers Grottger, einem Stich, der Fürst Josef Poniatowski auf einem wilden Roß an den Ufern der Elster zeigte, und auch mit schwerem, nicht sehr geschmackvollem Kristall, das in der Kredenz hinter Glas zusammengedrängt war neben einer Schäferin aus Porzellan und dem Marquis aus der Zeit des ›Ancien régime‹. Also eine Wohnung, die zwar nett, aber auch ein wenig traurig ist, in der diese Frau ihre Freizeit mit Radiohören verbringt, von Zeit zu Zeit einen Brief an den Lokalsender schreibt mit ihrer runden Mädchenschrift. Sie schreibt Bemerkungen über die Sendungen für die Landwirtschaft und Anregungen, die das hiesige Verkaufsnetz betreffen. Dafür bekam sie auch einmal ein Anerkennungsdiplom, das jetzt an der Wand hängt, zwischen einem Regal mit Büchern und der vergrößerten Fotografie ihres verstorbenen Mannes in dunklem Anzug und gestreifter Krawatte und mit einer diskreten Blume im Knopfloch. Das war nicht mehr die Frau, die ich so deutlich auf einsamen Waldspaziergängen sah, wie sie im

Schatten riesiger Bäume umherging mit einer Weidenrute in der Hand. Von Zeit zu Zeit schlug sie ohne Grund auf die Blätter ein und zertrat die Ameisen, die unter ihren Füßen fortliefen. Sie war gar nicht die Frau, die sich von den Freundinnen fernhielt und erst recht von Freunden, die lieber die Einsamkeit wählte und nur manchmal Kontakte mit der hiesigen Schuljugend pflegte, der sie gerne Anekdoten aus der Geschichte der Stadt erzählte und nicht merkte, daß die Gesichter ihrer jungen Zuhörer Langeweile und Geringschätzung ausdrückten. Sie war auch nicht mehr eine jener Witwen, die nachts erwachen mit schmerzenden Gliedern, krank und verschwitzt, die dann in ihre Kopfkissen beißen, um nur nicht laut zu schreien, oder die in ihren engen Wohnungen herumirren, von wilder Ordnungswut gepackt, von dem Verlangen, Staub zu wischen und die silberne Zuckerdose und die Wasserhähne aus Messing zu putzen. Als sie die Zigarette mit der Bewegung einer leidenschaftlichen Raucherin anzündete, die bereit ist, mitten in der Nacht im Schneesturm zum Bahnhof zu waten, wenn sie in eifriger Hast bereits das Gerümpel aus den Schubladen geworfen und dabei festgestellt hat, daß im Hause auch nicht eine vertrocknete Kippe zu finden ist – da begriff ich, daß sie eine ganz andere Person war. Sie wohnte nicht im höchsten Stockwerk eines Hauses, sondern im Parterre, in einem sonnigen und etwas stickigen Zimmer, dessen Fenster mit einem Leinenvorhang verhüllt war, mit aufgemalten Pfauen und anderen phantastischen Vögeln in grellen Farben. In der Freizeit räkelte sie sich auf der Couch mit alten Illustrierten, ihr Mann war gar nicht verstorben, sondern erfreute sich vorzüglicher Gesundheit und lebte in einer anderen Verbindung am anderen Ende Polens. Das hat sie aber nicht weiter erschüttert, denn sie hielt ihn für einen Dummkopf, der sie mit seiner Unbeholfenheit plagte, mit dem Mangel an innerem Gleichgewicht und jeglichem Ehrgeiz.

Als er ihr eines Tages erklärte, er habe die Frau seines Lebens getroffen, öffnete sie eine Flasche Wein und brachte einen Toast zu Ehren der wiedergewonnenen Freiheit aus. Aber sie war eine normale Frau. In bestimmten Zeitabständen erschien bei ihr ein höherer Beamter, verheiratet und verantwortungsbewußt – und dann ging sie mit ihm ins Bett, eher berechnend, denn sie nahm an, daß man es tun sollte im Namen der Gesundheit und der psychischen Hygiene. Früher einmal, bei einem Urlaub in Bulgarien, hatte sie ein Abenteuer mit einem Studenten, aber den hatte sie bereits vergessen, den Zettel mit seinem Namen und der Adresse hatte sie irgendwo in dem Durcheinander ihrer Welt verloren, in der das Geschirr selten abgewaschen wurde, Stöße von Zeitungen und nicht zu Ende gelesener Bücher, Briefe, die nicht abgeschickt wurden, und Teile der immer wieder umgearbeiteten Garderobe herumlagen.

Vielleicht war diese Frau auch jemand ganz anders, aber als sie sich die Zigarette angezündet hatte, wußte ich, daß sie mir entglitten war.

»Ich habe Ihnen gestern gesagt, daß er Stanislaw Ruge hieß.«

»Sie haben auch gesagt, daß er viel erlebt habe. ›Ein netter Mensch, und hat viel durchgemacht‹, so haben Sie gesagt.«

»Ich habe es wohl so gesagt.«

»Wenn Sie das jetzt ein bißchen erläutern könnten . . .«

Sie lachte ohne Fröhlichkeit auf.

»Ich werde Sie enttäuschen«, sagte sie. »Ich weiß nichts Konkretes. Er ist ganz einfach im letzten Jahr ein paarmal hiergewesen. Es mußte ihn etwas mit dieser Stadt verbunden haben, denn er war schon im Ruhestand und hatte nichts zu erledigen. Ich weiß, daß er zum Fluß ging, und im Sommer fuhr er in der Umgebung herum.«

»Das ist interessant«, warf ich ein.

»Wissen Sie, mein Herr, es ist gar nichts Interessantes dabei. Die Gegend ist sehr schön, es gibt wenig Menschen, die Spaziergänge sind gesund. Vielleicht war er zur Erholung hier.«

»Hat er mit Ihnen nie über sein Leben gesprochen?«

»Die Herren von der Miliz haben mich schon danach gefragt. Nein, das hat er nicht. Ich bin kein Typ, bei dem ein Mann sich ausweint.«

Das wußte ich seit dem Augenblick, als sie sich die Zigarette angesteckt hatte.

»Wenn es so ist«, sagte ich, »warum haben Sie gemeint, daß er viel erlebt hat?«

»Darüber braucht man nicht zu sprechen, das sieht man. Herr Ruge war von einer solchen Müdigkeit, vielleicht war es auch Resignation. Er war selten freudig erregt und ist auch niemals schnell gegangen. Vielleicht war er ganz einfach sehr krank...«

Ich wußte, daß es schwer sein würde, die Wahrheit zu ergründen. Wenn eine Krankheit in ihm steckte, so hatte sie die Lokomotive in kleinste Stücke zermalmt. Aber ich dachte auch, daß die Frau aus der Hotelrezeption, unabhängig davon, wer sie in Wirklichkeit war, mir nichts weiter sagen würde. Unser Gespräch erlosch plötzlich wie eine ausgeblasene Kerze – ich war wieder in der Dunkelheit. Er hieß Stanislaw Ruge, war im vergangenen Jahr ein paarmal hiergewesen, trieb sich in der Gegend herum und sah nicht gut aus. Damit konnte er noch hundert Jahre leben. Gibt es denn wenig Leute, die einsame Spaziergänge bevorzugen, etwas in sich verbergen, von innerer Qual gepeinigt werden? Und dann stellt sich heraus, daß alles gar nicht so wichtig war?

»Sagen Sie bitte, wo ist hier der Friedhof?«

»Jenseits vom Fluß«, antwortete sie. »Man muß an das andere Ufer gehen und dann nach rechts am Getreidesilo vorbei.«

Ich erhob mich und dankte ihr für das Gespräch. Sie sagte: »Sie haben heute noch nichts gegessen, nicht wahr?«

Sie hatte recht, aber allein der Gedanke ans Essen bewirkte Übelkeit. Also lächelte ich entschuldigend und lief die Treppe hinauf, um meine Jacke zu holen. Oben schneite es auch nicht mehr, die Sonne schien, mein Zimmer war sauber und nett. Es tut gut, von einem solchen Ort aufzubrechen.

Das Silo war schon aus der Ferne sichtbar. Es erhob sich hinter der Brücke wie ein grauer Würfel, der die Landschaft in zwei Teile trennte. Auf der linken Seite befanden sich kleine Holzhäuschen, Schuppen, eine alte, leere Schmiede und Sommerhäuschen in den Schrebergärten. Rechts lag ein leeres, schneebedecktes Feld, noch weiter sah ich die Friedhofsmauer. Ich ging einen schmalen Weg im Schnee entlang, der nach dem nächtlichen Sturm nur schwer auszumachen war. Es war ein ermüdender Marsch, denn es hatte gefroren, verräterisch glitzerte der Pfad in den Sonnenstrahlen. Der Schnee, beim Sturm ein wenig geschmolzen, war jetzt mit einer dünnen Eisschicht bedeckt. Die Sonne hing tief am Himmel, sie blendete wie ein Scheinwerfer. Anfangs schien mir der Friedhof nicht weit zu sein, aber ich war doch fast eine halbe Stunde gegangen, und als ich schließlich durch das halb geöffnete Tor trat, spürte ich Schweißtropfen am Rücken. Der Friedhof war weitläufig und sehr alt. Sehr polnisch. Nicht der Reichtum architektonischer Formen, sondern Spuren unablässiger Sorge lebender Menschen verliehen ihm stille Schönheit und Würde. Jemand hatte schon den Schnee von den Wegen zwischen den Gräbern geräumt, überall unter der weißen Decke sah man die Umrisse jener winzigen Rasenflächen und Blumenbeete, jenen armseligen Zierrat, der nicht ohne die gefällige, hilfreiche Hand des Menschen sein kann.

Wo sollten auch auf dieser besten aller Welten die Friedhöfe am schönsten erblühen, wo sollten sie von der Sorge der Lebenden erfüllt sein, wenn nicht hier, in diesem Lande, wo viele Jahrzehnte hindurch der friedliche Tod nur denen gegeben war, die stets Zurückhaltung übten. Geziemt es sich da nicht, wenigstens nach dem Tode die Menschen mit sorgfältiger Mühe zu belohnen?

Wie jeder Mensch, der sich seit undenkbar langen Zeiten an den Tod gewöhnt, blickte ich neugierig auf die Gräber. Bald kam ich zu dem Schluß, daß in dieser Stadt das Kriegsschicksal gnädig mit den Menschen verfahren war. Jene haben die Gegend nicht zerstört. Die Gräber aus der Kriegszeit ordneten sich sanft in die Friedhofslandschaft ein, manche Menschen starben hier früher, andere später – das war alles. Irgend jemand war in seinen jungen Jahren beerdigt worden, lange bevor Wagenbach, ›unser lieber Benno‹, auszog, um die Zivilisation zu erobern. Ein anderes Leben erlosch im hohen Alter, in der Zeit des großen Inferno. Sicherlich war der Greis nach dem Mittagessen eingenickt und ist nicht mehr aufgewacht, oder er hat sich mit fünfundachtzig Jahren erkältet, hüstelte ein wenig, nieste – und verstarb.

Nur an der Friedhofsmauer zwischen den Schneeverwehungen, die der nächtliche Sturm hier hergetrieben hatte, zog sich eine Reihe russischer Kriegsgräber entlang, mit einem roten Stern geschmückt und den Resten der vertrockneten Kränze, die man Anfang November hier niedergelegt hatte – einfache Gräber, die Achtung verdienten. Und doch waren sie etwas fremd, sie schmiegten sich an die Grenze, hinter der die Erde lag, die niemals mit christlichem Wasser geweiht worden war.

Ein Mann kam auf mich zu, in hohen Gummistiefeln, einer wattierten Jacke, auf dem Kopf eine Mütze mit Schafsfell verbrämt. Es war der Friedhofswärter, einer jener sonderbaren, etwas scheuen Bewohner dieser Erde, die Löcher für die Toten ausschachten, die Särge an Leinenriemen schleppen, sich in finsterer Nacht auf den Friedhöfen herumtreiben und keine bösen Geister fürchten.

»Wen suchen Sie?« fragte er. Der Mann bewegte sich etwas unsicher, der vertraute Geruch von Wodka hüllte ihn ein. Er war alt, knochig und unrasiert, hatte gelbe, faule Zähne, eine riesige Nase und blutunterlaufene Augen, sicherlich hatte er heute schon die obligatorischen zwei Viertelchen gekippt. Ich dachte daran, daß ihn nun das dritte erwartete, und erklärte, ich sei gekommen, um ein bißchen zu reden.

»Ist Ihnen jemand gestorben?« fragte er, als wir zu dem Häuschen im Inneren des Friedhofs gingen, auf dessen Dach ein Schornstein rauchte. Ich verneinte, da erkannte er mich als Person an, die Aufmerksamkeit verdiente. Im kleinen Büroraum begrüßte uns ein eisernes Öfchen, dessen Rohr glühte. Ich zog meine Jacke aus, ohne die Aufforderung des Hausherrn abzuwarten, aber der plötzliche Temperaturwechsel hätte mich sonst umgeworfen. Ich saß auf einem niedrigen Hocker, und über mir stand der alte Bursche und stieß seinen Riechkolben in die Luft.

»Also, worüber woll'n wir reden?«

»Über die Toten«, gab ich zurück, doch er war nicht weiter erstaunt, seit undenklichen Zeiten sprach man hier über nichts anderes.

»Lieber Freund«, sagte ich, »die Zunge klebt mir schwer am Gaumen, also ...«

Ich hatte den Satz noch nicht zu Ende gesprochen, da wußte er bereits alles. Der Riechkolben zuckte, ging in die Höhe, damit auf den Lippen ein vorwitziges Grinsen Platz hatte. Der Alte trat zur Wand, wo neben dem glühenden Knie des Ofenrohres eine Hausapotheke mit aufgemaltem roten Kreuz hing. Während er die Apotheke öffnete, holte ich Geld heraus. So wurde auch uns ohne überflüssige Worte die harmonische Verständigung unserer Vorfahren zuteil ...

Den Wodka bewahrte er in einem Glas auf, in dem früher einmal saure Gurken waren, aber offenbar war er anspruchsvolle Gesprächspartner gewöhnt, denn er stellte sogleich auf den Hocker zwei Mostrichgläser. Der Wodka war warm, und dafür tadelte ich ihn.

»Nicht so ungeduldig!« rief er. Er ging aus dem Raum und erschien nach einer Weile auf der Schwelle mit einem Eimer voll Schnee. Er steckte das Weckglas in den Eimer, umgab es mit Schnee und stellte den Eimer vor das Haus. Dann schloß er sorgfältig die Tür, steckte mein Geld ein, elegant versagte er sich das Zählen, wahrscheinlich überzeugt davon, daß ich gut zahle, denn allgemein gesehen sei ich wohl ein guter Mensch. Schließlich setzten wir uns auf den Schemel und zündeten uns Zigaretten an ohne Streichhölzer, direkt an der heißen Ofenwand. Meine Wangen glühten, trockene Hitze drang in die Lunge.

»Na, Chef, wen suchen wir denn nun?« begann der Behüter der Toten.

»Wenn ich das wüßte, Freund. Gestern hat ein Mann Selbstmord begangen, er hieß Ruge.«

»Weiß ich«, unterbrach mich der Beschützer der Toten. »Er hat sich auf die Schienen gelegt, und der Zug hat ihn überfahren.«

Ich nickte, er lächelte wieder wissend.

»Das war ein ziemlich groß gewachsener Mann, fast kahlköpfig, von mittlerer Statur ...«

»Weiß ich, habe ihn gesehen«, unterbrach er mich. Ein warmer Strom der Erleichterung floß durch meinen Körper.

»Haben Sie ihn oft gesehen?«

»Nur einmal.«

»Wann war das?«

»Heute.«

»Reden Sie keinen Unsinn. Er hat sich heute nacht umgebracht auf den Schienen.«

»Das weiß ich. Lebend habe ich ihn nie gesehen. Nur heute.«

»Wie?«

Der Beschützer der Toten lachte bitter.

»Ich weiß nicht, wer Sie sind, Chef«, sagte er, »aber Sie sind nicht der erste. Schon heute vormittag waren sie hier. So ein hinkender Offizier aus der Kreiskommandantur der Miliz. Er heißt Siemienski. Vergangenen Winter habe ich seinen Papa beerdigt.«

»Siemienski«, wiederholte ich plötzlich kraftlos. »Er hat Sie also schon ausgefragt?«

»Ein gutes Stündchen lang. Sie kamen mit dem Auto auf den Friedhof, kämmten das Buch durch, trieben sich zwischen den Gräbern herum. Dann nahmen sie mich mit zum Kommissariat und zeigten mir den Burschen. Aber ich habe ihn nicht gekannt. Er ist nicht hierhergekommen. Oberleutnant Siemienski, also der Hinkende, war sehr enttäuscht.«

»Und was sagte er?«

»›Schade, daß er nicht auf den Friedhof gekommen ist, ich hatte gehofft, er wäre hier gewesen‹. Herr Chef, die Miliz sagt so verschiedene Dinge, die der Mensch nicht versteht. Wozu sollte der Bursche denn hergekommen sein, wenn er niemanden auf unserem Friedhof hatte...«

»Siemienski nahm an, daß er hier jemanden gehabt hatte«, sagte ich.

Der Beschützer der Toten zuckte die Schultern. Der Wodka draußen vor der Tür war überflüssig, absurd geworden. Aber ich konnte nicht so plötzlich fortgehen, also blieb ich. Wir tranken langsam, schweigend.

Als ich zum Friedhofstor zurückging, dämmerte es bereits. Die Luft wurde immer frostiger. Ich dachte wieder an dieses Übermaß von allem, das uns nicht leben läßt und doch den Sinn des Seins verkörpert, denn schließlich ließ mich das Begehren dieses Übermaßes nach Bürstes Spuren auf dem Friedhof suchen, und es lenkte meine Schritte auch jetzt, als ich verächtlich das Hotel *Polski* hinter mir ließ, die Bushaltestelle, die Kirche, den Marktplatz und die Straße *Schlacht bei Lenino*, um schließlich über drei Betonstufen in das Haus zu gelangen, in dem sich die Bezirkskommandantur der Miliz befand. Ich kam wieder in den Korridor, wo ich am frühen Morgen Angst vor dem Tod empfunden hatte.

Siemienski war in seinem Zimmer. Als ich an die Tür klopfte, sagte er etwas Undeutliches. Ich blieb auf der Schwelle stehen, er blickte auf, sah mich, war nicht besonders erstaunt. Er lächelte und zeigte auf den Stuhl vor dem Schreibtisch.

»Legen Sie den Mantel ab. Hier ist es heiß.«

Ich zog den Mantel aus und hängte ihn an die Stelle, wo heute morgen Bürstes Mantel hing.

»Sie verfolgen also doch seine Spur«, sagte ich.

»Ich verstehe nicht.«

»Ich komme vom Friedhof. Sie sind schon dort gewesen. Ich nehme an, daß Sie vernünftig gesucht haben. Aber doch ohne Ergebnis, nicht wahr?«

»Vorläufig ohne«, antwortete er. »Und Sie sind hierhergekommen, um mir das mitzuteilen?«

»Nicht nur, Herr Oberleutnant. Aber jetzt weiß ich nicht mehr, wie ich das ausdrücken soll.«

»Bei mir kann man alles ausdrücken.«

»Wir begehen beide den gleichen Fehler«, bemerkte ich.

»Nämlich?«

Er schien mir nicht mehr so steif und beamtenhaft wie heute früh. In seinem Gesicht entdeckte ich jetzt Spuren von Müdigkeit und eine gewisse Resignation, das machte ihn sympathisch.

»Sehen Sie«, sagte ich, »jeder von uns beiden möchte auf seine Art einen Sinn in der ganzen Sache retten. Etwas Rationelles, eine Spur von Gedanken. Meinen Sie nicht? Wozu sind Sie sonst auf diesen Friedhof gegangen? Aus welchem Grund haben Sie sonst die Bücher in der Pfarrei durchgeschmökert, haben den Totengräber befragt, den Pfarrer, den Krankenhausdirektor? Ich wette meinen Kopf, daß Sie schon mit den Pfarrern und den Ärzten gesprochen haben . . .«

»Das habe ich«, gab er mit einiger Bitterkeit zu. »Und was bedeutet das?«

»Eben. Sie haben natürlich nach etwas gesucht, worauf ich auch gekommen bin. Ich gebe zu, daß Sie mir heute imponiert haben.«

»Imponiert? Weil mir diese einfache Lösung eingefallen ist, von der Sie meinen, es sei eine große Entdeckung?«

Ich war nicht gekränkt. Er hatte das gute Recht, über mich zu spotten.

»Das ist doch wohl klar«, führte er aus. »Ich suche die Ursache. Wenn es jemanden gab, der ihm nahestand und hier vor kurzem gestorben ist, vielleicht durch seine Schuld, oder der ihn vielleicht nur allein gelassen und ihn damit in die Verzweiflung getrieben hat, dann wird sein Verhalten wenigstens teilweise begründet...«

»Also doch, Freund! Also begehen Sie doch den gleichen Fehler.«

»Darin liegt kein Fehler. Und ich bin kein Freund. Ich bin Offizier der Miliz, war niemals bei den Pfadfindern, sondern nur im Jugendverband.«

»In Ordnung. Denken Sie doch einen Augenblick nach. Also die Begründung. Irgendein Tod, ein Unglück, das ihn gerade hier getroffen hat... Und wenn es diesen Tod nicht gab? Wenn ihn dieses Unglück vor langer Zeit getroffen hat, am anderen Ende der Welt?«

»Alles ist möglich«, sagte er. »Ich behaupte nicht, daß es hier geschehen sein muß. Aber so wie Sie war ich der Meinung, daß man es nachprüfen muß.«

»Was muß man nachprüfen?« schrie ich.

»Werden Sie nicht laut!«

»Entschuldigung, ich war erregt... Also, was muß man nachprüfen? Den Grund? Müssen Sie unbedingt eine rationelle Begründung suchen? Und für wen tun Sie das schließlich? Doch nicht für ihn...«

»Und Sie? Wozu sind Sie auf den Friedhof gegangen?«

»Ich bin kein Polizist«, sagte ich. »Ich bin nur jemand, mit dem er Kontakt suchte, Freundschaft.«

»Er lebt nicht mehr.«

»Aber ich lebe!«

»Also gut. Machen wir uns nichts vor. Ich bin Polizist, aber außerdem auch ein Mensch. Also suche ich eine Antwort auf die Frage, warum er es getan hat. Ich schließe nacheinander verschiedene Möglichkeiten aus. Das kann ich besser als Sie. Wenn ich die Sache abschließe, möchte ich eintragen, daß er Selbstmord aus dem und dem Grunde begangen hat. Wenn ich den Grund nicht finde, werde ich schreiben, daß die Ursache nicht auszumachen war.«

»Und damit Schluß?«

»Schluß für den Polizisten. Für den Menschen...« er zögerte, fügte dann hinzu »...auch. Ganz einfach, weil ich dann alle Möglichkeiten, die Wahrheit zu erforschen, ausgeschöpft habe.«

»Aber Sie möchten sie kennenlernen?«

»Ja. Dann wäre mir leichter zumute.«

Plötzlich lächelte er entschuldigend. »Solche Gespräche bin ich nicht gewohnt. Ich kann sie nicht führen. Und, um die Wahrheit zu sagen, ich habe so ein Gefühl, als würden wir Zeit verschwenden.«

»Das haben Sie gar nicht.«

Er sah mir in die Augen.

»In Ordnung. Ich habe es auch nicht. Aber ich könnte es in wenigen Minuten bekommen.«

»Dann werden Sie es mir sagen, und ich gehe ins Hotel, packe Seife, Handtuch und Zahnbürste zusammen, setze mich in den Bus und fahre weg.«

»Also fragen Sie!« sagte er und wischte plötzlich mit dem

Handrücken über sein Gesicht wie ein schwitzender Steinmetz.

»Vielleicht war er krank?« fragte ich.

»Er war nicht krank. Ich habe die Ergebnisse der Untersuchung. Für sein Alter war er ganz in Ordnung.«

»Und niemand ist ihm hier gestorben?«

»Wohl nicht... Aber das kann man nur schwer feststellen. Er war dreimal in letzter Zeit bei uns, wohnte im Hotel *Polski*, hatte keine Bekannten.«

»Ist es wirklich sicher, daß er nicht krank war? Vielleicht hatte er gerade in letzter Zeit erfahren, daß...«

»Wir vergeuden Zeit«, unterbrach Siemienski. »Er war gesund. So wie Sie und ich.«

Ich schwieg. Er sah mich etwas spöttisch an.

»Nun, also? Die nächste Frage?«

Aber ich fragte nicht. Da klopfte er leicht mit der Hand gegen den Schreibtisch.

»Warum tun Sie so, als wüßten Sie nichts von einer gewissen wichtigen Sache?«

»Von welcher Sache?« fragte ich.

»Von Pawoszyn«, sagte Siemienski. »Sie waren doch bei seinem Gespräch mit Rostocki anwesend. Mehr noch, Sie wissen sogar ganz genau, was Rostocki zu Protokoll gab.«

Ich nickte. »Hören Sie mir einmal aufmerksam zu«, sagte ich mit einiger Anstrengung, »und unterbrechen Sie mich nicht. Warum wollt ihr aus ihm noch nach dem Tode einen Lumpen machen? An dieses Pawoszyn glaube ich nicht. Ich selbst kannte auch jemanden, der ihm ähnlich war und doch nicht in Pawoszyn wütete. Und er war dort auch nicht. Er hatte einfach genug von all dem, wovon jeder von uns einmal genug hat, aber andere tragen das irgendwie, können sich irgendwie herauswinden, er aber war nicht glatt und erfinderisch genug, und deshalb hat er sich auf die Schienen gelegt... Und selbst wenn? Hören Sie mir aufmerksam zu, Kamerad! Selbst wenn er dieser Kerl in Pawoszyn gewesen wäre, so hatte er fast dreißig Jahre Zeit, um mit sich selbst abzurechnen. Er brauchte nicht auf Rostocki zu warten. Jetzt werden Sie sicher wieder Polizist sein, in dieser Sache wollen Sie nur Polizist sein. Und nichts weiter, ja? Glauben Sie, daß er vor Rostocki erschrocken ist? Eben nicht! Er war gar nicht erschrocken, als Rostocki diesen seinen Unsinn von dem Polizisten aus Pawoszyn schwatzte. Doch das verstehen Sie nicht. Sie gehören zu der Kategorie von Menschen, die sich nur dann sicher fühlen, wenn jedes Steinchen in das Mosaik hineinpaßt, wenn man alles an den eigenen Vorstellungen messen kann und eine für alle verbindliche Ordnung die Welt in Ketten hält. Sie tragen Ihren Kopf hoch in den Wolken der Dialektik.«

»Zeitverschwendung!« unterbrach mich Siemienski trokken. »Es ist besser, Sie gehen.«

In der hellerleuchteten Hotelhalle unter einem Lampenschirm, der aussah wie eine Schwertlilie mit dickem, grünlichem Stiel, darin eine zuckende Leuchtröhre – stand Leszek. Er trug wieder die dreckige Leinenjacke und an den Füßen dunkelrote Halbschuhe aus dem Ausland.

Als ich eintrat, wandte er den Kopf zur Seite, gefangen wie ein Nachtvogel plötzlich im Lichtkegel einer Lampe. Seine dunklen Augen bekamen einen glasigen Glanz, die Hand bewegte sich und berührte die rechte Hüfte an der Stelle, wo Cowboys ihre Colts zu tragen pflegen. Doch einen Colt besaß er nicht, nur eine ausgefranste Hosentasche, aus der er ein Taschentuch holte, die Stirn abwischte und dann, seltsam resigniert, das Tuch wieder in die Tasche steckte und unter dem Lampenschirm erstarrte.

Diesen Jungen betrachtete ich mit Wehmut und Ekel, weil ich der Meinung war, ich müßte Mitleid für ihn empfinden, und gleichzeitig war er für meine geistigen Bedürfnisse einfach ein wenig zu schmutzig. Ich dachte daran, daß er sicher eine schwere Kindheit gehabt hatte in einer dafür äußerst ungeeigneten Zeit, und zwar in einer Zeit, in der eine schwere Kindheit für unmöglich erklärt worden war. Mit anderen Worten, dieser Junge war ein Nachzügler der historischen Umwandlungen, er schleppte sich am äußersten Ende der Ereignisse dahin, und dafür gibt es keine Entschuldigung.

Wäre er heute dreißig Jahre alt – so wäre alles in Ordnung. Doch er hatte erst achtzehn Winter erlebt, der jetzige war der neunzehnte. Man mußte also erwarten, daß er der Welt das lächelnde Gesicht der Jugend zeigen würde, während doch dieser Junge schmutzig und verschwitzt war, verbittert und voller Wut. Er war der blühenden Realität um uns herum nicht entgegengegangen, sondern verharrte wie verpuppt in jener Epoche, von der man meint, daß es sie gar nicht gegeben hat, und kopierte in der Art, zu sein und zu denken, seine benachteiligten Vorfahren. Doch das, was bei seinem Vater, einem Sproß der Slums in der Provinz, der in der rachitischen Sonne des Vorkriegsregimes aufgewachsen war, noch selbstverständlich erscheinen konnte, mußte bei Leszek wirken wie eine billige Kopie. In Wahrheit spielte er nämlich nicht seine eigene Rolle, denn er war ein magerer, verbitterter, abgerackerter Bengel, als ihn die Geschichte an einem rüstig-optimistischen und freudigen Ufer der Welt abgesetzt hatte. Im neunzehnten Lebensjahr hatte er bereits alle Entscheidungen hinter sich, und das hieß ganz einfach, daß er die Chancen vertan, die er mit sich auf die Welt gebracht hatte. Er hatte also kein Gymnasium besucht, wurde in keine Hochschule aufgenommen, war nicht in ein Studentenheim gezogen, raschelte nicht mit den Seiten der Skripte in der nächtlichen Stille eines gemütlichen Zimmerchens in der siebenten Etage, wohin geräuschlos fahrende Fahrstühle eine gesunde, disziplinierte und fleißige Jugend brachten, er verabredete sich auch nicht mit einer schlanken, brünetten Studentin, die ausgelassen mit ihm schlief und ebenso freudig ausgelassen ihre Semester anrechnen ließ als talentierte Studentin der Kunstgeschichte, der Astronomie oder gar der Landwirtschaft. Statt dessen hatte er sich mit dem Abgangszeugnis der Grundschule begnügt, dann arbeitete er mit der Schaufel, um sechs Geschwister satt zu bekommen, die der Papa manchmal vergaß, wenn er seinen lasterhaften Neigungen nachging.

Als Arbeiter träumte Leszek vom Aufstieg – und das Schicksal war ihm gnädig, denn er wurde tatsächlich befördert, als er die Stellung eines Kellners im Restaurant des Hotels *Polski* erhielt. Seit diesem Augenblick hatte Leszeks Leben neue Farben bekommen und einen neuen Inhalt, es verlief in ungewohnten Bahnen. Die Flügel des Luxus und der großen Welt hatten den Jungen gestreift. Der Klarheit des Bildes wegen sollte man erwähnen, daß das Hotel *Polski* von der Kundschaft lebte, die aus den Hauptstädten der Provinzen und sogar aus der Landeshauptstadt kam, in der Sommerzeit aber in seinen achtundzwanzig Zimmern Gäste beherbergte, mit denen der Umgang als Auszeichnung gelten konnte.

Man sollte sich also nicht wundern, daß Leszek eine gewisse Verachtung für die Vergangenheit entwickelte, denn er hatte schließlich am eigenen Leibe die Wandlung erfahren, er hatte sich von der Gestalt eines Kriechtiers befreit, die Flügel ausgebreitet und war zu einem Vogel geworden.

Doch diese herrliche Verwandlung hatte in seiner Seele Unheil angerichtet, denn sie brachte ihm das Gift trauriger Mißgunst. Zwar hatte er im Kreise seiner Gleichaltrigen die Stellung eines Schiedsrichters inne und galt als weltmännisch gewandt, aber er empfand doch Bitterkeit im Umgang mit den Gästen. Schlimmer noch, da das Leben in ihm Scharfsinn und Pfiffigkeit dressiert hatte, diese typischen Eigenschaften böser, dummer und niederträchtiger Kerlchen, entdeckte er schnell, daß all diese Hotelgäste, denen er Hering auf japanische Art, gut gekühlten Wodka oder Wiener Schnitzel servierte, Primitivlinge waren. Er bemerkte an ihnen Mängel, die er selbst schon aufgeholt hatte. Er verstand besser als sie mit Messer und Gabel umzugehen, wußte, wie man die Speisen auf die Teller legt, und manchmal ließ er seiner freudigen Bosheit freien Lauf, indem er den Gästen Leinenservietten vorwarf, mit denen sie nichts anzufangen wußten. Man rief ihn manchmal nach oben, damit er jenen trägen Einkäufern und Ausbildern, den Vertriebsleitern und älteren Wirtschaftsfachleuten, die auf eine Reise in die Provinz ein leichtes Mädchen oder eine Freundin mitnahmen, die sie als Stenotypistin untergebracht hatten, das Frühstück serviere. In solchen Fällen pflegten die Herren die Tür zu öffnen in Unterhose und Unterhemd, die Damen aber räkelten sich noch in den Betten, müde und launisch. Leszek fing einen verständnisinnigen Blick des Vertriebsleiters auf, antwortete mit einem diskreten Lächeln und fragte, ob die Gattin Eier im Glas wünsche. Lautes Lachen war die Antwort auf diese Frage, und einer der Herren, der das Hotel stets mit einem anderen Mädchen besuchte, pflegte auf dieses Angebot frivol zu antworten: »Sie ist doch nicht pervers, Herr Leszek!«

Während er also ein interessantes, aber auch träges Leben führte, denn der Beruf des Kellners besteht gleichermaßen aus Bewegung und Geschäftigkeit als auch aus dem Herumstehen und Nichtstun, aus dem Damespiel in den stillen Stunden des Vormittags, begriff Leszek, daß er vom Schicksal benachteiligt worden war. Nicht zu Unrecht glaubte er, daß er imstande sei, eleganter und klüger die Rollen der Hotelgäste zu spielen als die, die er bedienen mußte.

So gestaltete sich also die Phantasie dieses Jungen, der schweigend im Lichtschein der Lampe stand, erfüllt von einem stillen Haß auf mich. Dieser Haß war unsere einzige Realität. Alles, was er über mich wußte, nährte in ihm das quälende Bedürfnis nach Rache. Alles, was ich wußte, ließ mich nur Geringschätzung und Verachtung empfinden. Wir beide befanden uns also in einer Lage, die aus einer Laune des Schicksals heraus zwangsläufig und von Anfang an unwahr sein mußte, denn ich war mir doch der Tatsache bewußt, daß es keinen Grund gab, weshalb dieser Junge mich hassen sollte, er wiederum war sicher der Meinung, mehr Aufmerksamkeit und Achtung zu verdienen, als ich ihm entgegenzubringen gewillt war.

So hatten sich also im Schein der Lampe zwei fremde Menschen mit dem Knoten der Unwahrheit und der Einbildung aneinandergebunden, um sich niemals zu versöhnen. Er wünschte meinen persönlichen Tod, wünschte mir Qualen. Und die Hoffnung, daß das Leben mir einst das ihm zugefügte Unrecht heimzahlen würde, war für ihn mehr wert als die Beförderung zum Leiter dieser Gaststätte oder sogar des ganzen Hotels *Polski*. Ich wollte ihn meinerseits im Gedächtnis behalten, irgendwo in dem schmutzigen, nach Fett stinkenden Flur, zwischen der Küche und dem Speisesaal, verschwitzt und enttäuscht im Leinenkittel, mit der zerknüllten Serviette über dem Arm, dem Pickel unter der Nase, Brillantine auf dem Kopf und der Bitterkeit im Herzen.

Ich wollte ihn zu jenem quälenden und verhöhnten Dasein verurteilen, ein Bein zwischen Töpfen, Kartoffelschalen und Speiseresten, das andere aber in der Landschaft der Fleischklößchen à la Radziwill, Tournedos avec Champignon und der Krabbencocktails, in jenem Niemandsland, wo die Erhebung in den vornehmen Stand nur einen Schritt entfernt ist, Arbeit und erzwungene Dienstfertigkeit jedoch den Hals in der Schlinge halten. Ich wollte sein Bild mit mir nehmen. Es sollte ihn schmutzig und träge zeigen, aber auch gleichzeitig als Märtyrer. Das verleiht dem Leid meist närrische Züge. Im Grunde genommen war ich grausamer als er, denn ich sah sein Auslöschen nicht im Tod, sondern in einem bösen Schicksal. Er stand unter der Lampe und sah mich an mit den Augen eines Häschers.

Es gab für uns keine Chance. Hätte ich ihm noch einmal gesagt und mein Ehrenwort gegeben, daß ich an jenem Abend gar nicht über ihre ungeschickte Liebe gelacht hatte – er hätte es für Lüge und Feigheit gehalten. Wer weiß, ob er diesen Haß nicht sogar brauchte, denn er steigerte seine inneren Kräfte, half ihm, die Enttäuschung leichter zu tragen, die ihm zuteil wurde, als das dürre Mädchen entwischte. Würde er mir glauben, so müßte er einsehen, daß nicht mein Lachen, sondern seine Küsse das Mädchen vertrieben hatten.

In seinem haßerfüllten Blick entdeckte ich auch einen tieferen Sinn. War ich doch einer jener Burschen, die er bediente, gepeinigt von qualvoller Erniedrigung und erfüllt von dem Bewußtsein, mehr wert zu sein. Er hatte nicht das Recht, auch nur einen von uns zu hassen. Im Grunde genommen wollte dieser Junge den gesunden Menschenverstand bewahren, also konnte er die Menschen nicht verfluchen, nur weil er ihnen Wiener Schnitzel servieren mußte. In meiner Person aber fand er das Objekt seiner Leidenschaften.

Als er so unter der Lampe stand, nicht sicher, ob ich vorbeigehen oder mit ihm ein Gespräch beginnen würde, kam mir die Erinnerung an Wagenbach. ›Unser lieber Benno‹ hatte daran auf seltsame Art seinen Anteil. Er war das Objekt meiner Leidenschaften. Als er aus mir einen Hund machte, weckte er furchtbare Naturkräfte, die bisher in mir geschlummert hatten. Kann sich denn irgend jemand von uns so weit erheben und das eigene Schicksal hassen? Nur Gott kann fähig sein, solche unpersönlichen Maßstäbe anzuwenden. Es war ›unser lieber Benno‹ Wagenbach, nicht die Geschichte Europas oder Adolf Hitlers, der mich zu einem Hund gemacht hatte. Wagenbach verdanke ich die Freisetzung jener wilden, vernichtenden Kraft, jenes unsterblichen Fluches, ohne den der Mensch nicht bestehen kann. Wagenbach war es, der mich die Schwelle der Jugend überwinden, die Reife des Mannes erleben und das Alter erfahren ließ in diesem einen Ausbruch von Haß, der irgendwie an die Geburt eines neuen Sterns im All erinnerte. Die siedende Lava, die in einem erniedrigten, geschändeten, unglückseligen Menschen kocht, findet schließlich einen

Ausgang, und erst dann kann man das Leben von neuem aufbauen, ohne das Stummsein, die Blindheit und Taubheit, die uns die Versöhnung mit der Welt gebracht hat. Damals, als mich Wagenbach rügte für die Unfähigkeit zu pinkeln, brüllten in mir Roms Legionäre, die Ritter des Piasten und der Königin, wilde tatarische Horden, Renegaten, die zum mohammedanischen Glauben übergetreten waren, und die wilden Reiter vom unteren Dnjepr, die Märtyrer und Verräter der nationalen Sache, Reiter und Dirnen, polnische Madonnen, Soldaten und Kaufleute an Weggabelungen, die ganze Welt, die ich in mir trug, jaulte auf, brüllte und wurde rasend im überschäumenden Haß. Und da erst konnte sie in mir auferstehen.

Dieser schmutzige Knabe wartete auf seine Viertelstunde des befreienden Hasses. Ich hatte nicht das Recht, jenes gesegnete Mysterium zu zerstören. Ohne ein Wort ging ich in mein Zimmer.

In dieser Nacht konnte ich nicht schlafen. Erinnerungen suchten mich heim, aber ganz und gar trügerische, ich wußte es, und es wunderte mich. Ich schlief nicht, sondern schaute auf einen Lichtstreifen, der vom Fenster ins Zimmer fiel, und erlebte Ereignisse, die ich erdacht hatte. Es fehlte ihnen die herrlich krankhafte Logik des Traumes, aus der Metaphern der Wirklichkeit entstehen, es blieben sinnlose Bilder der Unwahrheit. So habe ich mir zum Beispiel vorgestellt, daß ich als Wagenbach durch ein unbekanntes Dorf gehe. Ich habe sein Gesicht, seine Gesten, seine Art, sich zu bewegen und sogar seine Uniform, seine Mütze, seine Pistole. Ein heißer Sommertag, die Sonne brennt, irgendwo auf dem Feld brüllen die Kühe. Ich nähere mich der ersten Kate im Dorf, trete ein, bücke mich in dem niedrigen Flur, öffne mit einem Tritt die Tür zur Stube. Diesen Tritt kenne ich ganz genau. ›Unser lieber Benno‹ öffnete alle Türen so. In der Stube, auf einem Bett, mit Federbetten und Kissen überhäuft, sitzt mein erstes Mädchen. Ihre Lippen sind bleich. Ein schmales Gesichtchen mit großen erschrockenen Augen. Ich ziehe die Pistole und töte sie mit einem Schuß. Das bedeutet gar nichts, sagte ich zu mir selbst und lag dabei in meinem Hotelbett. Unsinn. Solche Variationen zum Thema Biographie sind ein Zeichen dafür, daß ich aufgeregt bin und gereizt, schlimmer noch, sie sind die Nachwirkungen der Ereignisse aus den letzten Tagen.

Ich war wütend über mich wegen dieser Fehltritte meiner Phantasie. Ich hatte ja gar nicht geträumt. Während ich mich als Wagenbach am Rande des Dorfes sah, wußte ich, was im nächsten Augenblick geschehen würde. Ich war Wagenbach aus freier Wahl, ich nahm ihm das Privileg der Entscheidung. Er tat nur das, was ich von ihm verlangte. Ich habe ihn ins Dorf geschickt an einem heißen Sommertag, damit er in die erste Kate geht und mein Mädchen umbringt. Ich war wütend darüber, daß ich den Gesetzen der Symmetrie erlegen war. Eine halbe Nacht lang spiegelte ich mich in der Person Wagenbachs, um mich mit dem Haß des Knaben in der schmutzigen Leinenjacke zu verbinden. Das war dumm und anstrengend, doch die Mystik verschiedenartiger Ereignisse, Empfindungen und Gedanken zog mich an. Ich versuchte, sie in Einklang zu bringen, während ich aus ihnen das hermetisch abgeschlossene Modell meines Lebens zu schaffen trachtete. Es hatte eine gewisse Ähnlichkeit mit einem Kreuzworträtsel, die verstreuten Klötzchen sammelte ich mühselig, verband sie mit einer Fabel, damit sie sich anpassen könnten.

Jeder möchte gerne ein bißchen Gott sein, diese Nacht war ich es auf meine eigene, unvollkommene Art, denn ich schuf einen geschlossenen Kreis von Abhängigkeiten und wußte doch, daß er in Wahrheit weder geschlossen ist noch geschlossen sein kann. Endlich schlief ich ein und träumte von der Frau, die ich liebe. Im Traum kam das Leben zu mir zurück.

Wie schon am vergangenen Morgen weckte mich wieder lautes Klopfen, nur hatte ich keinen Kater, ich war munter, die Katastrophe vorbei. Ich stand auf, öffnete die Tür einen Spalt und erblickte Leszek.

»Telefon für Sie«, sagte er.

Im Flur brannte noch das Licht, doch draußen war bereits ein frostiger Morgen angebrochen. Die Sonne glänzte an einem Himmel, der aussah wie poliertes Kupferblech. Leszek war verschwunden. Ich warf mir meinen Mantel um und lief hinunter. Der alte Bursche in der Rezeption gab mir den Hörer und sagte: »Die Miliz.«

»Was ist denn nun schon wieder«, brummte ich.

Der Bursche zuckte die Schultern und kehrte zu seiner Thermosflasche zurück.

»Bitte, wer spricht da?«

»Siemienski.«

»Glauben Sie nicht, daß wir nur Zeit verschwenden?« fragte ich spöttisch.

»Ich will mit Ihnen gar nicht reden. Ich fahre nach Warschau. Der Bus fährt in einer dreiviertel Stunde. Bleiben Sie hier?«

»Nein. Warum sollte ich?«

»Sie fahren also nach Warschau zurück?«

»Jawohl.«

»Na eben. Wir könnten zusammen fahren. Die Reise wird angenehmer. Was sagen Sie dazu?«

»Gut. Zwar hatte ich meine Abreise für etwas später geplant, aber Ihre Gesellschaft scheint mir verlockend.«

Aus dem Hörer erklang ein Lachen.

»Also in vierzig Minuten an der Haltestelle.«

»Einverstanden.« Ich legte den Hörer auf die Gabel. »Bitte bereiten Sie meine Rechnung vor, ich reise gleich ab«, sagte ich zu dem Mann in der Rezeption. Er nickte. Ich ging hinauf in mein Zimmer.

Mit einem Gefühl freudiger Erleichterung wusch ich mich und kleidete mich an. Alles lag schon hinter mir. In einer dreiviertel Stunde fahre ich fort aus dieser Stadt und lasse ein wenig von meiner Qual zurück.

Siemienski wartete an der Haltestelle. Als ich näher kam, hüpfte er auf dem harten, festgetretenen Schnee wie ein Sperling. Er begrüßte mich mit einem Lächeln.

»Haben Sie gefrühstückt?« fragte er.

»Kaffee habe ich getrunken. Ich bin nicht hungrig.«

»Ich habe belegte Brötchen in der Tasche und eine Thermosflasche mit heißem Tee. Bei dem Frost kann man das gut gebrauchen.«

»Fahren Sie für längere Zeit nach Warschau?«

»Das weiß ich noch nicht.«

»Aber dienstlich, nicht wahr?«

»Dienstlich!«

»Ein neuer Fall?«

Er schwieg.

»Lassen Sie das«, sagte ich. »Das ist mehr als eine Partie Schach.«

»Weiß ich«, sagte er bitter. »Ich habe diese Geschichte noch nicht auf mein Regal gestellt.«

»Das ist nicht gut, Herr Oberleutnant. Wir verlieren Zeit.«

»Sie auch?« fragte er und sah mir aufmerksam in die Augen.

»Ach nein. Ich bin mit ihm fertig. Aber ich möchte zu seiner Beerdigung gehen. Wenn es also möglich wäre...«

»Natürlich«, unterbrach er mich. »Übermorgen in Warschau. Seine Dienststelle regelt das.«

»Und die Familie?« fragte ich.

»Er hatte eigentlich keine Familie. Er war geschieden, kinderlos.«

»Haben Sie das alles schon nachgeprüft?«

»Wir arbeiten gut.«

Der Bus fuhr vor. Wir stiegen langsam ein, schweigend, im Gänsemarsch. Erst die alten Frauen in Tüchern, mit Körben beladen, dann die Männer.

Schafspelze, wattierte Jacken, hohe Mützen. Im Bus roch es nach Schafwolle, Schweiß und Schneebrühe. Ein großgewachsener Bauer rief zum Fahrer: »Hören Sie, darf man rauchen?«

»Alles darf man«, antwortete der Fahrer. Er war dunkel und zottig. Im Gesicht hatte er Pulverspuren, in seinem Mundwinkel hing eine Kippe. Der Motor rüttelte, Ölgeruch drang ins Innere. Wir setzten uns in die Mitte, denn hier schien es noch am bequemsten zu sein, Siemienski am Fenster, ich neben ihm. Nach einer Weile setzte sich der Bus in Bewegung. Wir fuhren um den Markt herum und an der Kirche vorbei, in der Straßenflucht tauchte die Fassade meines Hotels auf. Dann huschte ein Brückenpfeiler vorbei, das Wasser darunter wie silbriges Kupfer im Sonnenschein, schließlich eine Kurve nach links zu den schneebedeckten Gärtchen. Hinter uns in der Wüste blieb der Friedhof.

Einen Augenblick schaute ich noch auf dieses Städtchen. Es war eigentlich ganz hübsch, sauber und angenehm aus dieser Entfernung, ausgebreitet am anderen Ufer des Flusses, den Kirchturm scharf in den Himmel gereckt, mit dem Braunrot seiner Dächer und den Bäumen voller Schnee in den Gärten. Dann verschwand die Stadt, und es blieb nur noch der Fluß, träge ergoß er sich über Wiesen und Haine, an den flachen Stellen hatte der Frost das Wasser schon mit einer dünnen Eisschicht gefangen. In der Mitte trug die Strömung schon die ersten Eisschollen, sie glitzerten in der Sonne.

Dann drehte der Fluß nach links ab und entfernte sich immer weiter zu den nassen Wiesen in der Ebene. Der Bus fuhr jetzt in einen Kiefernwald, der hier und da von Fichten unterbrochen war. An den Seiten des Weges lagen hohe Schneewehen. Auf der Straße war der Schnee glatt und festgefahren.

Wir fuhren nicht gerade langsam, der Fahrer fühlte sich wohl sicher. Die Kurven nahm er flott, ohne darauf zu achten, daß die Hinterräder rutschten. Siemienski sagte plötzlich: »Wissen Sie was? Ich werde wohl nicht nach diesem Pawoszyn fahren. Ich habe lange darüber nachgedacht und werde jetzt wohl doch nicht fahren.«

»Manchmal ist es ganz gut, etwas träge zu sein«, sagte ich.

Er lachte. »Ich glaube ganz einfach nicht mehr daran«, sagte er. »Es ist doch schon so viel Zeit seit damals vergangen. Die Menschen werden älter, er auch. Damals war er dreißig Jahre alt, also war er es nicht.«

»Eben das habe ich Rostocki in der Kneipe gesagt.«

»Weiß ich«, sagte Siemienski. »Rostocki war gestern bei mir und hat alles genau wiederholt.«

Einen Augenblick schwieg ich, dann sagte ich zu ihm: »Die Menschen sind doch nicht so schlecht.«

»Eben«, brummte der Oberleutnant.

Schweigend fuhren wir weiter. Das war sogar in meinem Sinne, denn nachts konnte ich so lange nicht einschlafen, und jetzt war ich sehr müde. Gleichzeitig fühlte ich mich leicht und leer im Inneren, als hinge ich zwischen Ohnmacht und Begierde. Um die Müdigkeit zu vertreiben und gleichzeitig die Hände ein wenig zu wärmen, rieb ich sie rhythmisch aneinander. Erst rieb ich die Oberfläche meiner linken Hand an der rechten, danach massierte ich mir die Finger langsam, sorgfältig, sehr aufmerksam, als entdeckte ich von neuem ihre Weichheit und Kraft, die zarte Oberfläche und auch das alles, was darunter war, das Gewebe und die Zellen, lebendig und pulsierend, voller Neugierde und Verlangen, die zunächst die Kälte aufnahmen und dann die Wärme, auf eine erstaunliche Art beweglich, als würden sie für sich allein existieren, als hätten sie ihr eigenes, besonderes Schicksal, von dem ich nichts wußte. Aber nicht nur die Finger hatten sich jetzt von mir gelöst. Die Nase nahm Gerüche auf, die Augen fingen Lichtblitze durch das Fenster ein, die Ohren rafften von überall her verschiedene Geräusche zusammen, während ich selbst unbeweglich verharrte, fremd meinen eigenen Fingern, den Ohren und den Augen, wunderbar frei und leer, durchdrungen allein von dem Rhythmus, dem Schein und den Geräuschen der Sinne, die mir nicht mehr gehörten und ohne mich hätten existieren können, genau wie ich ohne sie. Langsam hob ich mich aus diesem Zustand heraus, der mir plötzlich gefährlich erschien. Die Angst, ich könnte mein Augenlicht, das Gehör und mein Tastgefühl verlieren, schnürte mir die Kehle zu. Ich griff nach einer Zigarette, zündete sie nervös an und blies den Rauch auf den Boden, um Siemienski nicht zu stören. Ich hatte kalte Füße bekommen, denn der Boden im Autobus war mit Schneematsch bedeckt, die ganze Welt war rein und weiß, nur hier war Schmutz und Gestank.

Plötzlich geschah auf der Straße etwas Ungutes. Der Bus machte einen Satz. Unter uns polterte es kräftig, dann ein, zwei, drei weiche Schläge. Der Bus schwamm rückwärts auf der Chaussee. Der Motor schüttelte. Ich blickte auf den Rücken des Fahrers und sah, daß sich seine Arme schnell bewegten. Er fluchte wohl vor Anstrengung, denn das Steuerrad leistete ihm Widerstand. Ich sah auf die übrigen Fahrgäste, alle waren ruhig geblieben, phlegmatisch, schläfrig. Nur Siemienski warf rasch einen Blick nach hinten und sagte etwas sehr leise. Die Fliehkraft schob den Bus durch die Schneewehen. Schließlich blieb er stehen, die eine Seite an schneebedeckte Sträucher gelehnt. Niemand bewegte sich. Die hiesigen Menschen dachten langsam, ihre Angst war noch nicht gereift. Der Fahrer machte den Motor aus, stand auf und drehte den Kopf nach hinten.

»Aussteigen«, sagte er. »Den Schlauch werden wir wechseln!«

Die Weiber in Tüchern, mit Körben beladen, dick, quadratisch, blauäugig, mit platten Gesichtern, auf denen das Nachdenken einfältig wirkte und Angst wie Trauer aussah, stiegen ächzend in den Schnee. Hinter ihnen bewegten sich die Männer. Die Natur hatte sie nur aus Knochen, Adern, Haut und Bärten geschaffen. Sie bewegten sich flinker als die Frauen, der Wodka hatte aus ihnen jedes bißchen Fett herausgespült. Sie waren also leichter, aber ebenso düster und schweigsam. Der Fahrer, ein Mann mit cleverem Blick, etwas anders als alle Reisenden, denn er war zottig, mit Pulverresten unter der Haut von Wangen und Stirn, ausgemergelt und geschmacklos, wütend über das Schicksal, das ihn dazu verurteilt hatte, diese mühselige Talstrecke zu befahren, voll von Bauern und Schnee, anstatt ihn an ein anderes Ende des Vaterlandes zu werfen, zwischen Fahrgäste, die nach Kölnisch Wasser dufteten, Beamte mit Aktentaschen und hübsche Mädchen, die sich rechts neben ihn zu setzen pflegten, um ihn dann mit Fragen aus dem Bereich der Autotechnik zu unterhalten, worin er eine gewisse schmeichelhafte Koketterie sah. Jetzt rief er plötzlich: »Meine Herren, zwei Mann mir nach zum Schlauch ...«

Er kam mir vor wie jemand, der seit seiner Kindheit von der Karriere eines Hauptmanns träumte. Die Fahrgäste akzeptierten ihn wahrscheinlich in dieser Rolle, denn einige Männer blieben ohne Einwände im Wagen.

Siemienski sagte leise: »Lassen Sie uns spazierengehen. Es wird wohl länger dauern.«

Ich nickte, und wir stiegen aus. Der Frost packte mich am Hals. Schweigend standen die Weiber dicht zusammen. Die Männer waren etwas zur Seite gegangen, sie zogen unter den Schafspelzen Zigaretten und Streichhölzer heraus, spien in den Schnee, hoben die Köpfe und gaben acht auf den Himmel.

Wir gingen am Rande der Chaussee etwa hundert Schritt, dann glitten wir über den vereisten Schnee und bogen in einen Waldweg. Siemienski ging voran. Ich bemerkte etwas Seltsames. In den Schneewehen hinkte er nicht, als hätte ihn dieser Spaziergang von seinem Leiden geheilt. Langsam stiefelte ich hinter ihm. Plötzlich drehte ich den Kopf und sah die Chaussee nicht mehr. Sie war hinter der leichten Kurve des Weges verschwunden, Fichten verdeckten sie.

»Gehen wir nicht zu weit?!« rief ich.

»Das wird 'ne halbe Stunde dauern«, gab Siemienski zurück.

Wieder gingen wir schweigend. Plötzlich hatte ich das unangenehme Gefühl, daß das alles schon einmal dagewesen war, daß ich an einer unsinnigen Wiederholung der Wirklichkeit teilhatte und den Spuren meiner eigenen Erinnerung folgte.

Ich hatte den Eindruck, daß etwas Ungutes mit mir geschehe, daß ich einer Verwandlung unterliege. Ich bekomme nicht genug Luft, kann die Spuren dieses großen, stattlichen Menschen nicht erreichen, ich bin klein und schwach, hüpfe wie ein Spatz, während er hoheitsvoll schreitet, immer weiter und weiter, sein Pelz wird zu einem Fleck, der vor dem Hintergrund der weißen Fläche und dem Grün der Tannen verschwindet, gleich kommt die Dämmerung, und ich werde allein bleiben in diesem riesigen Wald, ein kleiner Junge, den alle Unglücke erwarten, alle Enttäuschungen, Grausamkeiten und Ernüchterungen, die mir im Leben zuteil geworden waren.

Da trat ein Dritter auf den Weg. Er erschien zwischen uns, was mich verwunderte, denn wir gingen gerade über eine kahle Stelle. Die Bäume standen hier weit auseinander, und es war seltsam, daß ich ihn nicht früher bemerkt hatte. Er trat auf den Weg, als bemerke er niemanden, überquerte ihn hinter Siemienskis Rücken, so nahe, daß Siemienski eigentlich hätte seinen Atem auf dem Nacken spüren müssen, er hätte das Knirschen der Füße auf dem Schnee hören müssen – und blieb unter einer einsamen Fichte stehen. Er trug einen Schafspelz und Stiefel. Sein Gesicht war faltenlos, die Augen hell, wie von Trauer ausgebleicht, er hatte eine beinahe kindliche Gesichtshaut. Irgendwo mußte ich ihn schon gesehen haben. Er kam mir nicht fremd vor, ganz im

Gegenteil – ich kannte ihn gut. Aber ich spürte eine Leere in meinem Kopf, ich war außer Atem, erschöpft, durch und durch kalt, fast krank, vielleicht fraß mich auch das Fieber. Also blieb ich einfach stehen und sah ihn an, schweigend, mit diesem dumpfen Unverstand, der den Blick erschöpfter Tiere ausmacht. In diesem Augenblick hatte Siemienski wohl etwas hinter sich gehört. Er blieb stehen und wandte sich um. Aber auch er sagte kein Wort. In seinen Augen schmolz der Verstand, an seine Stelle trat der ausdruckslose Blick eines Schafes. Der Dritte blickte auf mich, sanft, mit etwas Mitgefühl. Ich dachte, daß es sicherlich ein Waldarbeiter sei, jemandem ähnlich, den ich gut kenne, daß er mich mit jenem Wohlwollen betrachte, das ungeschicktes Verhalten der Städter in den Dorfbewohnern häufig hervorruft. Aber in seinen Augen war noch etwas anderes, nicht nur Verständnis. Plötzlich fielen von mir alle Ängste und alle Bitternis ab. Ich spürte keine Müdigkeit mehr, keine Mißgunst und kein Übermaß. Einen Augenblick lang – oder vielleicht dauerte es lange – sah ich auf dem Weg noch jemanden. Ich sah Wagenbach, ›unseren lieben Benno‹ und auch Tante Isabella, Bürste, meinen Vater, Menschen, die verstorben waren, alle, die aus meinem Leben in die Unendlichkeit gegangen waren.

Siemienski stand vor mir in einiger Entfernung. Er sah aus wie ein Baum, wie ein Wald, wie Schnee, der Himmel, ein Tier, ein Insekt, das Leben. Er allein war hier unwesentlich. Der Dritte ging langsam zur Seite, verließ den Weg, trat zwischen die einzeln stehenden Bäume. Er sagte gar nichts.

Ich stand in der Nähe von Siemienski und wußte natürlich, daß es ein Traum war, eine Phantasie, etwas, was ausschließlich mir gehörte, keine Realität. Aber gleichzeitig wußte ich auch, daß Siemienski existiert, und in seinen Augen sah ich diese Bilder bleiben, die mich vor einem Augenblick noch umgaben. Wir sahen uns schweigend an, furchtsam und krank von der Erhabenheit, die auf uns lastete.

Als wir zum Autobus zurückkehrten, sagte Siemienski sehr leise: »Irgend jemand ist über den Weg gegangen, nicht wahr?«

»Jemand ist vorübergegangen«, antwortete ich.

»Haben Sie ihn gesehen?«

»Und Sie?« fragte ich.

Wir flüsterten, als wäre ein Toter in der Nähe, und die Worte glitten von den Lippen wie die letzten Atemzüge Sterbender.

»Sprechen wir nicht davon«, sagte Siemienski.

»Ja, sprechen wir nicht davon«, sagte ich.

Auf der Chaussee war der Autobus fertig für die Weiterfahrt. Wir setzten uns, der Motor brummte. Langsam fuhren wir an. Die Weiber schwiegen, die Männer schwiegen. Nach ungefähr zwei Kilometern fuhren wir an einem Ortsschild vorbei. Das Dorf hieß Emmaus. Es verwunderte mich nicht. Ich wußte schon seit langem, mein ganzes Leben lang wußte ich es, daß es nur so heißen konnte.

Ich zündete mir eine Zigarette an und blies den Rauch auf den Boden, um Siemienski nicht zu stören. Ich hatte kalte Füße, der Fußboden im Autobus war mit schmelzendem Schnee bedeckt, die ganze Welt war rein und weiß, nur hier war es schmutzig, und es stank. Ich atmete tief den Rauch der Zigarette ein und sagte:

»Wissen Sie was? Ich hatte einen seltsamen Traum.«

Ich hob den Kopf, um ihm ins Gesicht zu sehen. Sein Profil sah ich vor der Fensterscheibe. In Gedanken versunken blickte er vor sich hin, als betrachte er aufmerksam den Rücken des Menschen, der vor ihm saß, dabei pfiff er ganz leise und monoton immer ein und dieselbe Melodie.

»Einen Traum?« fragte Siemienski.

»Ja, gewöhnlich schlafe ich traumlos, aber jetzt...«

»Wann?« fragte er, ohne die Augen von dem Rücken des anderen Menschen abzuwenden.

»Jetzt, hier. Ich habe geträumt, der Bus habe eine Reifenpanne gehabt, und wir mußten das Rad wechseln. Alle stiegen aus, und wir beide hatten beschlossen, einen Waldspaziergang zu machen. Zuerst war es eine Straße, dann ein Weg, einen halben Meter hoch mit Schnee bedeckt. Verschiedene Gedanken überkamen mich auf diesem Weg. Zuerst erinnerte ich mich an meine Kindheit, und Sie waren mein Vater. Dann erschien ein dritter Mann. Ich weiß, wer das war, Herr Oberleutnant. Er trat auf den Weg aus dem Nichts und ging wieder fort ins Nichts. Danach haben wir uns über dieses Ereignis unterhalten. Wir beide, Sie und ich. Wir kehrten dann zum Bus zurück, der sofort weiterfuhr. Es stellte sich heraus, daß das Dorf, in dessen Nähe wir spazierengegangen waren, Emmaus heißt.« Siemienski schwieg.

»Was sagen Sie dazu, Herr Oberleutnant?« fragte ich.

»Seltsam«, antwortete er unwillig. »Haben Sie die Angewohnheit, den Leuten Ihre Träume zu erzählen?«

»Nein, nur dann, wenn wir gemeinsam träumen.«

»Ich bin ein Realist«, sagte er. »Ist Ihnen übrigens eine kleine, absurde Kleinigkeit aufgefallen? Daß man nämlich in diesen großen Bussen ein Rad nicht ohne besonderes Werkzeug wechseln kann? Sind Sie sicher, daß das ein Radwechsel war?« Plötzlich legte er mir die Hand aufs Knie und klopfte zweimal darauf. »Wir sind müde. Meinen Sie nicht auch? Das Dorf, das wir eben hinter uns gelassen haben, heißt tatsächlich Emmaus. Hier in unserer Gegend gibt es viele ungewöhnliche Ortsnamen.«

Erst jetzt sah er mir in die Augen, und wieder erblickte ich darin dieses seltsame Unverständnis, diese Müdigkeit und Resignation, die wie eine dichte Gardine sein Inneres verdeckte. Ich bekam das Gefühl, daß wir beide am Ende oder vielleicht eher am Anfang dieses Weges seien, den wir erst vor kurzem begangen und wo wir die Spuren unserer schweren Winterschuhe im Schnee hinterlassen hatten. Und es war für mich gar nicht wichtig, ob auf diesem Weg in Emmaus tatsächlich unsere Spuren übriggeblieben waren. Wer schreitet schon über schmale Waldwege, um zu prüfen, ob mein Fuß dort seine Spur hinterlassen hat? Vielleicht ist auch neuer Schnee gefallen und hat bereits alles zugedeckt.

Ich dachte, daß es mir während des Vorspiels gelungen war, hinter die Kulissen zu blicken. Oder vielleicht war in dem schweren Vorhang, der verkohlt war von tobenden Feuersbrünsten und zerstört von großen Ereignissen, ein kleiner Spalt entstanden, und mir war gelungen, einen verstohlenen Blick auf die Bühne zu werfen?

Ich dachte auch daran, daß es nicht richtig sei, nicht vernünftig, die Ouvertüre allzu ernst zu nehmen. Warum fürchte ich den Augenblick, in dem der Vorhang sich wieder hebt, wenn ich doch nichts davon weiß, was geschehen war, bevor er fiel? Da plötzlich wurde es finster auf der Bühne, der Vorhang fiel, im Saal gingen die Lichter an, ringsherum gedämpfter, etwas ängstlicher Lärm menschlicher Stimmen. Langsam verlassen wir die Reihen, spazieren auf und ab im Foyer, beschäftigt mit Unwichtigem und Vergänglichem, verbeugen uns und lächeln, denken über andere gut oder schlecht, freundlich oder mißgünstig, irren durch die hellerleuchteten Flure, über Marmortreppen zu den Bars, saugen Gerüche, Geräusche und Bilder ein, bleiben aber fasziniert von dem, was unweigerlich kommen wird, von jenem zweiten Akt, der uns beunruhigt, quält, anzieht und mit Angst erfüllt, denn wir wissen, daß es uns nicht möglich sein wird, auf das Stück zu verzichten. Das Theater ist geschlossen. Wohin wir auch unsere Schritte lenken würden, entsteht vor uns immer die nackte, glatte, unüberwindbare Wand. Das Erstaunlichste ist aber, daß uns der Inhalt des zweiten Aktes beunruhigt und sich doch niemand mit dem Inhalt des ersten beschäftigt, es wundert keinen, daß er bereits alles vergessen hat. Endlich hört jeder von uns die durchdringende Klingel. Wir kehren in den Saal zurück, langsam gehen die Lichter aus. Anfangs sehen wir noch alles um uns herum, die Gesichter und die Kleider der Nachbarn, ihr Lächeln und die aufmerksamen Blicke. Dann verliert das Licht seine Kraft, die Konturen der Menschen verschwimmen in der dichter werdenden Dunkelheit, da hören wir in der Finsternis das leichte Rascheln des Vorhangs, er geht auf, das Vorspiel ist zu Ende. Ich dachte, daß in dieser Pause ein schmerzlicher Fehler enthalten sei, eine Ungehörigkeit, etwas Verkrüppeltes, wovon man sich aber nur schwer trennen kann.

Rauch von vielen Feuern schwebt über die Felder, verflochten mit dem Nebel. Jazzrhythmen, das Grün des Grüns, die Schwärze des Schwarzen, die Weiße des Weißen. Der Flügel eines Vogels vor dem Hintergrund des bewölkten Himmels. Türen knarren, eine Granate explodiert. Der Spatz pickt ein Körnchen auf, in der Höhe brummt ein Flugzeug, ein Regenwurm kriecht unter ein Krautblatt, der König lächelt seinen Minister an, die Witwe ihre Erinnerungen, der Wind peitscht die Gräser, grün ist das Grün, weiß ist das Weiße und schwarz das Schwarze. Von den eigenen Sinnen verkrüppelt quält uns der Gedanke, wir könnten sie verlieren.

Der Bus fuhr in die Häßlichkeit der Vororte der Hauptstadt. Siemienski sagte: »Ich hätte nie gedacht, daß Sie so schweigsam sein würden.«

»Kamerad«, sagte ich, »in dieser Geschichte werden Enttäuschungen zu Ihrer zweiten Natur.«

Den Kameraden schluckte er, ohne das Gesicht zu verziehen. Langsam gewöhnte er sich an mich. Es war so, daß ich ihn hätte zu einem Wodka einladen können oder er mich. Aber der Bus erreichte seinen Bestimmungsort, und wir taten es nicht. Ich gab Siemienski meine private Telefonnummer, er wollte mit mir in Kontakt bleiben. Dann ging er. Doch schon im Weggehen sagte er unvorsichtigerweise etwas, was meine Gedanken wieder auf die alte Umlaufbahn brachte, in deren Mittelpunkt Bürste verharrte. Er nannte mir nämlich seine Warschauer Adresse und den Namen der Firma, in der Bürste bis vor kurzem gearbeitet hatte.

Das Haus stand abseits. Es war hoch, grau mit verzierten Balkonen, von Rasen umgeben, den viele Füße abgetreten hatten. Die Menschen eilten darüber und verkürzten sich den Weg zu den Geschäften, denn dieses alte Haus war die letzte Spur einer längst nicht mehr existierenden Straße, die einen Platz, den es nicht mehr gab, mit einer nicht mehr vorhandenen Allee verband. Seltsamerweise hatte das Haus den Sturm überlebt, und als alles ringsherum zerbrach, stand es ganz allein, beschossen, alt, verblödet, viele Jahre nach dem Krieg vereinsamt im Urwald der Ruinen, durch den sich Menschen Wege zum Wasser bahnten. Langsam wurde es vom Vergessen überwuchert. Die Stadt liquidierte ihre Vergangenheit systematisch und mit wilder Ausdauer, von der falschen Hoffnung getragen, daß in dem Augenblick, in dem die letzte Ruine des Krieges verschwunden sein wird, das Glück in den Herzen der Menschen erblüht. Rings um das Haus standen Baumaschinen, Arbeiter kamen und gingen, es waren verschiedene Spezialisten. Neue Straßen entstanden und Häuser, Schulen, Pavillons, Cafés, eine Wohnsiedlung. Die Menschen gingen hin und her und hatten vergessen, daß sie über andere Menschen schritten, über Knochen, die zermalmt in den Sand der Fundamente getreten waren. Das alte Haus stand wie ein verblödeter Sklerotiker immer noch an seinem alten Platz.

Ich trat ins Haus, die Decke war niedrig, und der beschädigte Putz fiel in großen Flocken herab. Es roch hier nach Katzen, und ich dachte, daß es ein guter Geruch sei, selten und verbannt aus dieser Stadt, die plötzlich an Ordnung und Symmetrie erkrankt war. Da die Menschen ungern Dinge vereinbaren, die sich eigentlich so nahestehen, lieber ihre Anstrengung auf Kompromisse konzentrieren, nicht aber die Harmonie erstreben, hatte diese Stadt, besessen von der Sehnsucht nach Ordnung und Schönheit, beschlossen, sich selbst zu einem Garten zu machen. So manches Mal dachte ich daran, welch seltsame Form des Zusammenlebens mit der Natur eben ein Garten sei, das Werk menschlicher Hände, Lüge der grünen Natur, Unwahrheit des Lebens. In ihrer Sehnsucht nach Natur versuchten sie ihre Formen zu kopieren, anstatt in sie hineinzutreten. Statt Wälder zu pflanzen, legen sie Gärten an, statt es den Tieren zu erlauben, an ihrer Seite zu leben, bedecken sie die Gartenwege mit weißem Sand, begießen Blumenbeete und beschneiden die Bäumchen. Diese der Affen würdige Art des

Kopierens, die sie an die Stelle der göttlichen, schöpferischen Art setzen, schenkt ihnen die Illusion der Kraft und der Wahl. Naturschutz besteht darin, daß man die Natur einschränkt, auswählt, auf grausame Art alles versklavt, was schwächer ist als der Mensch.

Das tat eben jene Stadt, ohne zu begreifen, daß sie die Karikatur einer Ordnung schuf, denn die wahre Ordnung beruht auf scheinbarer Verwilderung, in der jedoch jedes Element der Erhaltung des Gleichgewichts und der Proportion dient. Anstatt dem Gras zu erlauben, so zu wachsen, wie es die Launen des Windes wollen, sät man es in sauber abgesteckte Quadrate, Rhomben und Ovale. Die Bäume bilden gerade Reihen, die Blumen werden geordnet nach Farbe und Gattung – so stirbt die Stadt. Zum Glück bestehen dank der Nachlässigkeit hier und da noch vertrocknete Bäume, lärmende Katzen, verwilderte Sträucher. Und dank dieser Tatsache pocht das Leben noch in diesen Mauern. Aber schon sehr bald wird die Stadt ihr Ideal erreichen. Alles wird sauber und ordentlich sein, gleichgemacht, und die Ästhetik der Dummköpfe wird triumphieren.

Und wieder werden ein paar Jahrzehnte vergehen, bis eines Tages der Mensch an einem Morgen erwacht, lebenshungrig, und in einem Anflug von Irrsinn die symmetrischen Beete zertreten wird. Ihm werden andere folgen, mit Äxten bewaffnet, Wahn in den Augen und einer wilden Freiheitsgier im Herzen. Und es beginnt das große Schlachten der Blumen, Sträucher und Bäume. Ganze Hügel der frischen, schwarzen Erde werden Plätze und Straßen füllen, Laternen werden zerbrechen wie Streichhölzer, und wenn diese Horde vorbeigezogen ist, wird es in der ganzen Stadt keine einzige gerade Linie mehr geben, fett gewordene Kater werden wieder auf den sonnigen Stellen der

Gehsteige schnurren, hier und da wird der Wind Grassamen ausstreuen, ein Fliederbusch wird hinter einem Zaun hervorschauen, der Geruch von Pferdemist wird wieder zu spüren sein. Das ist dann das sichtbare Zeichen, daß die Stadt sich selber zurückgewinnt.

Doch vorläufig sieht es nicht danach aus, als sollte dies schon sehr bald geschehen... Im grauen Magma frischer Mauern stöhnen aufgerichtete, gemusterte Pflanzen, die letzten Säugetiere sterben aus, elektronische Geräte spüren die Tauben auf, Geigerzähler warnen vor der Gefahr, denn siehe da, Katzenscheiße ist in der Stadt gefunden worden! Riesige Maschinerien pressen parfümierte Luft in die Straßen, und jenseits vom letzten Schlagbaum, dort, wo einst eine kleine Kapelle an der Ecke stand, sitzt jetzt der Teufel im Graben und schüttelt sich vor Lachen.

Ich trat in das alte Haus, dann ging ich die knarrenden Holztreppen nach oben. Ich berührte das glatte Geländer, da fiel mir ein, daß es erst vor einigen Tagen Bürste berührt hatte, und spürte unter meiner Hand jene Reste von Wärme, die er hier hinterlassen hatte. Die Treppen kletterten lange, mühselig in dem Knarren der ausgetrockneten Bretter und jenem unangenehmen Geruch dieses seltsamen Ortes, an dem Trauer und Schmutz die Wände geschwärzt hatten und die winterliche Sonne nur mit Mühe durch die matt gewordenen Fensterscheiben drang. Hier war alles schwach und zerbrechlich, gekennzeichnet von der stets gegenwärtigen Vergänglichkeit. Auf den Treppenabsätzen schlummerten die Figuren von Adonis, Bacchus und ein paar Musen ohne Namen. Adonis war vergilbt, sein Körper bedeckt mit einem Netz feiner schwarzer Äderchen. Auf dieser Treppe hatte ihn das Alter ereilt. Bacchus, immer noch geil lachend, hielt seinen Arm ausgestreckt, aber auch er war vom Krieg nicht verschont geblieben, ein Splitter hatte ihn der Hand beraubt, und so stand er jetzt da mit seinem grauen Gipsstumpf wie ein Bettler und schnitt dazu den Vorübergehenden närrische Grimassen.

In jedem Stockwerk waren vier Türen, aber ich dachte mir gleich, daß dies auch nur eine Fiktion sei. Als man das Haus erbaut hatte, waren hier Vordereingänge und Hintertüren, die zweiten kleiner und bescheidener, demütig angelehnt an die herrschaftlichen, die mit Stukkaturen und Klinken in Form von Wasserlilien verziert waren. Jetzt hatten sich die Küchentüren von den Haupteingängen getrennt, sie führten ihr eigenes, unabhängiges Leben und trugen auch eigene Namen. Doch weiterhin lastete auf ihnen ein Fluch, denn wenn die Menschen sie mit dem Schlüssel öffneten, fühlten sie ihre Benachteiligung. Jeder Bewohner dieses Hauses träumte davon, während er die Treppen hinaufstieg, eine andere Wohnung zu bekommen, in einem neuen Häuserblock, aus dem die Gegenwart Haupt- und Kücheneingänge vertrieben hatte und alle Menschen gleichmacht, was den Teufel hinter dem Schlagbaum wieder zu fröhlichem Kichern veranlaßte.

Ich war schließlich bis auf den Gipfel des Hauses geklettert, wo es keine Figuren mehr gab, nur noch eine schwarz gewordene Klappe in der Decke, die auf das Dach führte. Hier waren noch zwei Wohnungen, die früher lungenkranken Malern und asthmatischen Verkäufern von Textilien vorbehalten waren. Einsam lebte hier noch vor kurzem Bürste. Jetzt hatte ihn die Stadt schon hinausgeworfen, sich von ihm losgesagt, denn an der linken Tür klebte ein amtliches Papier, und das Schloß war versiegelt. Also klopfte ich an der Nachbartür.

Ein junger Mann, rothaarig, mit dem Äußeren eines

Sportlers, öffnete mir. Er sah mich mürrisch und mißtrauisch an. Als ich sagte, ich käme wegen Bürste, erschien in seinen Augen so etwas wie Wut. Ich dachte schon, es wäre mir endlich gelungen, einen Menschen zu treffen, der Bürste ernst nahm, aber mich erwartete eine Enttäuschung. Er nahm nur die Wohnung des Verstorbenen ernst. Der Mann empfing mich in einem sehr hellen, nicht großen Raum, der vollgestellt war mit Gerümpel. Bücher und Zeitschriften lagen herum. Hinter einer angelehnten Tür hörte ich Wasser plätschern, eine hübsche Stimme sang dazu. Es war die junge Frau des Rothaarigen, die gerade ein Bad nahm. Er erklärte mir die Dinge ganz kurz. Es geht darum, daß er ganz gerne die Wand zu Bürstes Wohnung abreißen und die andere Wohnung mit belegen möchte, denn hier hausen sie in äußerst schlechten Verhältnissen. Seine Frau erwartet ein Kind, sie sind eine entwicklungsfähige Ehe. Die besondere Obhut der Gesellschaft steht ihnen zu.

Die Dame war höchstens im siebenten Monat, sie hatte noch nichts von dem koketten Stolz der Frauen, die ihren Bauch vor sich hertragen wie ein Adelsprädikat, die die Welt damit auseinanderschieben, begierig und besitzergreifend, mit leichten Pigmentflecken im Gesicht, ein wenig verschwitzt, begleitet von den achtungsvollen Blicken der Passanten, als wäre das Schwangerwerden tatsächlich schon von jeher ein Akt des Heldentums gewesen und nicht eine einfache Selbstverständlichkeit.

Sie aber verharrte noch in dem frühen Stadium der Schwangerschaft, in jenem zarten Schamgefühl der Frauen, deren schwerfällige Bewegungen und runde Bäuche von einem normalen nächtlichen Ereignis zeugen und ein sichtbares Zeichen jenes Wahns sind, in dem sie sich nachts im Bett unter dem Gewicht des Mannes hin und her warfen, der in sie eindrang, immer tiefer und tiefer, ohne Mitleid und hartnäckig, in ihrem Schweigen und Stöhnen, das so oder anders eine beschämende Erinnerung geblieben war. Also betrachtet sie den runden Bauch wie Nacktheit und weiß noch gar nicht, daß sie ihn schon in wenigen Wochen als Schild benutzt für all das, was sie an Untaten begehen wird.

Sie setzte sich also, nahm eine etwas künstliche Haltung ein, die Schenkel eng aneinandergepreßt, oberhalb der Taille noch schmal und mädchenhaft, darunter schon angesteckt mit dem neuen Leben. In einem Monat wird das alles, was sie jetzt geniert, zur Herausforderung. Sie wird sich setzen mit breit auseinandergestellten Beinen wie ein Holzhacker im Wald, sie wird schwer atmen, von Zeit zu Zeit ihre Brüste mit entschiedener, aber zärtlicher Bewegung anheben. Jetzt spricht sie noch leise, doch in einem Monat, wenn sie Lust bekommt, wird sie auch einen ordinären Fluch nicht scheuen, ihr Ton wird etwas Befehlsmäßiges bekommen, eben dank jener Schwäche, jener Ohnmacht, die selbst solche Männer rührt, die alle Frauen nur als Reitpferde betrachten.

»Es ist traurig«, sagte sie. »Noch vor wenigen Tagen habe ich ihn auf der Treppe getroffen . . .«

Der Rothaarige streichelte ihre Hand, sie zog sie leicht zurück, als fürchtete sie, diese Geste ihres Mannes unterstreiche noch ihren Zustand. In einem Monat, wenn er Lust bekommt, ihre Hand zu streicheln, wird sie sie ergreifen mit der Zange ihrer heißen Finger, so fest, daß es ihn schmerzt, und er zeigt freudiges Erstaunen, daß das neue Leben noch nicht die gesamte Kraft aus ihr gesogen hat. Aber sie wird schneller gesund mit einer noch größeren Selbstsicherheit, vielleicht erreicht sie sogar etwas Wunderbares und sehr Seltenes in der Natur, vielleicht gelingt es ihr, sich von der Mutterschaft zu befreien, um das Menschsein zu bewahren, die Pflege der eigenen Person, jenen gesegneten Egoismus, um das Verlangen nach Glück zu erhalten, das sie auf keinem Altar opfern wird, nicht einmal in der Wiege ihres eigenen Kindes.

»Wir hoffen«, sagte sie, »daß die Wohnung dieses Herrn unsere Probleme lösen wird. Ich verstehe, daß es etwas pietätlos ist, an diese Dinge zu denken in Gegenwart des Todes. Aber das Leben ist doch stärker, nicht wahr?«

Ich wollte ihr antworten, daß es natürlich so sei und nicht den geringsten Zweifel daran gebe, aber ich nickte nur, etwas unsicher, denn obwohl ich vielleicht ein alter sündiger Schurke bin, so war ich doch noch nicht so tief gefallen, diese schwangere Frau zu belügen, während doch durch ihren Mund ganze Generationen Europas und Polens sprachen, die Mütter der Aufständischen und die patriotischen Matronen, die, ohne eine Träne zu vergießen, ihre Söhne und Männer in die Wälder schickten zu den aufständischen Armeen, und die ihnen nachzogen nach Sibirien, durch Schneewehen, den Spuren der Gefängniswagen folgend, um dann ganze Jahre hindurch hartnäckig zu wiederholen, das Leben ist stärker, und Polen ist stärker, und der Geist ist stärker und die Natur sogar selbst auch. Denn, so lehrt uns die Erfahrung, nach dem Winter folgt der Frühling, alles erneuert sich, erblüht wieder, trägt Früchte, und so dreht sich die Welt, in der das Leben über allem besteht. Aber selbst wenn sie nicht einen Augenblick lang an ihr polnisches Blut und ihre Traditionen gedacht und sich über ihr Vaterland hinweg mit dem gesamten heimischen Europa verbunden gefühlt hätte, selbst da wäre das Recht auf ihrer Seite gewesen, und ganze Scharen ihrer Vorfahren aus dem Mittelmeerraum hätten ihr inbrünstig beigepflichtet, sich im

Staub des Interplanetariums bewegend. Denn schon ihre römischen Urgroßmütter betrachteten mit einer gewissen Nonchalance die finstere Zukunft des menschlichen Individuums und konzentrierten ihre Aufmerksamkeit auf das Vorspiel. Erst das Erscheinen jenes wahnwitzigen Galiläers erfüllte die Stadt auf den sieben Hügeln mit Unruhe. Und wenn man diejenigen, die dem Juden Glauben schenkten, in der Arena zerfleischte, so tat man es auch deshalb, weil sie eine seltsame Furcht in das heitere Leben hineintrugen. Da aber diese Opfer die Verfolgung überdauerten, um danach die Geister zu beherrschen und sie in äußerst trivialer Art in Märchen gefangenzuhalten, die voller Grausamkeit, Angst, Finsternis und üblem Geruch waren, darf man sich also nicht wundern, daß in späteren Zeiten unsere unerbittlichen Großmütter wieder jenen Illusionen der Wirklichkeit ihren Glauben schenkten, um auf deren Fundamenten ihre Kartenhäuser zu bauen. Überall wiederholte man das wunderschöne und verführerische Schema, daß in der Natur das Leben wiedergeboren wird, was uns wunderbaren Trost spenden soll. Niemand wollte jedoch hinzufügen, daß dieses Leben alltäglich und leichtsinnig immer neue Existenzen gebärt, daß die Vorhergehenden umkommen, um nur mittelbar am weiteren Erblühen der Erde teilzuhaben. Es gab keinen Zweifel, daß das Leben stärker war, doch niemals und nirgends war dies ein Trost für jene, die starben. Vielleicht war es den Blättern und den Gräsern gleichgültig, aber schon Hunde und Kühe empfanden in diesem Prozeß eine störende Ungerechtigkeit, wovon man sich leicht überzeugen kann, wenn man an den städtischen Schlachthöfen vorbeigeht, wo man nachts das Weinen der Rinder vernimmt, die ihrer Hinrichtung bei Tagesanbruch entgegensehen.

Auf eine weitere Diskussion in dieser Angelegenheit habe ich jedoch verzichtet, ich wünschte dem jungen Elternpaar viel Erfolg und alles Gute und ging wieder hinaus auf die Treppe, dann auf die schneebedeckte, sonnige Straße. Der traurige Gedanke begleitete mich, daß ich nicht einmal jene vier Wände gesehen hatte, in denen Bürste die letzte Phase seines Lebens verbrachte. Ich entfernte mich von diesem alten Haus, immer fester davon überzeugt, daß eben dort das Geheimnis begraben lag. Aber wie es in solchen Fällen zu sein pflegt, wenn es uns nicht gelingt, unsere Pläne zu verwirklichen, auch die ganz bescheidenen, so vergrößert der Mißerfolg die Ergebnisse, die man erwartet hatte.

Ich ging einen langen Korridor entlang, über einen Teppich, der die Schritte dämpfte, an honigfarbenen Vierecken vorüber, die mit großen, goldfarbenen Klinken verziert waren. Im Flur herrschte Stille, nur irgendwo in der Ferne hörte man das Rauschen der Stadt, gedämpft durch die weichen Läufer und die soliden Wände. Mitten im Flur fand ich die richtige Tür, klopfte höflich und trat ein. Das Zimmer war geräumig, von der Mittagssonne überflutet. Vor dem hellen Hintergrund des Fensters saß ein Mädchen. Sie war hübsch, schlank mit einem verführerischen Busen, den sie wirkungsvoll zur Geltung brachte. Als sie aufstand und mich so ansah, als wollte sie mich dazu zwingen, das erste Wort zu sagen, bemerkte ich sehr schlanke, lange Beine. Ich dachte daran, daß sie sich hier vergeudete, denn sie gehörte zu der Kategorie von Geschöpfen, denen die Natur alle Chancen gegeben hatte, und doch sortierte sie Papiere.

»Sie wünschen?« fragte sie. »Möchten Sie zum Genossen Sekretär?«

Schon hatte ich von ihr fürs ganze Leben genug. Man

sollte nämlich den Körper, die Schönheit und die Biologie mit einer gewissen Achtung umgeben. Sie sollte nicht im Sekretariat sitzen, sondern nackt durch die Welt spazieren. Wenn sie eines Tages ein Kind zur Welt bringt, dann ein zweites und ein drittes, wenn auf ihrem Nacken die erste Speckfalte erscheint, die Brust herabzuhängen beginnt und die Beine nicht mehr straff sind, dann könnte sie hinter diesen Schreibtisch zurückkehren. Alles zur rechten Zeit, wie es der unvergessene Bürste wohl gesagt hätte. Geschieht es anders, so vergewaltigen wir die Natur. Am schlimmsten war, daß das Mädchen genau wußte, worum es geht, sonst hätte sie nicht so enge Kleider getragen. Beide waren wir uns darüber klar, daß unser Zusammentreffen einen ganz anderen Charakter haben sollte. Sie hätte hinter dem Schreibtisch hervorkommen sollen, an den Spiegel treten, sich mit den Fingern durch die Haare streichen im strahlenden Sonnenschein. Sie sollte mir die Blicke zuwerfen, die ich von ihr erwartete. Dann sollte sie hinter mir hergehen, hinaus für immer, fort von hier, und das tun, woran sie im übrigen so häufig dachte. Aber in diesem Zimmer, das vollgestellt war mit verschiedenen Gegenständen, gab es keinen Spiegel, also sagte das Mädchen höflich und unpersönlich:

»Sie wünschen? Wollen Sie zum Genossen Sekretär?«

»Ja«, antwortete ich, »ich bin für elf Uhr mit ihm verabredet.«

Sie blickte in ihre Notizen, ging an mir vorbei und verschwand hinter der Tür zum Chefzimmer. Nach einer Weile kehrte sie zurück und ging wieder an mir vorbei, also sagte ich:

»Sie sind eine recht hübsche Mieze, Freundin!«

Sie verzog den Mund und warf mir einen bösen Blick zu.

»Der Sekretär bittet«, sagte sie.

»Ich gehe schon«, antwortete ich. »Haben Sie schon einmal in einem Film mitgespielt?«

Sie sah mich schon etwas anders an, noch immer streng, aber schon neugierig, dann blickte sie plötzlich wieder in ihre Notizen.

»Kommen Sie vom Film?« fragte sie.

»Nein, ich frage nur ganz einfach nach Ihrer Vergangenheit, junge Freundin.«

Wütend drehte sie sich zum Fenster. Ohne ein weiteres Wort ging ich in das Zimmer des Sekretärs.

Der Arbeitsraum war nicht sehr effektvoll eingerichtet. Der Sekretär amtierte hier nur als Anhängsel. Es stellte sich heraus, daß das Mädchen nicht für ihn bestimmt war, sondern für den Direktor, der vis-a-vis arbeitete. Der Parteisekretär profitierte von der Freundlichkeit des Chefs, weil dieser wußte, was ein Sekretär bedeutete. Auf diese Weise funktionierte alles, wie es sein sollte.

»Nehmen Sie Platz«, sagte der Sekretär. Er war klein, schlank, trug eine braune Hose und eine Cordjacke. Er nahm die Uhr vom Handgelenk und legte sie auf den Schreibtisch.

»Es wird nicht lange dauern«, sagte ich.

»Das weiß man nie, und ich habe 'ne Menge zu tun.« Seine Stimme war scharf, als wollte er mich von vornherein zur Ordnung rufen.

»Es geht Ihnen also um Ruge? Es gibt einen Beschluß, nach dem die Institution die Kosten für die Beerdigung und so weiter übernimmt.«

»Na, und«, sagte ich. »Für welches und so weiter?«

Er schwieg einen Augenblick, dann lachte er.

»Gewohnheit, eine unsinnige Gewohnheit. Ich gebe zu,

daß es in diesem Zusammenhang blöd klang. Sie sagen also, daß es Sie interessiert, wie dieser Ruge war? Ein ausgezeichneter Arbeiter, Fachmann, ein guter Kollege. So steht es auch in der Todesanzeige.«

»Und wie war er wirklich?« fragte ich.

»Verstehe, es ist so Sitte und so weiter. Aber in diesem Falle ist das alles tatsächlich die Wahrheit. Das dritte Jahr bin ich hier Sekretär, ich kannte ihn also erst ziemlich kurz. Es gibt hier Leute, die haben mit ihm weit über zehn Jahre gearbeitet. Voriges Jahr ging er in den Ruhestand.«

»Mußte er gehen?«

»Aber nein, er hat sich selbst darum bemüht. Es gab sogar Schwierigkeiten. Wir verlieren ungern gute Fachleute. Ich habe damals lange mit ihm gesprochen, versucht, ihn zu überzeugen, daß er bleiben solle. Er hatte noch ein paar Jahre vor sich, aber er gab nicht nach.«

»Was waren seine Gründe?«

Der Sekretär fuhr sich mit der Hand über das straff zurückgekämmte Haar.

»Müdigkeit. Er wollte sich ausruhen. Wollte Bücher lesen, spazierengehen, mehr Zeit für sich haben. So geht es manchmal mit den Menschen.«

»Weiß ich«, sagte ich. »Und jetzt diese Geschichte.«

»Eben«, sagte der Sekretär. Sein Gesicht wurde trauriger. »Wollen Sie Tee trinken?«

Ich nickte, und er drückte auf die Klingel. Sie stand sofort auf der Schwelle. Sie war sehr hübsch und erregend. Aber er schien dies nicht zu bemerken. Er bat sie, zwei Tassen Tee zu machen, und als sie hinausgegangen war, öffnete er die Schublade seines Schreibtisches, holte eine Zellophantüte mit Bonbons heraus und schüttete sie auf das Glas des Tisches.

»Bedienen Sie sich«, sagte er. »Mögen Sie harte Menthol-bonbons?«

»Ja, bitte.«

Als sie den Tee hereinbrachte, lutschten wir beide Bonbons, und der zarte Mentholduft umgab uns mit einer freundschaftlichen Wolke.

»Danke sehr, junge Freundin«, sagte ich, als sie mir mein Glas reichte. Der Sekretär sah mich aufmerksam an.

»Kennen Sie sich? Waren Sie bei den Pfadfindern, Genossin?«

»Das ist so eine Gewohnheit von mir«, sagte ich schnell.

»Ich suche nach Idealen aus der Pfadfinderzeit.«

»Unfug«, meinte der Sekretär.

Sie verließ rasch das Zimmer.

»Also, wo waren wir stehengeblieben?«

»Bei seinem Tode«, sagte ich.

»Das ist eine traurige Sache. Und so überraschend. Das hätte wohl niemand erwartet. Ich werde Ihnen etwas sagen.«

Er sah mich scharf an, ein bißchen unwillig. »In dieser Angelegenheit waren hier bei mir schon die Genossen von der Miliz. Sie suchen nach Ursachen. Auch in der entfernten Vergangenheit dieses Menschen. Irgendwelche Sünden aus der Besatzungszeit. Aber ich glaub nicht daran, ehrlich gesagt...«

»Warum nicht?« warf ich ein.

»Ich kannte ihn. Und hatte ihn gern. Eben deshalb glaube ich es nicht. Und selbst wenn er etwas auf dem Gewissen hatte, so lebt er ja schließlich nicht mehr. Wenn er Unrecht getan hat, so ist er heute schon jenseits der Gerechtigkeit. Wozu also in solchen Geschichten herumwühlen.«

»Sehr richtig«, sagte ich. Er war es wohl gewöhnt, daß

ihm die Leute recht gaben, denn er sprach weiter, ohne auf mich zu achten.

»Wenn man also nach Ursachen sucht, so sollte man eher an die nähere Vergangenheit denken. Vielleicht war er krank, oder irgend etwas war in seinem Leben kaputtgegangen ... Nun ja! Das sind nicht mehr meine Zuständigkeiten, verstehen Sie? Aber das Begräbnis findet mit unserer Teilnahme statt. Sie steht ihm zu, so eine Beerdigung von der Firma.«

»Ja«, sagte ich. »Trotzdem möchte ich noch ein paar Sachen wissen, zum Beispiel, wofür hatten ihn die Leute gern? Wie war er?«

»Meinen Sie menschlich, wie?«

»Menschlich? Na gut.«

»Also, er war kameradschaftlich, ohne Zweifel ein guter Kamerad.«

»Was heißt das?« fragte ich.

»Er half anderen, war wohlwollend und freundlich.«

»Hören Sie«, sagte ich mit etwas Ärger in der Stimme. »Was heißt das eigentlich, er war wohlwollend?«

Der Parteisekretär sah mich an, ohne seine Verwunderung zu verbergen.

»Na, ich spreche doch polnisch. Er war kollegial, wohlwollend. Was will man denn mehr.«

»Wir verstehen uns nicht. Sie sagen: ›Er war wohlwollend.‹ Bedeutet das, daß er anderen Menschen wohlwollte? Aber woran hat man das denn erkannt, wie äußerte sich das? Was hatte er für eine Art zu sein?«

»Wenn es um seinen Lebenswandel geht, so war er tadellos. Er drückte sich niemals vor der Arbeit und war ein Beispiel an Pünktlichkeit und Disziplin. Er arbeitete auch gesellschaftlich. Ich will Ihnen zum Beispiel sagen, damit

Sie nicht wieder nach Einzelheiten fragen, daß er ein paar Jahre im Betriebsrat war. Er kümmerte sich um die Kantine, organisierte Ausflüge.«

»War er Parteimitglied?«

»Nein, er gehörte nicht zur Partei, aber er war sehr loyal, der Sache des Sozialismus ergeben und so weiter. Das heißt, der Sache des Sozialismus natürlich. In seinem Büro hatte er drei jüngere Kollegen, und alle haben ihn in guter Erinnerung. Gute Arbeit hat er sie gelehrt.«

»Und wenn die Jungen was ausgefressen haben, hat er sie vor der Direktion gedeckt?«

Der Sekretär sah mich unwillig an.

»Was heißt denn, ›gedeckt‹? Ist denn hier vielleicht die Belegschaft mit der Direktion verfeindet? Bei uns arbeiten die Leute gut, Pläne werden erfüllt, man spürt starkes Engagement ...«

»Klar«, unterbrach ich ihn, »aber ein kollegiales Verhältnis zu Untergebenen besteht doch wohl darin, daß man ihnen die Ohren langzieht, aber so, daß es oben niemand erfährt.«

»Ich bin sicher, daß so Kollegialität aussehen sollte«, sagte der Sekretär, »manchmal ja, manchmal auch nicht. Das hängt von der Direktion ab, von den Verhältnissen im Betrieb.«

»Ich dachte, es hänge ganz einfach vom Menschen ab ...«

Unwillig schüttelte er den Kopf.

»Wir kommen nicht klar«, sagte er und trank den letzten Schluck Tee aus. »Was verlangen Sie von mir? Soll ich wissen, was in diesem Menschen steckte? Dafür bin ich nicht zuständig.«

»Und wer, wenn man fragen darf?«

Plötzlich stand er auf, ging mit raschen, kleinen Schritten

zum Fenster, blickte hinunter auf die Straße und klopfte mit den Fingern auf die Fensterbank.

»Man muß an die Produktion denken«, sagte er herb, aber ohne Nachdruck. »Der Plan läßt uns wenig Spielraum. Ich kann nicht die Gedanken und die Gefühle jedes einzelnen Angestellten analysieren. Dazu habe ich keine Zeit. Und dazu habe ich auch kein Recht.«

Er drehte sich um, sah mich an und fügte rasch hinzu: »Außerdem kann ich es auch nicht.«

Er kehrte hinter den Schreibtisch zurück, setzte sich. Jetzt war er wieder klein und schmächtig. Er starrte auf die Bonbons, die auf dem Glas lagen, nahm eines und drehte es in den Fingern.

»Ja«, sagte er, »das ist sehr traurig. Er war mitten unter uns, arbeitete mit uns, und jetzt werden wir ihn beerdigen. Und wir werden niemals erfahren, warum er es getan hat. Glauben Sie, daß es unsere Schuld war?«

»Nein«, antwortete ich, »warum sollte ich so denken?«

»Weiß ich nicht, vielleicht war es auch unsere ...«

Ich wollte ihm nicht so direkt sagen, daß er sich sehr tief und furchtbar irrte. Vielleicht wollte er sich auch so irren, vielleicht wollte er ein Teilchen jener Sündenlast auf sich nehmen, die Bürste auf die Schienen geführt hatte. Ohne diesen Irrtum erschien ihm der Sinn dieser seiner Sekretärsfunktion fad und unfruchtbar. Wenn er die Welt als Gebiet betrachtete, das restlos dem Willen der Organisatoren unterliegt, dann hatte er jetzt das Recht zu glauben, daß er ein klein wenig schuldig war. In diesem riesigen Unternehmen wurde etwas nicht so erfüllt, wie es hätte sein müssen, ein Element hat versagt, ist aus seinem Gesichtsfeld entschwunden, und daher das ganze Unglück. Man hätte mehr achtgeben müssen, erfolgreicher agieren, klüger planen und sicherer realisieren müssen. Nicht alles wurde richtig behandelt, irgend jemand hat irgend etwas vernachlässigt, ein Fehler wurde begangen, und dies ist das traurige Resultat!

Ich konnte ihm einfach nicht sagen, daß er in einen Morast der Hirngespinste geraten war. Er war im Grunde gutwillig, doch schrieb er sich ein Übermaß an Rechten und Pflichten zu. Wenn die Welt für Bürste unerträglich geworden war, so fühlte er sich deshalb ein wenig schuldig.

»Und wenn er gestorben wäre, weil er krank war«, sagte ich leise, »würden Sie sich dann auch mitschuldig fühlen?«

Er zuckte die Schultern.

»Unsinn, natürlich nicht.«

»Und doch hätte er nur noch ein Begräbnis und nichts weiter.«

»Sie reden Unsinn, jeder von uns wird ein Begräbnis haben. Irgendwann einmal!«

»Eben«, sagte ich.

Er neigte den Kopf, schwieg einen Augenblick.

»Sie sind wohl katholisch, wie?«

»Eher nicht.«

»Aber an Gott glauben Sie?«

»Weiß ich nicht«, antwortete ich. »Vielleicht ...«

»Na ja«, sagte er, als ob jetzt alles für ihn klargeworden wäre, und steckte ein Bonbon in den Mund.

»Ich muß wohl ähnliche Fragen nicht erst stellen«, sagte ich, »ich weiß ja, mit wem ich spreche. Aber ...«

»Aber was«, warf er schnell ein und zerbiß das Bonbon.

»Ich denke, daß er nicht länger leben wollte. Irgend

etwas ist in ihm gesprungen, eine kleine Spirale hat den Dienst versagt.«

»Was für eine Spirale?« fragte der Sekretär. Er sah mich aufmerksam an.

»Das kann man schwer benennen. Sagen wir vielleicht dieser Mechanismus, der die Freude am Leben steuert.«

»Zuerst muß man das Leben einrichten, dann kann man sich darüber freuen.«

»Sind Sie dessen ganz sicher? Sind Sie sicher, daß alles nur äußerlich ist, daß alles so verflucht objektiv, meßbar und unseren Wünschen gefügig ist? Glauben Sie daran?«

»Glauben«, wiederholte er und verzog den Mund. »Das ist nicht das richtige Wort. Man muß einfach leben, arbeiten, wirken. Ich glaube, daß es so sein muß. Ich werde Ihnen etwas sagen! Ich komme vom Lande, bin ein Bauernsohn. Als kleiner Junge lief ich ohne Schuhe herum, ich war kränklich, deshalb bin ich auch nicht sehr groß gewachsen. Und die Situation hat sich doch geändert. Die Menschen haben sie verändert. Ich war dabei. Ich habe die Schule beendet, dann das Studium. Mit gutem Erfolg, bitte sehr. Dann die Berufsarbeit, Parteiarbeit. Jetzt sitze ich hier. Tausend Dinge lasten auf meinem Kopf, tausend Sorgen. Aber ich sehe jeden Tag, wie sich die Wirklichkeit bewegt, vorwärtsdrängt, nicht ohne Widerstand und Schwierigkeiten, aber doch ... Und das, sehen Sie, macht meine Einstellung zum Leben aus, das bewegt in mir diese Spirale der Lebensfreude, wie Sie sagten. Was ist daran böse, Mensch?«

»Gar nichts«, sagte ich. »Aber vielleicht löst es nicht alles.«

»Ich beschäftige mich mit einer solchen Menge aktueller Dinge, daß mir die Unsterblichkeit zum Halse heraushängt«, sagte er wütend. Mit einer plötzlichen Bewegung warf er die verbliebenen Bonbons in die Schublade, als wollte er sie mir nicht mehr geben.

»Was ist das überhaupt für ein Gequatsche? Sie sind doch nicht zum Pfarrer geworden, verflucht noch mal!«

Er war großartig in diesem Wutausbruch. Also sagte ich höflich: »Daraus würde sich ergeben, daß ein Pfarrer auch dringend nötig sein kann?«

Er sah mich erst wütend an, dann lachte er beinahe fröhlich.

»Das habe ich nicht gesagt. O nein! Übrigens zwingen wir ja niemandem etwas auf, nicht wahr? Wer einen Pfarrer braucht, bitte sehr, der Weg ist frei.«

»Und Sie?«

»Reden Sie nicht so einen Unsinn. Ich habe mein eigenes Gewissen, das Parteigewissen und das menschliche. Das genügt völlig!«

»Wofür genügt es?«

»Um zu leben, wie es sich gehört.«

»Und zu sterben?«

»Mit Würde zu sterben.«

»Das klingt ganz hübsch, aber ich würde es vorziehen zu sterben, wenn ich müde geworden bin.«

Er lachte wieder. Dabei sah er aus wie ein Knabe, ein lustiger und listiger Knabe. Aber irgendwo in der Tiefe seines Blickes entdeckte ich unsere Gemeinsamkeit, den Schatten der aus Machtlosigkeit geborenen Furcht.

Ich ging mit ihr, oder besser neben ihr. Sie wiegte sich wunderbar in den Hüften, ich fühlte, wie die furchtbare Krankheit der Begierde in mir wuchs. Ich hatte Lust, diese Hure im Nacken zu fassen und sie in die nächstgelegene Toilette zu schieben, um mit ihr dort alles das zu tun, wozu sie eigentlich geschaffen war. Sie hörte meine Gedanken, sie alle hören es, sie sind taub für tausend Stimmen dieser Welt, aber solche Gedanken hören sie auf große Entfernungen, im Lärm der Cafés, im Gedränge eines Eisenbahnwaggons, durch die Wand eines Zimmers und selbst über den Fluß hinweg, wenn sie sich im Sommer am Strande aalen, während Männer über die Brücke gehen und mit ihren schweren Schuhen auf das Holz schlagen – die hören ihre Gedanken. Ich bemerkte also jetzt, wie eine leichte Röte sich unter der Haut ihres Gesichtes breitmachte, ihr Ohr erreichte, die Augenlider senkten sich langsam, die Lippen wurden feucht. Sie wollte etwas sagen, erschrak aber, daß sie ihre Stimme verraten könnte, also gingen wir weiter, wortlos den langen Korridor entlang. Schließlich fragte ich: »Was machen Sie heute nach dem Dienst, schöne Freundin?«

»Ich gehe nach Hause«, antwortete sie. Ihre Stimme hatte etwas Vogelhaftes. »Übrigens hören Sie auf mit der Freundin, ich war wirklich nie bei den Pfadfindern.«

»Das ist auch besser so«, sagte ich. »Die Freunde sind häufig aufdringlich. Gemeinsame Lager, das Leben in Zelten, düstere Wälder. Und dann bleibt schließlich für einen richtigen Mann nichts mehr übrig.«

»Sie sind abscheulich!«

Sie war nicht gerade einfallsreich. In wenigen Jahren wird sie in den gleichen Situationen sagen: Sie sind gräßlich. Damit hat sie dann ihren Reifeprozeß beendet.

»Ich hol Sie also um drei Uhr ab. Ich warte in der Halle . . .«

»Das ist unmöglich, mein Bräutigam ist sehr eifersüchtig.«

»Denk was besseres aus, Freundin«, sagte ich. Diese alberne Nummer habe ich Tausenden von Mädchen selber beigebracht.

»Sie sind abscheulich«, wiederholte sie, aber ich glaube, sie war schon bereit, auch diese nächste Toilette in Kauf zu nehmen. Aber leider, der Raum, in dem einst Bürste gearbeitet hatte, lag näher.

»Es ist hier«, sagte sie und zeigte mir die Tür. Sie entfernte sich sofort. Ich hätte sie natürlich aufhalten können, aber diese Tür erschien mir plötzlich wichtiger, also trat ich ein, ohne zu überlegen. Im Raum waren zwei Männer, der jüngere saß am Fenster, der ältere näher an der Tür. Sie waren sich ähnlich, beide schlank, fast schon kahlköpfig, von ungesunder Gesichtsfarbe. Der Jüngere war etwas über Dreißig, der Ältere hatte bereits die Vierzig hinter sich.

Sie erwarteten mich, denn der Parteisekretär hatte meinen Besuch angekündigt. Der Ältere stand also auf und fragte, ob ich Kaffee trinken wolle. Ich antwortete, daß ich keinen Kaffee trinken werde, und wir setzten uns beide an einen kleinen Tisch an der Wand. Der Jüngere stand daneben. Er sprach während der ganzen Zeit kein Wort. Nie im Leben habe ich seine Stimme gehört, vielleicht denke ich deswegen an ihn mit einer gewissen Neugierde, er scheint mir anziehender als der nette ältere Kollege, der viel über Bürste sprach, sogar etwas überschäumend, warmherzig, mit einem sonderbaren Glucksen im Halse, elegisch und konzentriert. Dabei irrte sein Blick über die Wände des Raumes, als suche er eine Spur der Anwesenheit des teuren Verschiedenen. In einem gewissen Augenblick, als ich schon etwas müde geworden war von dieser Demonstration des guten Willens, unterbrach ich seine Arie.

»Sie konnten ihn nicht leiden, stimmt's?«

»Aber Unsinn!« rief er. »So etwas ... Edzio, hörst du, was der Herr sagt?«

Der Bursche, der an der Wand lehnte, nickte.

»Mein Kollege kann bestätigen, daß wir den Toten alle geliebt haben.«

»Wie heißt die Sekretärin des Direktors?« fragte ich.

»Stefcia. Und mit Nachnamen . . .«

»Der Nachname ist überflüssig«, sagte ich. »Hat ihn Stefcia auch geliebt?«

Mein Gesprächspartner verzog unwillig das Gesicht.

»Wovon sprechen Sie überhaupt, ich bitte Sie! Herr Kollege Ruge war ein älterer, ernsthafter Herr. Diese Art von Interessen hatte er nicht, das hätte ihm wohl kaum in den Sinn kommen können.«

»Vielleicht gerade deshalb?« fragte ich herb.

»Verstehe ich nicht.«

»Vielleicht hat er sich deshalb das Leben genommen!«

Der Mann zog die Augenbrauen zusammen, sah mich aufmerksam prüfend an, als wollte er in meinem Gesicht die ihn am meisten befriedigende Antwort finden. Doch dann veränderte sich plötzlich etwas in ihm. Vielleicht war auch nur die Sonne in eine Ecke des Raumes gewandert, und ein seltsamer Schatten umgab uns jetzt hier am Tischchen. Möglicherweise war ich auch kühler geworden, jedenfalls hatte sich sein Gesicht vollkommen verändert. Es verlor die listige Höflichkeit eines Fuchses und wurde dem Gesicht von Bürste ähnlich durch die Nachdenklichkeit in den Augen, eine gewisse Konzentration oder sogar Qual, die diesen Menschen jetzt überkam.

»Sie sprechen nicht ernst«, sagte er, und seine Stimme klang sicherer, als hätte sie sich dem Kammerton seiner Gedanken angepaßt. »Das ist kein Thema für frivole Scherze.«

»Ich habe nicht gescherzt«, sagte ich und blickte ihm in die Augen. »Es ist mir ganz einfach nur so eingefallen. Was wissen Sie über sein Privatleben? Daß er geschieden war?

Daß er allein wohnte? Was bedeutet das heutzutage? Nehmen wir an, eine Frau ... Gar nicht Fräulein Stefcia, aber eben doch eine Frau. Können Sie das ausschließen?«

»Ja, das kann ich«, sagte er hart, »das schließe ich ganz sicher aus.«

»Warum?«

»Ich kannte ihn! Vielleicht habe ich ihn nicht einmal sehr gerne gehabt. Das kommt doch schon einmal vor, nicht wahr? Aber ich kannte ihn am besten. Vom Alter her waren wir uns noch am nächsten, und wir waren in einer ähnlichen Situation.«

»In einer ähnlichen Lage?«

»Ja«, sagte er und sah etwas melancholisch zum Fenster hinaus. »Ich bin auch geschieden und lebe allein. Vielleicht verstehe ich einiges ...«

»Mein Gott«, sagte ich, »jeder trägt das etwas anders.«

»Aber es gibt gewisse Regeln. Wer einmal vor Jahren überfahren wurde, geht nicht mehr unter die Lokomotive. Er hatte das alles schon hinter sich.«

Plötzlich begann er in einem anderen Ton zu sprechen, etwas leiser, beinahe fraulich.

»Das schließt natürlich ein Abenteuer nicht aus. Schließlich bin ich kein Greis. Aber gewisse Dinge sind schon erledigt, ein für allemal. Darin kann ich mich nicht irren. Ich habe zuviel erlebt. Übrigens haben wir so manches Mal darüber gesprochen, es war unser einziges gemeinsames Thema. Er hatte diese Frau sehr geliebt, aber glücklich ist er nicht geworden. Dann empfand er immer ein klein wenig Angst. Ein Abenteuer – ja, aber er konnte im rechten Augenblick verzichten. Er engagierte sich nicht. In solchen Menschen wie wir, die enttäuscht und betrogen wurden, ist ein klein wenig Heiligkeit. Wir bleiben rein bis zum Ende.

Erotik, ja, aber keine Liebe. Deshalb ist es nicht wegen seiner Frau gewesen ...«

Ich sah ihn an und dachte, daß er vielleicht sogar gegen seinen eigenen Willen sehr slawisch wirkte. Wie jeder von uns freudigen und verzweifelten Nachkommen Rzepichas fühlte er sich ein klein wenig wie ein Barbar. Diese Wildheit gab ihm jene Würde, die anderen Stämmen unbekannt ist. Eine seltsame Mischung von Sehnsüchten, die aus dem Kult der ritterlichen Tugenden und der Königin der polnischen Krone herrührten, aber auch eine Gier nach Zivilisation. Er sprach, und ich sah vor mir unsere Kirchen und Häuschen mit Herzen, unsere riesigen Fabriken, die den Ankömmling aus einem fernen Weichseldorf auf die Knie zwingen und die völlig unbedeutend jenen Menschen aus der anderen Welt erscheinen, die schon vor hundert Jahren ähnliche Konstruktionen erbauten und längst von der Mystik der Industrialisierung kuriert sind, die darin längst nicht mehr die einzige Chance der Erlösung sehen. Er sprach über die geheimen Winkel seiner Liebe und seiner Erotik, und ich dachte an jenen unendlichen Aufstieg, der den Menschen neureiche Gewohnheiten suggeriert, aber immer noch gemildert durch den stets in ihren Herzen vorhandenen Komplex der Unterentwickelten, der Unordnung, der Dummheit und des Wodkas. Das alles zusammengenommen, scheinbar unsinnig, kam mir plötzlich vor wie ein Segen, denn es pflegt in uns jene wunderbare Scham, diese irrationalen Ängste, die sogar in den Gehirnen der Atheisten nisten. Wir sind Barbaren, aber einer einzigen Tatsache verdanken wir es, daß wir uns deshalb nicht zu quälen brauchen. In uns spukt nämlich immer noch das Gefühl der Heiligkeit unserer Körper herum. Selbst den Atheisten in diesem Lande wurden sie von Gott und der allerheiligsten Jungfrau geschenkt.

Dieser Mensch hatte recht. In diesem Lande begeht niemand Selbstmord aus erotischen Empfindungen, die ihm Schweißtropfen über den Rücken treiben. Das Geschlecht ist bei uns frei von Existenzangst. Wir können uns aus Verzweiflung betrinken, aber wir werden niemals aus Verzweiflung mit einer Frau ins Bett gehen. Die Geschichte hat uns unsere Hintern auf den Pferderücken durchgeschüttelt, unsere Frauen haben mit Kanonen geschossen und saßen rittlings auf Barrikaden, wahnsinnig, herrlich, gedankenlos und heroisch, und eben deshalb baut in diesem Lande kein Mensch eine Kapelle zwischen den Beinen. Wenn hier schon jemand aus Liebe verrückt wird, dann ist es immer eine romantische Liebe. In unseren Abenteuern bleiben wir einfach. Sterben kann man für eine Frau wie für eine Heilige, aber wegen einer Dirne kann man sich nur besaufen. Denn den Tod betrachten wir als etwas viel Wichtigeres, nicht nur als den Abschied vom Leben.

Er sprach, und ich sah in ihm einen Auserwählten des Schicksals. Er hatte die Chance, die Erlösung zu erlangen, denn er hatte den Propheten des Existentialismus nicht alles geglaubt.

»Nun ja«, sagte ich, »nehmen wir also an, Sie haben recht. Was denken Sie also über seine Entscheidung? Wo sollte man den Grund suchen?«

Er sah mich ärgerlich an und sprach aus, was uns beide, Siemienski und mich, vom ersten Augenblick an verfolgte. »Mein Herr, hat er denn irgend jemanden bevollmächtigt, die Sache zu klären? Wenn er beschlossen hatte, sein Leben abzuschließen, dann sollten wir das wohl akzeptieren. Im übrigen bleibt uns ja wohl auch keine andere Wahl?«

Ich nickte, der jüngere Bursche zuckte, als wollte er noch etwas Wichtiges sagen, dann trat er ans Fenster und gaffte auf die Dächer der gegenüberliegenden Häuser. Wunderbar schien jetzt wieder die Sonne. Der Schnee an den Rändern der Gehsteige schmolz langsam, Bächlein rannen auf die Fahrbahn. Ich dachte, daß ich jetzt gehen sollte, also stand ich auf und verabschiedete mich von meinem Gesprächspartner. Der andere nickte mir vom Fenster her zu, ohne zu lächeln. Im Korridor brummte etwas, es war eine beschädigte Leuchtröhre, in der ein blauer Blitz einmal hell wurde, dann wieder erlosch wie ein Flämmchen auf einem feuchten Scheit. Ich ging den Flur entlang, an einigen Türen vorbei, dann drückte ich auf die Klinke, machte die Tür zum Sekretariat einen Spalt auf, blieb auf der Schwelle stehen und sah das Mädchen an. Sie hob die Augen über dem Schreibtisch und sandte mir ein zärtliches Lächeln.

»Grüß deinen Bräutigam, Freundin«, sagte ich, »und morgen fahren wir beide zusammen nach Sansibar.«

»Was ist das?« fragte sie plötzlich verlegen.

»Eine Insel«, sagte ich, »dort wachsen Kokospalmen.«

»Sie sind abscheulich!« rief sie.

»Bedenke nur, schöne Freundin, kann es etwas Wunderbareres geben als die Verbindung von zwei Körpern auf Sansibar? Aber übrigens spielt der Breitengrad nicht die wichtigste Rolle. Wir können es auch in Warschau machen.«

»Bitte verlassen Sie sofort den Raum!«

»Sei bereit, Freundin«, sagte ich und schloß die Tür.

Als ich noch ein Stück den Flur entlanggegangen war, begegnete mir ein großgewachsener und gutaussehender Mann mit einem Stiernacken, dem Gesicht eines Herrschers und einem Blick, der keinen Widerspruch duldete.

Mir schien, daß, während er mit seinem sicheren Schritt des Direktors über den grünlichen Läufer ging, unablässig Sägespäne aus ihm herausrieselten. Er duftete nach Kölnisch Wasser. Eines Tages, wenn er das Büro verläßt, um in seinen Dienstwagen zu steigen, wird er sich mit der Hand an die Brust greifen, vor Schmerz aufstöhnen und tot auf den Gehsteig fallen. Menschen werden sich ansammeln, und der alte Portier wird rufen: Schnell, Wasser für den Bürger Direktor! Aber das Wasser wird nicht mehr nötig sein. Dann werden sie ihn irgendwo im Keller eines Krankenhauses auf ein Wachstuch legen und in Scheibchen schneiden, um die Ursache zu finden. Und es wird sich herausstellen, daß er innen vollkommen leer war. Vorläufig aber schritt er stramm über den grünlichen Läufer zur Tür des Sekretariats. Auf Zehenspitzen lief ihm der Tod nach, an dessen Anwesenheit er nicht glaubte. Eines Tages wird er ihn überholen, wird ihm den Weg abschneiden und ihm mitten ins Gesicht blikken. Und vielleicht ist es dann besser für ihn, wenn er unvorbereitet ist, überrascht, immer noch voll des Unglaubens an das, was ihm gleich passieren wird. Doch jetzt kehrte er von einer wichtigen Konferenz zurück und war wohl mit sich zufrieden, denn er sandte mir ein zerstreutes halbes Lächeln, das zusammen mit dem Blick, der keinen Widerspruch duldete, besonders eindringlich ausgefallen war.

»Grüß dich, Kamerad«, sagte ich, während ich an ihm vorbeiging. Seine Blicke blieben wie zwei Schrapnells zwischen meinen Schulterblättern stecken. Ich aber entfernte mich, ohne auf die blutenden Wunden zu achten.

Ich trat auf die sonnenüberflutete Straße. Lichtstrahlen drangen unter die Lider wie kleine Nadeln. Es roch nach

Frühling. Kein Zweifel, das Leben war stärker. Ich trat in die Bar, bestellte einen großen Wodka und Hecht in Gelee.

Sehr hübsch sah die Straße vor dem Fenster aus. Sie lag in der Sonne, frisch gewaschen war sie vom schmelzenden Schnee, der sich nun in rasche Bächlein verwandelt hatte und zu den kleinen Abflüssen strömte. Ringsherum war in der Natur alles aufgeräumt und sauber, wie meist im Vorfrühling, wenn der letzte Frost vorbei ist und plötzlich Tauwetter einsetzt, nicht jenes regnerische, schmutzige, sondern das lichterfüllte, dem sich manchmal ein stürmischer Wind zugesellt, der die Pfützen austrocknet und wie beflügelt allen Schmutz hinwegfegt, die Fäulnis, die Körper verendeter Vögel, einen Hundekadaver, der unter dem Schnee verborgen an einer Straßenecke lag, Schalen, Hundekot und Blätter vom vergangenen Herbst, alle Sünden der Erde. So ein Tag strahlte hinter dem Fenster der Gaststätte, windig und klar. Von einem Augenblick zum anderen trockneten die Gehsteige, auf den Dächern, die eben noch glänzend und feucht waren, erschienen jetzt matte Flecken, die Bäume schüttelten letzte Wassertropfen ab, und nur in den Falten der Rinde sah man noch hier und da leuchtende Perlen des Winters.

Ich trank einen Wodka und bestellte den nächsten. Im Gästeraum war es warm und ziemlich leer, das Volk arbeitete um diese Zeit fleißig, die Berufstrinker aber waren gegangen. Sie hatten ihr Frühstück – einen Klaren und ein Bier – schon eingenommen und kämpften nun mit dem Wind an den Straßenecken, suchten Schutz in den Eingängen und auf Treppen, schwer atmend, verschwitzt und träge warteten sie auf die zweite Runde, zu der sie die Glocken, die Mitte des Tages verkündend, rufen würden. Ich saß also fast einsam in dem Raum, tauschte leere Blicke mit dem Ober, der Leszek sogar ähnlich sah, aber sauber und gewandt an der Säule lehnte, er war ein wenig schläfrig, lauschte dem milden Rhythmus seines Blutes, das irgendwo zu den geheimsten Zellen stieß, die Hindernisse der Krampfadern überwand, wo gefährliche Strudel entstanden.

Ich trank den zweiten Wodka aus, und nachdem ich den dritten bestellt hatte, überließ ich mich der Erinnerung. Es waren aber nur undeutliche Erinnerungen, eher ihre Schatten, ihre Anwesenheit, die mich die Welt jenseits der Scheibe schärfer und klarer sehen ließ. An einem solchen Tag im zeitigen Frühling schien mir einmal vor langer Zeit, ich sei glücklich. Am Abend davor deutete alles darauf hin, daß ich die Stunde der Mitternacht nicht erleben würde. Doch dann kam die Krise, das Fieber war gefallen, die Besinnung kehrte zurück – und so saß ich in der Mittagsstunde als Genesender bei angelehntem Fenster und blickte versunken in den ersten sonnigen Tag des Vorfrühlings hinaus. Über den Teppichen tanzte der Staub in den Sonnenstrahlen, die Rinden der Bäume trockneten im Wind.

Drüben auf dem Gehsteig ging ein deutscher Soldat. Eine Kutsche ratterte über das Pflaster, ein sehr dicker Mann stieg aus und verschwand im Hauseingang. Es war eine Straße im Zentrum der Stadt, doch ohne Verkehr. In einiger Entfernung an der Kreuzung schlummerte ein Rikschafahrer, das Gesicht mit einem Schundblättchen verdeckt, etwas näher spielte ein kleines Mädchen mit seinem Sprungseil. Da kam mir der Gedanke, daß ich doch lebe, nicht gestorben war, und ich war plötzlich überzeugt davon, daß das Leben wichtiger sei als alles andere auf der Welt. In einem weichen Sessel sitzen, auf die Straße hinabblicken, dem Rattern der Kutsche, den Schritten des fremden Soldaten und dem Klatschen der Schuhe des hüpfenden

Mädchens lauschen, die tänzelnden Stäubchen im warmen Sonnenlicht einatmen.

Ich dachte also, daß das Leben das Wichtigste sei und daß es nichts geben könne, wofür es sich lohnen würde, das Leben zu verlieren, es gegen irgend etwas einzutauschen – und gerade in diesem Augenblick ist wohl in mir jenes schwache Pflänzchen erblüht, das sich später immer üppiger entwikkelte, immer weiter seine Wurzeln ausstreckte, um schließlich für einige Zeit mein Sein an die Ufer des Lebens zu fesseln. Und was wäre aus mir geworden in jener süßen und verlogenen Welt, wenn Benno Wagenbach, ›unser lieber Benno‹, nicht im richtigen Augenblick erschienen wäre, um mich von meinen Trugbildern zu erlösen und mir den Weg der Wahrheit zu weisen? Der Himmel selbst hat mir diesen Engel mit dem hanseatischen Gesicht gesandt, mit dem Totenkopf an der Mütze und mit der Peitsche in der Hand, damit er das Tau abschlägt und mein Schiff befreit, es den Stürmen preisgibt, damit er mit den Wurzeln jenes giftige Pflänzchen herausreißt, das in mir erblüht war an diesem Tage am offenen Fenster, beim Rattern der Droschke, im Lichte des Frühlingstages.

In Wahrheit schied dieses Pflänzchen einen klebrigen Saft aus, der mich ganz fest mit der Welt verband, so daß ich zu einem Teilchen von ihr wurde ohne jede Eigenständigkeit. Das unheilverkündende Einssein mit der ganzen Welt erfüllte mich mit Wonne, und ich war bereit, alles dafür herzugeben, damit diese Verbindung bis in die Unendlichkeit erhalten blieb. Immer wenn es zu einem Zwiespalt zwischen mir und der Wirklichkeit kam, fühlte ich mich verstoßen und mißachtet. Ich machte jedes Zugeständnis, nur um den alten Zustand wieder herzustellen, in der Welt zu versinken und nicht verwaist zu sein und darunter zu leiden.

In mir war viel Kraft, und ich konnte auf zwei Pfoten Männchen machen, kriechen, winseln, bellen und kuschen, immer demütig und voller Hingabe, verliebt in die Wirklichkeit, in das Leben, das mich gefesselt hatte und so stark verdorben, daß es mich eigentlich gar nicht mehr gab. Nur die Funktion war geblieben, die Situation, die Realität, das Ziel, die Aufgabe, die Mission meines Daseins als lebendes Wesen. So rasch war es vor sich gegangen, daß ich gar nicht bemerkt hatte, wie die Unterschiede zwischen mir und einer Spinne aufgehoben waren, einer Spinne, die langsam die Wand entlangkroch, zur Decke hin, oder auch einer Fliege, die verzweifelt in dem zarten Netz der Spinne summte. Wir waren zusammen, ich, die Spinne und die Fliege, unter einer Sonne, auf dem gleichen Planeten, in einem Leben, das uns von der Natur gegeben war, und das machte mich zu einem Teil des Spinnennetzes, zu einem Teilchen von der Gefräßigkeit der Spinne und auch zu einem Teilchen der Qual der Fliege.

Was wäre aus mir geworden in dieser süßen, verlogenen Welt, die so vollkommen war in der Stille, dem Sonnenschein und der Verachtung, wäre nicht ›unser lieber Benno‹ im rechten Augenblick eingetroffen, um den rettenden Eingriff vorzunehmen! Als er erschien, begriff ich, daß die Identität zum Teufel geht, denn von diesem Augenblick an wollte mich die Welt nicht mehr haben. Sie verleugnete und verlachte mich, stieß mich zurück in die Latrine der Kultur, wo es von den Bazillen der Einsamkeit und der Prüfung wimmelte. Ich begriff, daß mein Winseln, Kuschen und demütiges Kläffen keinen Sinn mehr hatte, denn es gab niemanden, der mich hätte kaufen wollen, begnadigen, zähmen und zu seinem Narren machen. Dieser Zwiespalt mit der Wirklichkeit erschien so vollkommen und umfassend, daß es nicht mehr ums Verstoßen ging, sondern ums Verfluchen, nicht mehr um das Demütigen, sondern um das Töten, deshalb wurde mir plötzlich bewußt, daß nur der Kampf mich retten kann, kein Nachgeben, nur Blut, kein Kompromiß, nur die Faust, keine Demut, nur die Zähne! Und in den wimmelnden Abfällen zwischen den Bazillen der Einsamkeit und der Prüfung fand ich auch den Bazillus der Imponderabilien wieder. Weil mich niemand mehr wollte, wünschte ich, mir selbst zu gehören und dies nie mehr aufzugeben. Doch dieser Gedanke kam mir an einem anderen Tag, im Spätherbst, im Licht der Laternen, die draußen im Wind ächzten, im Nebel der Atemwolken, neben den angeketteten Hunden, die ringsherum bellten und mit roten Zungen den Geschmack des Abends und des Regens, den Geschmack von Tränen, Schweiß und Blut leckten.

An einem solchen Vorfrühlingstag aber, wie er sich nun vor den Fenstern des Restaurants hinstreckte, verführerisch und ausschweifend, nackt und lebenshungrig, überwältigte mich das Gefühl der Hingebung an die Welt, an jede Welt, die mir gegeben wäre. Und während ich jetzt über dem halb geleerten Wodkaglas saß, wanderte ich voll Dank zu den Schatten Wagenbachs, ›unseres lieben Benno‹, der mich gerettet hatte, indem er die ganze Gemeinheit auf sich nahm, oder vielleicht nur dieses Stückchen, das mir hätte zuteil werden können, wäre ich ihm nicht im rechten Augenblick begegnet.

Ich schaute auf den schlummernden Kellner, der an die Säule gelehnt war. Etwas erschrocken und von Mitleid erfüllt, dachte ich, daß vielleicht in ihm jenes Pflänzchen erblüht ist, welches den klebrigen Saft der Versöhnung und Fügsamkeit ausscheidet. Und ich bat darum, daß Gott, wenn es ihn gibt, ihm den Tag der Prüfung und der Einsamkeit schenken möge, den Tag des furchtbaren Gerichts, ohne den es nicht gelingt, den heiligen Stein von der Erde aufzuheben und ihn zum eigenen Schatz zu machen, eingemauert in den Tiefen des menschlichen Bewußtseins.

Im schäumenden Strom der Hauptarterien unserer Stadt schwamm ich mit meinem roten Boot. Fahrzeuge drängten sich in den Kreuzungen, weibliche Polizisten, verloren in dem Chaos, regelten den Verkehr, doch in ihren Augen konnte man diese hübsche, weibliche Ratlosigkeit gegenüber der Gewalt erkennen, der ein Mann nicht widerstehen kann. Sie versuchten, die Dressur durchzuführen, und stützten sich dabei auf ihr natürliches Anderssein. Über der Kreuzung hing ein zarter Schleier der Erotik, wie überall dort, wo die Frau dem Mann ihren Willen aufzwingen will. Es waren junge und hübsche Mädchen, in gut geschnittenen Schafspelzen und Mützen, mit künstlichem Fell besetzt. Sie waren sorgfältig geschminkt, nach der gültigen Mode. Dabei wirkten ihre Strenge und ihr Selbstbewußtsein ziemlich lustig, vor allem aber der Versuch, ihre Weiblichkeit unter die Fahrbahn zu stoßen, die sie doch andererseits mit Lippenstift und Lockenfrisur unterstrichen hatten. Sie meinten, wohl allein die Funktion, das Ritual der Machtausübung müsse die ringsum tobenden Urkräfte bezwingen. Doch diese Weiblichkeit, gerade weil sie versuchten, sie außer acht zu lassen, faszinierte um so stärker. Wenn schließlich der eine oder der andere Autofahrer sich ihrem Befehl unterordnete, dann sicher nicht aus Angst vor der Strafe, sondern ausschließlich, weil er sich männlich galant zeigen wollte. Doch die Mehrzahl der Fahrer betrachtete die Anwesenheit dieser Mädchen in den Uniformen der Verkehrspolizei als Herausforderung von seiten der Obrigkeit. Sicherlich waren sie der Meinung, daß es kein faires Spiel sei, denn das Gleichgewicht wurde angetastet, man zwang sie dazu, sich wie Gentlemen aufzuführen dort, wo doch ihrer Meinung nach die männlichen Kampfregeln gelten sollten: Schläue, Einfallsreichtum und Verwegenheit. Einem Mann in Uniform gegenüber empfanden sie sicher mehr Respekt, doch waren sie gleichzeitig der Meinung, man könne ihn überlisten, ihn austricksen. Diesen Mädchen gegenüber waren sie verständnisvoller, väterlicher und gelegentlich kokett, aber es konnte auch vorkommen, daß dann, wenn diese ihre Weiblichkeit ablegten, die Herren sich revanchierten, ritterliche Galanterie vergaßen und in beispiellose Wut ausbrachen, denn hier spielte noch ein Element eine Rolle, das die Obrigkeit nicht berücksichtigt hatte, nämlich die öffentliche Demütigung eines Mannes durch eine Frau, Gehorsam gegenüber der Frau vor aller Menschen Augen. So etwas läßt sich nur sehr schwer ertragen.

Um diese Tageszeit war der Verkehr am stärksten. Die Dienstwagen drängten sich aus den Ämtern und eilten zu den gemütlichen häuslichen Herden, wo die Bosse dann verdiente, doch unruhige Entspannung erwartete, denn wie eine Zeitbombe wirkte stets die Möglichkeit, daß gleich ein Telefonanruf, dringende Post aus dem Sekretariat oder auch eine plötzliche Konferenz die Ruhe unterbrechen würde. Unter den Autos, die dicht gedrängt in der Kreuzung standen, befand sich auch vielleicht der Wagen des Chefs meiner schönen Freundin, während sie gleichzeitig in einem anderen roten Boot, von anderen Strömen getragen, zu einem fernen Stadtteil glitt, wo an einem Zeitungskiosk ein bescheidener Beamter in einer Jacke aus Kunststoff, Pelzmütze und mit phantasievoll geschlungenem Schal auf sie wartete, um sie dann zu sich zu geleiten in ein

Zimmer mit Kochnische und Dusche. Dort werden sie dann bis spät in die Nacht auf einer kirschroten Couch spielen beim Licht einer schwachen Lampe, die an der Wand angebracht ist über einem Köpfchen von Modigliani, vor dem Hintergrund der honigfarbenen Vorhänge. Und wenn sie von der Liebe ermüdet sein werden, wird er in einem Schlafanzug nach dem neuesten Schnitt ›Judo‹, türkis mit gelben Drachen, aus dem Kühlschrank eine Flasche Kognak holen und ihn in zwei Gläschen füllen von den fünf, die ihm noch aus der Erbschaft seiner Mutter übriggeblieben sind.

Vielleicht wird es aber auch ein großgewachsener, ein wenig brutaler Typ des kleinen Textilfabrikanten sein. Dann wird meine schöne Freundin etwas früher aus der Straßenbahn steigen, um in einem cremefarbenen Wagen mit hellblauen Sitzen Platz zu nehmen. Sie werden nach außerhalb fahren in eine Kneipe, etwas abseits gelegen, wo ein sehr höflicher, schnauzbärtiger Küchenchef, mit dem Abzeichen der Kombattanten im Knopfloch, an ihrem Tischchen erscheint, aufmerksam und freundlich, um die Bestellung aufzunehmen: Kaviar, den besten Wodka, Hühnchen, Quarktorte, dann Kaffee und zwei Gläschen Rémy Martin. Wenn sie dann gut gegessen haben, ergreift der Fabrikant wieder die schöne Freundin und zieht sie in den Wagen. Sie rasen noch ein paar Kilometer über die schlecht beleuchtete Chaussee, fahren dann in einen Seitenweg, auf dem der Motor nur mühselig brummen wird und die Räder im Matsch durchdrehen. Doch schließlich gelangen sie glücklich an den vorbestimmten Ort, zu einer Villa im Garten, wo unter dem Stroh Rosensträucher und ein paar Obstbäume schlummern. Unser Fabrikant liebt nämlich Blumen und Obst. Der Wagen wird anhalten, nur einen Schritt von der Garage entfernt. Der Fabrikant befiehlt der schönen Freundin zu warten und sich nicht herauszubemühen. Er selbst wird das Tor der Garage öffnen, hineinfahren, und erst dann wird sie den Wagen verlassen können, diesen Wagen, der – was schließlich ganz selbstverständlich ist – im Leben jenes Fabrikanten die wichtigste Rolle spielt. Dann werden sie beide durch die Dunkelheit des Gartens zur Villa gehen, dort gehen bald die Lichter an, zunächst in der Halle, dann in einem Zimmer im Parterre, jenem Liebes- und Erholungsnest, das so großartig eingerichtet ist wie ein Rittersaal oder vielleicht eher wie der Arbeitsraum eines Völkerkundlers. An den Wänden werden sudanesische Lanzen hängen, Schilde, Messer und Äxte, Kriegsmasken und Götter der Fruchtbarkeit. In einer Ecke des Raumes eine niedrige Couch, mit zartem Stoff bedeckt, Lederkissen darauf angehäuft. Der Fabrikant wird die Vorhänge zuziehen, alle Lampen anzünden und es sich dann bequem auf der Couch machen, halb liegend. Dann wird er der schönen Freundin empfehlen, sich ganz langsam auszuziehen. Vielleicht wird er auch noch anfangs etwas Musik vom Tonband abspielen, denn sein Gehirn ist ja ermüdet von dem anstrengenden, wirtschaftlichen Denken des Tages. Dann wird er bald das Tonband abschalten, um in Ruhe zuzusehen, wie die schöne Freundin ihren meisterhaften Striptease vorführt, wahrhaftig würdig der großen Metropolen dieser Welt. Die künstlerischen Ambitionen des Hausherrn werden ihm eingeben, daß es gut sei, den Fotoapparat zu holen und auf buntem Film ein paar Bilder des nackten Mädchens festzuhalten, wobei der Fabrikant natürlich dafür Sorge tragen wird, daß sich darin keine Pornografie, sondern lediglich Geistiges widerspiegelt.

Vielleicht wird die schöne Freundin auch einsam bis zu ihrem Haus durch den Verkehr schwimmen, um sich dort um ihre kranke Mutter zu kümmern, die von Zeit zu Zeit in ihrem Bett aufstöhnt. Oder aber sie wird ein Mittagessen für ihren lieben Ehemann herrichten, der etwas später kommt, den Fernseher einschaltet und dann bis zum späten Abend das faszinierende Programm verfolgt, wobei er von Zeit zu Zeit einmal seiner in der Nähe vorbeikommenden Ehefrau auf den Po klopft. Nach dem Abendessen wird der kräftige Freund auf die Freundin krauchen, tun, was Gott befohlen hat, und dann einschlafen, genüßlich schmatzend, in sein Kopfkissen eingerollt. Sie aber wird noch lange wach liegen, ihre Augen werden über die Decke irren, traurig und ein wenig resigniert, aber wieder nicht zu sehr, denn trotz allem ist das Leben doch schön, die Menschen sind nett, der Ehemann liebevoll, die Arbeit angenehm, der Chef großzügig, und von Zeit zu Zeit erscheinen dann auch noch in der Tür des Sekretariats Männer, die ihr nette Angebote über eine gemeinsame Reise zu einer Insel machen, an deren Namen sie sich zwar nicht mehr erinnern kann, von der sie aber bestimmt weiß, daß man dort Kokospalmen anbaut.

Ich stieg an der Endhaltestelle aus und ging mit etwas ungleichmäßigen Schritten auf drei Hochhäuser zu. Neben mir lief ein Hund, klein, lockig, mit einem lustigen Blick. Doch als ich ihn anrief, knurrte er und rannte vor sich hin, bis er hinter der Mauer des ersten Hauses verschwand. Ein schneller Fahrstuhl brachte mich zum elften Stockwerk. Dann ging ich unendlich lang über einen hellen Flur, der noch nach Farbe roch. Es war ein ermüdender Weg. Ich mußte anhalten, mich an die Wand lehnen und ausruhen. Schließlich fand ich die richtige Tür und drückte auf die Klingel. Ich hörte den angenehmen Klang eines Gongs, dann klapperte das Schloß, und auf der Schwelle erschien eine Frau. Zunächst dachte ich, es sei ein Irrtum. Sie sah aus, als wäre sie kaum über zwanzig, hatte kupferfarbenes, dichtes Haar, zu einem Knoten zusammengesteckt, ein blendendes Make-up, große grüne Augen, eine kleine Nase, feuchte Lippen und sehr helle Haut. Sie war nicht groß, ziemlich zart, aber sehr gut proportioniert. Ihre Brüste zeichneten sich unter einem beigefarbenen Pullover ab, sie trug hübsche, weiche Hausschuhe, duftete nach teurem Parfüm. Am linken Handgelenk klapperten silberne Armreife mit zierlichen Anhängern. Etwas unter der Taille trug sie lose einen breiten Wildledergürtel mit einer schweren Schnalle. Die abgetragenen Jeans umspannten eng ihre Hüften und einen wohlgeformten Po. Ich meinte also, ich hätte die Tür verwechselt, denn in diesem Hause hätte ich zwar hinter jeder Tür ein solches Mädchen antreffen können, aber doch nicht gerade hier. Sie aber sagte mit angenehmer, kühler Stimme: »Bitte sehr, ich habe auf Sie gewartet.«

Sie ließ mich vorgehen. Der Flur war klein. An der Wand ein Aquarell, ein Bild der Altstadt, ein Kerzenhalter und ein Spiegel in einem alten, grünlichen Rahmen. Dann kam ein Zimmer, geschmackvoll eingerichtet. Eine Couch stand darin mit schönem Überwurf, darüber ein alter venezianischer Spiegel in schwerem, goldenem Rahmen. Daneben erblickte ich eine Lampe, Tisch, vier Stühle, alles sehr hübsch. Vor dem Fenster stand ein großer, bequemer Sessel, in den sich die Dame setzte. Sie sah darin aus wie ein kleines Mädchen.

An den Wänden hingen drei oder vier Bilder, korrekt vom Sonnenlicht durchleuchtet, Grün- und Gelbtöne überwogen. Ich war sicher, daß sie aus der Hand eines talentierten Malers stammten, der die Impressionisten verehrte. Auf dem Tisch stand eine große, ovale Vase, gefüllt mit frischen Blumen.

Ich sagte gar nichts und betrachtete diese Frau, immer noch nicht sicher, ob es eigentlich die richtige war. Doch jetzt, im hellen Licht des Raumes, entdeckte ich in ihrem Gesicht einen neuen Ausdruck. Sie war nicht knapp über Zwanzig, sondern hatte die Vierzig bereits überschritten. Man kann ein junges Gesicht haben, aber in den Augen eines Menschen verdichten sich die Jahre, als hätte die Vielzahl der Bilder, die den Augapfel gestreift haben, die Augen mit nicht mehr zu tilgendem Inhalt gesättigt.

Ich dachte daran, daß jeden Abend, wenn diese Frau das Make-up vom Gesicht wäscht, ihr wirkliches Alter herabfließt von den Augen auf die Wangen, Nase, Lippen, Hals und Brüste, daß in der seidigen Haut Risse entstehen, und die Muskeln, die am Tage gezwungen werden, straff zu erscheinen, Erholung suchen in der natürlichen Schlaffheit, die es ihnen erlaubt, am Morgen wieder strammzustehen.

Sie war nicht mehr so jung, sah aber sehr gut aus und konnte es durchaus mit meiner schönen Freundin aufnehmen. Natürlich nicht in der Ehe, denn sie hätte es wohl nicht geduldet, daß man ihr auf den Po klatschte. Ganz bestimmt hätte sie in der Villa am Stadtrand meine schöne Freundin übertroffen, und wer weiß, ob der Fabrikant während ihres tadellosen Striptease ruhig sitzen geblieben wäre. Aber zu fotografieren wäre ihm nicht erlaubt worden, vorher nicht und erst recht nicht danach. Sie hätte es verstanden, diesen Burschen zu beherrschen, daran gibt es nicht den geringsten Zweifel. Es war schon besser, daß er gar keinen Flirt mit ihr begonnen hatte. Kaum hätte er sich umgesehen, da wäre von seiner Firma kein Stein auf dem anderen geblieben. Seinen Wagen würde er von Zeit zu Zeit einmal in der Kreuzung sehen, während er selbst in einer abgetragenen Jacke am Rande des Gehsteiges lungern würde, betört, versoffen, nach Zwiebel riechend, erledigt. Sie würde ihn, am Lenkrad sitzend, mit einem fröhlichen Lächeln bedenken, wie es gute Menschen jenen schenken, die bereits verkommen sind. So war es also entschieden besser, daß der kleine Textilhersteller bei der schönen Sekretärin geblieben war.

»Waren Sie sein Freund?« fragte sie und drückte sich noch tiefer in den Sessel. Zunächst hatte sie sich hineingekniet, dann auf die Fersen gesetzt, wie es manchmal kleine Mädchen zu tun pflegen.

»Nein«, gab ich zurück, »ich kannte ihn nicht sehr gut.«

»Nun ja«, meinte sie, »er war nicht der Mensch, der Freunde haben konnte.«

»Warum nicht?«

Sie lächelte und zündete sich eine Zigarette an. Die Armreifen an ihrem Gelenk klirrten leise.

»Er mochte die Menschen nicht«, sagte sie. »Und die Welt wohl auch nicht. Das hat er ja schließlich bewiesen.«

Sie sah mich durchdringend an.

»Wundern Sie sich bitte nicht, daß ich so ruhig darüber spreche, vielleicht sogar kühl. Wir haben uns schon vor sehr langer Zeit getrennt. Ich bin nicht mehr so jung. Seit zehn Jahren bin ich geschieden. In dieser Zeit hatte ich keine Verbindung mit ihm. Manchmal scheint es mir, als wäre unsere gemeinsame Vergangenheit nur eine Täuschung gewesen.«

Sie atmete den Rauch ein.

»Als ich erfahren habe, daß er tot ist, hat mich die Nachricht natürlich unangenehm berührt. Doch obwohl ich mir viel Mühe gab, konnte ich mich an sein Gesicht nicht mehr erinnern. Ich mußte es auf alten Bildern betrachten.«

»Besitzen Sie Bilder von ihm?«

»Natürlich, ich gehöre nicht zu den Frauen, die alles vernichten, was sie mit der Vergangenheit verbindet. Ich habe ihn verlassen, weil wir nicht zusammen leben konnten. Aber Fotos? Die sind doch ohne Bedeutung.« Sie stand auf, und ich glaubte, sie wolle mir die Bilder zeigen, sie fragte jedoch, ob ich einen Kaffee trinken wolle. Als ich verneinte, nickte sie und verließ den Raum. Nach einer Weile kehrte sie zurück mit zwei Gläsern und einer Flasche Martini. Es war nicht das erste Mal, daß jemand sofort verstand. Kaffee konnte ich zwar abschlagen, Alkohol nahm ich immer an.

Martini ist ein seltsames Getränk, scheinbar leicht und unschuldig, aber ich kenne Menschen, die sich damit bis zur Bewußtlosigkeit betrinken können. Sanft geht das vor sich und ein bißchen verräterisch, denn Martini ist wie Samt, er fließt durch die Kehle wie süßer heilsamer Saft, doch bei einer bestimmten Menge kehrt er langsam in den Kopf zurück, anders als der Wodka, ruhiger, ohne hitzige Phantastereien. Er bereichert zunächst die Skala der natürlichen Empfindungen, ihre Umrisse und Farben. Etwas später dampft der Martini durch die Nackenhaut und die Handflächen, und das beweist schon, daß der Blutkreislauf beschleunigt ist. In einem solchen Augenblick sollte man aufstehen, sich verabschieden und fortgehen, mit wankenden Schritten, aber immer noch mit erhobener Stirn und würdigem Blick. Wer dies nicht tut, verpaßt den richtigen Augenblick, und es kann ihm dann passieren, daß er im Treppenhaus erwacht oder gar in einer Parkanlage, mit dem melancholischen Gefühl, neu geboren zu sein, aber ohne Mantel, Schuhe und Socken, wenn der Dieb gnadenlos war.

Ich trank ein Gläschen Martini und dachte an Italien, ich stellte mir sogar vor, daß die Dame im Sessel mit mir als Fahrgast im Boot über den Lido fährt. Dann erklärte sie, es wäre ihr nicht möglich gewesen, mit einem Menschen unter einem Dach zu leben, der sie mit seiner Liebe quälte. Dieses

Bekenntnis paßte genau zum zweiten Glas Martini. Beim dritten erfuhr ich schließlich, daß Bürste kein Mann ohne Reize und bestimmte Vorzüge gewesen sei, doch der Unterschied ihrer Charaktere mußte endlich den Zerfall der Ehe herbeiführen. Ich spürte, wie der Martini in meinen Magen floß und seine finsteren Ecken mit goldenem Glanz erhellte, da fragte ich, ob sie Bürste Grund zur Eifersucht gegeben habe. Die Dame sandte mir ein zerstreutes Lächeln, das ich noch vor einer Viertelstunde für ein Zeichen unbedeutender Höflichkeit gehalten hätte, jetzt aber wie eine Herausforderung empfand.

Ich dachte gerade darüber nach, wie ich ihr taktvoll und zart die engen Jeans ausziehen könnte, als sie wieder den Sessel verließ, aus dem Raum ging, sich eine Weile draußen zu schaffen machte und dann mit einigen Fotos zurückkam. Eigentlich war es eine lasterhafte, schlaue Frau. Ohne auf die Warnungen zu achten, die mir die Abenteuer des kleinen Fabrikanten eigentlich bedeuten sollten, war ich ihren Reizen erlegen. Aber auch sie hatte einen Fehler begangen. Während sie mir Bürstes Bilder zeigte, berührte sie meine Wange wie zufällig mit ihrer kupferfarbenen Locke. Das war mindestens für mich beinahe Gotteslästerung. Ich hatte zwar darüber nachgedacht, wie man diese Dame aus den engen Jeans herausbekäme, aber auch dabei nicht vergessen, daß sie früher die Frau des Menschen gewesen war, der unter der Lokomotive umgekommen war. Sie brauchte solche Hemmungen nicht zu haben, selbst wenn ihr tatsächlich der Gedanke gekommen wäre, in ihr einsames Leben einer geschiedenen Frau ein paar Annehmlichkeiten zu bringen. Später mußte ich aber einsehen, daß dieses lediglich eine Erfindung meiner überempfindlichen Phantasie gewesen war. Was mich betraf, so hatte ich Bürste vor kurzem in einer so drastischen Situation gesehen, daß ich sehr entschieden reagieren mußte, wenn auch mit der mir angeborenen taktvollen Zurückhaltung. Ich erhob mich und trat zum Fenster, um dort die Bilder genauer zu betrachten. Die Dame aber kehrte ganz ruhig in ihren Sessel zurück, nippte weiter an ihrem Martini, immer noch dem ersten Gläschen treu.

Er blickte mich an, genauso lebendig wie noch vor wenigen Tagen. Lächelnd lehnte er an einem großen Stein, hinter ihm eine Gebirgskette. Zu seinen Füßen wuchsen Feldblumen, es war ein Tag im Mai oder Juni, die Hänge hatten schon etwas von der grauen Glätte des Sommers, nur auf den Gipfeln lagen noch weiße Hauben. Bürste trug eine Hose und ein kurzärmeliges Hemd, an den Füßen hatte er Sandalen. Dann blickte er mich an, während er die Straße hinunterging mit der Aktentasche in der Hand, ein bißchen verwundert darüber, daß ich ihn fotografierte, schneidig und energiegeladen, aber nur scheinbar, denn in seinem Blick irrte schon die Schwerfälligkeit, und eine kleine Spur von Verlegenheit war darin zu finden.

Er blickte mich von einem Tisch in einer Bar an, etwas dümmlich wie ein Clown, mit einem Papiermützchen mitten auf dem Kopf, die Gabel in der rechten Hand und einem Glas in der linken, was mir ziemlich unnatürlich erschien. Daneben saß ein sehr hübsches, kleines Mädchen, und das war seine Frau. Die gleiche Frau, die er angeblich mit seiner Eifersucht quälte und die jetzt eine kupferfarbene Locke aus der Stirn strich mit träger und sündiger Bewegung, denn dabei hoben sich ihre Brüste leicht unter dem Pullover, die Armreife klirrten, und die schwere Gürtelschnalle rutschte zwischen die Schenkel.

Er blickte mich an von einer unbekannten Stelle aus, in einem unbekannten Augenblick, wie eingelassen in den grauen Hintergrund einer Wand oder einer Leinwand im Fotogeschäft, mit einer albernen Jacke bekleidet, mit ausgestopften, breiten Schultern, einem albernen Hemd mit langen Kragenspitzen, unter denen eine ebenso alberne, schmale Krawatte hing wie ein Heringsschwanz, mit einem Knoten, der nicht größer war als ein Stecknadelkopf.

Er sah immer gleich aus. Wie ein seltsames Kartenspiel legte ich die Bilder zur Seite, eines nach dem anderen. Ich verfolgte seine Spur immer weiter und weiter in die Tiefe der vergangenen Zeit hinein – doch Bürste änderte sich nicht. Er verharrte in einem unglaublichen Zustand, immer gleich alt, schwerfällig, etwas müde und verlegen, immer mit dem gleichen kleinen Lächeln auf den Lippen, mit den Falten in der Stirn und den Säcken unter den Augen, wie jemand, der schon in seiner Kindheit alt geworden ist oder in der frühen Jugend. Als er glaubte, noch ein glückliches blondes Kerlchen zu sein, hatte ihn die Müdigkeit bereits überwältigt, sein Haar wurde schütter, und die ganze Gestalt, gequält von dem ständigen Kampf mit der Erdanziehung, hatte sich gebeugt, wie ein altes Haus auf seine Fundamente gesetzt.

Ich stand am Fenster, das Bild eines Mannes in der Hand, in abgetragener Jacke, Reithosen und Stiefeln, mit einer Sportmütze auf dem Kopf und einem Rucksack über die Schulter gehängt, der mich von einem sehr fernen Ufer ansah. Etwas heiser fragte ich: »Wann haben Sie ihn kennengelernt?«

»Wenige Jahre nach dem Krieg«, antwortete sie. »Ich hatte gerade das Abitur gemacht und wollte studieren.«

»So sah er damals aus?« fragte ich und hob das Bild in ihre Augenhöhe.

»Ja, dieses Bild wurde kurz vor unserer Hochzeit gemacht.«

»Er hat sich gar nicht verändert«, sagte ich. »Seltsam, daß er schon immer so aussah, als wäre er nicht mehr jung.«

»Zwanzig Jahre Unterschied«, meinte sie. »Anfangs habe ich diese Last nicht empfunden. Mein Gott, ich war damals verliebt.«

Sie hatte ein Talent, nur von sich selbst zu sprechen. Ich kehrte zu meinem Stuhl zurück und zu meiner goldschimmernden Waise im Gläschen, trank ein Schlückchen und fragte dann, ob sie je von dem Ort Pawoszyn gehört habe.

Sie hatte noch keine Zeit gehabt zu antworten, da hörte ich schon das Kichern des Teufels, der im Graben jenseits des Schlagbaums saß und sich lediglich zeigte, um Reisende aufzuklären, die sich der heiligen Stadt der polnischen Nation näherten, und um sie zu belehren, es sei eine Stadt ohne Furcht, unbefleckt, die keinen Verrat kenne.

»Pawoszyn«, wiederholte sie, und ihr Gesichtchen, das einer teuren Dirne, erschien nachdenklich und konzentriert. »Nein, diesen Namen habe ich noch nie gehört, hat das etwas mit meinem Mann zu tun?«

»Ich glaube nicht«, antwortete ich und trank meinen Martini aus. Als sie nach der Flasche griff, um mir nachzuschenken, dankte ich mit einer Kopfbewegung, dann fragte ich, ob sie niemals das Bedürfnis empfunden habe, mit Bürste wieder Kontakt aufzunehmen, da sie doch nun schon zehn Jahre allein lebe. Sie antwortete, ein solches Bedürfnis habe sie niemals gehabt und vertrage das Alleinsein vorzüglich, auf alle Fälle hundertmal besser als die vorausgegangenen zehn Jahre der mißglückten Ehe.

Während sie dies sagte, lächelte sie mich an wie einen armen Irren, der bei ihr suchte, was hier nicht zu finden war, und um mich noch mehr zu reizen, lümmelte sie sich geradezu wollüstig quer in den Sessel, den Rücken an der einen Lehne, die Beine über die andere geschwungen. Sie schmiegte sich in das weiche Möbel wie in die Arme eines Mannes.

Dämmerung umfing den Raum, violett erlosch der Himmel vor dem Fenster, der Wind war verstummt, und nur in der Ferne hörte man die Straßenbahn ächzen. Sie streckte ihren Arm nach dem Schalter aus. Milchiges Licht ergoß sich über die glänzende Couchdecke, die kupferfarbenen Haare der Frau, das impressionistische Bild, es brach sich im kühlen venezianischen Spiegel und in den leeren Gläsern auf dem Tisch.

Hier gab es ihn nicht. Nicht zu Lebzeiten und erst recht nicht jetzt, als er durch Polen wanderte, irgendwo unterwegs in einem Plastiksack, unter der Obhut eines Mediziners und eines Polizisten, in einer Kiste. Er war nicht einmal in den Gedanken dieser beiden fremden Menschen anwesend, die über ihm saßen, sich die Hintern auf den harten Bänken des Polizeiwagens plattdrückten, jeder mit sich selbst beschäftigt. Verdrossen waren sie und schweigsam. Der eine groß und stark, in einem Polizeimantel und der Mütze mit Riemen unter dem Kinn. Er rauchte wie ein Schüler, der die Glut der Zigarette in der Handfläche verbarg. Der zweite war nicht groß, zierlich und ziemlich beweglich, mit Bartstoppeln im Gesicht. Seinen Mantel hatte er nur um die Schulter gelegt, er roch nach Karbol, und die Haut seiner Hände war so trocken wie Späne, sie hatte Risse und war aufgeplatzt von den verschiedenen Chemikalien, die ihn vor dem Gift des Todes schützen sollten.

Hier war er nicht anwesend. Er war jetzt dort in diesem Wagen, der über die aufgeweichte Straße fuhr, in der Tiefe der Wälder, mit seinen Scheinwerfern die Gegend abtastend. Die Sirene heulte, und wenn er durch ein Dorf fuhr, signalisierte er seine Anwesenheit mit dem roten Blinklicht.

Hier war er noch niemals gewesen. Selbst in den ersten Jahren ihrer Ehe, in anderen Wänden, in einem anderen Haus und in einer anderen Einrichtung lebte sie immer für sich allein. Ich sah sie nicht unmittelbar, sondern betrachtete ihr Bild in dem großen Spiegel. Darin schien sie noch kleiner, noch heller und noch anziehender zu sein. Dort war er. Sehr weit in der Tiefe stand er in großer Entfernung und blickte vor sich hin. Er war immer nur auf der anderen Seite des Spiegels gewesen, jenseits ihrer Welt, und doch war er anwesend und aufmerksam, voll von Unruhe und Verzweiflung. Eines Tages, als sie sich aus den Armen ihres Geliebten befreit hatte und nackt vor dem Spiegel stehenblieb, ausgefüllt von dem freudigen Gefühl des Gesättigtseins und der Heiterkeit – bemerkte sie seinen Blick. Das Lächeln erstarb auf ihren Lippen, nervös ergriff sie ihren Morgenrock und lief aus dem Raum. Als der Liebhaber, noch etwas träge, in der Küche erschien und um ein Frühstück bat, befahl sie ihm, sofort zu gehen. Er schrieb dies ihrer launischen Natur zu, denn sie war erfinderisch, steckte voller Überraschungen und war ebenso unerträglich im Bett wie auch im Leben. Diesmal aber sollte ihre Entscheidung endgültig sein, nie mehr hatte der Bursche mit ihr die Liebeswonnen ausgekostet. Seit jenem Tag verhängte sie den Spiegel, sobald sie nicht allein war. Aber auch dann noch konnte er sie mit seinen Blicken erreichen. Sie verfiel in Panik, wollte den Spiegel aus dem Haus werfen, fürchtete aber, dies könnte seine Aufmerksamkeit erregen und seinen Argwohn verstärken. Sie ertrug also diese Qual, immer nervöser und unglücklicher. Wenn er nach Hause zurückkehrte, verfolgte er verbissen die Herkunft jeder Kippe, jedes fremden Geruchs, der Krümel auf dem Teller. Er kaufte ihr einen Hund, einen bösen Schäferhund, der sehr gut dressiert war. Der Hund hörte auf sie, erschwerte aber unglaublich jedes Stelldichein. Sie mußte ihn in die Küche sperren, wo er unentwegt so böse knurrte, daß die Liebhaber jede Lust verloren. Sooft Herr und Hund zusammen zu einem Spaziergang aufbrachen, bebte sie vor Angst, der Hund könne auf geheimnisvolle Weise über alles berichten. Eines Tages vergiftete sie das Vieh. Als er nach Hause zurückkehrte und den Hundekadaver im Vorzimmer sah, erriet er das Verbrechen. Aber er konnte schweigsam und verständnisvoll sein in seiner Grausamkeit. Eines Nachts, als sie sicher war, daß er irgendwo fern am anderen Ende Polens war, hörte sie, wie der Schlüssel leise im Schlüsselloch umgedreht wurde. Ein Gefühl unsagbarer Dankbarkeit überkam sie, und sie sprach ein demütiges Gebet, obwohl sie niemals an Gott geglaubt hatte. In dieser Nacht sollte ein Mann bei ihr sein, und nur einem unerwarteten Ereignis verdankte sie, daß sie nun allein in dem großen Ehebett schlief.

Doch in jener Nacht, als er so überraschend zurückgekehrt war, führte er die genaueste Haussuchung durch. Aus Schränken und Schubladen warf er alles hinaus, befragte sie, woher sie dies oder jenes habe, untersuchte bei Licht ihre Wäsche, wühlte in den Küchenschränken, schüttete Zucker, Mehl und Graupen auf den Tisch und suchte darin mit den Fingern nach etwas, wovon er selbst nicht wußte, was es sein sollte. Er hängte die Bilder von den Wänden, sah alle Papiere durch, nahm jedes Zettelchen in die Hand, las es aufmerksam und stellte ihr kurze Fragen, die zwar sachlich klangen, aber am Ziel vorbeischossen, denn er wußte nichts, kannte nichts und brachte die Dinge in keinen Zusammenhang. Wie ein Blinder tastete er die Welt um sich herum ab, ohne ihre Gestalt und ihre Farbe zu erkennen. Als er Manschettenknöpfe fand, diesen verräterischen Beweis, da erstarrte ihr Herz vor Schreck, doch sie sagte ganz ruhig, es seien doch seine eigenen Knöpfe, fragte, ob er sich denn an den Einkauf vor drei Jahren nicht mehr erinnern könne und nun wirklich schon so verkalkt sei. Da waren seine Heftigkeit und all seine Energie verflogen, er warf die Knöpfe in die Schublade, nickte zum Zeichen, daß er sich an alles genau erinnere, und begann, andere Ecken zu durchstöbern. Nach einer Weile brachte er eine leere Parfümflasche an. Das Parfüm hatte er ihr selber tatsächlich vor kurzem gekauft, nun aber überkam ihn wahnsinnige Wut. Er warf die Flasche auf den Boden, zermalmte sie mit dem Fuß, das Glas knirschte. Dann warf er mit Schimpfworten um sich, obwohl sie schwor, von innerem Lachen geschüttelt, daß das Parfüm von ihm sei. Er betrachtete die Flasche als Beweis ihres gemeinen Verrats, erregte sich, schrie immer lauter, um sie dann nach einiger Zeit auf das Bett zu werfen und mit Gewalt zu nehmen, in der Dunkelheit, dem üblen Geruch der Flüche und der Tränen, die ihm über das Gesicht rannen.

»Besaßen Sie früher einen Hund?« fragte ich.

»Nein, niemals.«

Ihr kupferfarbenes Haar bekam im Spiegel noch einen zusätzlichen Glanz. Hier war er nicht anwesend. Sein Schatten bewegte sich zwar irgendwo in der Tiefe des Spiegels, aber nur undeutlich, als fühle er sich von seiner eigenen Anwesenheit beschämt, ganz still und erschöpft. Er setzte sich meistens in diesen tiefen, bequemen Sessel. Gerne schaute er ihr zu, wie sie sich im Hause zu schaffen machte, zierlich und flink, mit dem hellen Gesichtchen, in der Wolke metallischer Locken über der Stirn.

Er wußte, daß sie ihm entglitt. Das machte ihm zu schaffen, aber er wurde immer schwerfälliger und hatte keine Kraft mehr, um sich zu widersetzen. Der unsinnige Komplex des Altersunterschiedes hielt ihn gefangen. Er hatte bereits die Fünfzig überschritten, sie aber war kaum dreißig Jahre alt. Es schien ihm, daß er ihrer Jugend nicht gewachsen sei und auch nicht ihrer Freude am Leben. Er fühlte sich schuldig und sündig, denn als er auf dem Höhepunkt seiner männlichen Kraft war, nahm er sich dieses Kind zur Frau. Er lehrte sie buchstäblich alles, die physische Liebe brachte er ihr ebenso bei wie das Kochen, er lehrte sie küssen und Omeletts backen, lehrte sie den Umgang mit Menschen und empfahl ihr diese oder jene Lektüre. Sanft und klug herrschte er über sie, doch stets quälte ihn der Gedanke, daß dieses Übergewicht ein wenig Tyrannei in sich berge, die diese Frau nicht ertragen wird, nicht für immer hinnimmt. Er versuchte also, sich selbst einzuschränken, damit sie das Leben auskosten konnte. Er versuchte, möglichst wenig Platz einzunehmen, damit sie nach ihren eigenen Vorstellungen die Welt einrichten konnte – und so ging er langsam von ihr fort, verließ sie demütig im Namen ihrer Jugend und ihrer Freude am Leben, die er selbst nicht mehr besaß. Ein großmütiger Liebhaber, der nicht begreifen konnte, daß er damit die Liebe dieser Frau zunichte machte, sie auf andere ausrichtete. Als er begriff, daß er sie verloren hatte, fühlte er sich erniedrigt und betrogen. Sie ging fort und ließ ihn auf den Ruinen zurück, wo er seine eigenen Fehler beweinte. Aber sogar am Tage des Abschieds war er nicht in der Lage, Stärke zu zeigen. Er rief ein Taxi und half ihr, die Koffer hinunterzutragen. Dann erklärte er völlig unerwartet, daß der gemeinsame Besitz doch ihr Eigentum sei, daß er fortfahren würde, aus dem Wege gehen, sie möge in die Wohnung zurückkehren, denn sie sei nicht darauf vorbereitet, ein neues Leben zu beginnen ohne Haus, ohne Einrichtung und die vertraute Umgebung. Und so fuhr schließlich er mit dem Taxi fort. Er nahm nur Wäsche zum Wechseln mit, den Wecker und einen ganzen Pakken Hochzeitsbilder, die sie ihm ohne Widerstand gab.

»Das ist ein recht bequemer Sessel, sicher saß er sehr gerne darin.«

Sie verneinte mit einer Kopfbewegung.

»Ich habe ihn vor einigen Jahren gekauft. Sie können sich kaum vorstellen, welche Schwierigkeiten es damit gab. Er paßte nicht in den Fahrstuhl, und man mußte ihn die Treppen heraufschleppen.«

In ihrer Stimme vernahm ich einen neuen Ton. Etwas hatte sich verändert in diesem Raum, vielleicht war das Licht der Lampen matter geworden oder ein Luftzug durch das angelehnte Fenster eingedrungen. Ich begriff, daß unsere gemeinsame Zukunft erloschen war. Noch einen Augenblick, und wir beginnen über das Wetter zu sprechen, über die Preise, die vergangenen Ferien. Ein wenig betrübt sah ich auf die Flasche Martini, die mir jetzt unerreichbar schien. Die enganliegenden Jeans waren noch unerreichbarer, also gab es für mich keinen Grund, hier weiter herumzusitzen. Sie erhob sich vom Sessel und begleitete mich lächelnd zur Tür.

»Wir sehen uns noch«, sagte sie. Als ich ihr etwas erstaunt in die Augen sah, meinte sie freundlich: »Ich komme doch zu seiner Beerdigung.«

Ich küßte ihre Hand mit der tiefen Achtung, die einer Witwe zukommt. Dann ging ich hinaus, und sie schloß die

Tür hinter mir, als fürchtete sie, ich könnte zurückkommen, wieder auf dem Stuhl herumsitzen und wieder ihr Bild im kühlen Spiegel betrachten. Der Fahrstuhl raste geräuschlos hinunter. Meine Schritte hallten in dem großen Flur wie in einem tiefen Brunnen. Dann fiel die Haustür hinter mir zu, ich fand mich auf einer dunklen Straße wieder. In der Ferne ächzte eine Straßenbahn, die an der Haltestelle bremste. Der Himmel war schwarz, zwei Laternen stäubten schwaches Licht auf den Gehsteig. Ich ging schwerfällig, atmete flach und mit einiger Anstrengung, denn ich war alt, verbraucht, verspielt und dumm. Neben mir lief ein kleiner, zottiger Hund mit einem Ringelschwanz wie ein Waldhorn. Das war der Hund, den er ihr gekauft hatte, damit er ihm zutrage, was sie während seiner Dienstreisen durch Polen tat. Aber auch der Hund hatte ihn enttäuscht. Er knurrte und verschwand hinter einer Hausecke.

Ich ging an den Bahngleisen entlang. Die Luft erfüllte monotones, trauriges Gebrüll der Ochsen. Manchmal wurde es stärker oder fiel wieder ab, und dann hörte ich das Schlagen ihrer Hufe. Auf einem Nebengleis stand ein Zug mit lebendem Fleisch, nur schwach beleuchtet, denn jetzt herrschte an einer anderen Stelle der Laderampe Bewegung. Dort glitten durch den Nebel Lichtschwaden von Lampen und Scheinwerfern, in den Lichtpfützen bewegten sich Menschen in Mänteln, Jacken und Pelzen. Es waren Bahnarbeiter. Kälter wurde es wieder, leichter Frost kam auf, leise knarrten die Schwellen, manchmal erschütterten die Gleise ein kaum merkliches Zittern. Ich ging an den Bahngleisen entlang und hörte die Geräusche, wie verstärkt von der Dunkelheit und doch matt, abgerundet, jeder Schärfe beraubt, als würden sie aus dem Erdboden hervordringen. In der Ferne, am anderen Ende des Bahnhofes, polterte ein abfahrender Zug. Ich sah, wie die Signale ihre Lichter auf seinen Weg streuten, wie das verklingende Echo des Zuges die roten Punkte löschte und grüne zum Leuchten brachte. Der Himmel wurde unsichtbar, die schwarze Kuppel hing unmittelbar über meinem Kopf. Ich befand mich in dem geschlossenen Raum zwischen Nebel, Erde und glänzenden Lichtern.

Zu jener Zeit gab mir der Tastsinn ein Höchstmaß an Glücksgefühl. Ich entdeckte die Welt mit den Fingerspitzen; Wärme und Kälte, Glätte und Rauheit, eine gerade Linie und Krümmungen – dieses war die größte Freude. Erstaunen, wenn sich unter der aufmerksam ausgestreckten Hand die Gestalt der Dinge veränderte. Trauer und Verzweiflung, wenn plötzlich diese Gestalt in der Leere zerrann, durch meine verwaisten Finger irrte, verloren wie in fremden Galaxien. Ein Aufschrei des Entsetzens, wenn in die Fingerspitzen verräterisch der Schmerz übermäßiger Hitze oder Kälte schlug. Die Klugheit der steifen und weichen Dinge, die sich bogen und Widerstand leisteten, der Sinn von Glätte und bauchiger Krümmung, der Rationalismus scharfer Kanten und milder Rundungen – Auftreten und Tasten, welch eine Menge an Erfahrungen!

Doch in diese wunderbare Ordnung schlich sich ein neues Element und zerstörte meine Ruhe. Ich hörte Geräusche. In der undurchdringlichen, aber doch rosigen Dunkelheit klebten sie sich an mich und stachen mich dann. Klopfen und Hämmern, Räuspern und Stöhnen. Das war unangenehm. Sicherlich fühlte ich mich davon ermüdet, ich zog mich zurück zum angenehmen Tasten, das ich kannte und bereits gezähmt hatte, und auch zu dem Geschmackssinn, dessen Gleichklang mit dem Tastsinn mich erfreute, denn er war vor allem dickflüssig, weich und glatt, um erst später seine unabhängige, wunderbare Wahrheit zu bekommen. Ich floh vor den Geräuschen, aber es gelang ihnen immer wieder, mich einzuholen, mich aus der warmen Höhle der Ursprünglichkeit herauszuzerren, um über mich zu spotten, mich zu quälen, zu schubsen, in den Lärm zu werfen und auf dem Rücken der schrillen Töne davonzutragen. Das war schrecklich und ohne Sinn. Doch plötzlich kam mir die Erleuchtung. Um mich herum war alles zersprungen, Ordnung und Harmonie fielen zusammen, Überreste von Gestalten umgaben mich, denn Licht war in mich gedrungen, tödliches und quälendes Licht, das alles um mich herum verwandelte. Mein ganzes Wissen verlor seine Bedeutung, wieder war ich ein Nichts, aber anders als vorher in der absoluten Leere existierte ich nun im absoluten Überfluß. Das Licht hatte die rosige Dunkelheit ausgelöscht. Ich fand mich wieder gefangen in der Falle von Farben und Gestalten, die anders waren als früher, sie hatten einen Anfang und ein Ende. Völlig neue Kriterien, Anfang und Ende, noch nicht benannt, namenlos, aber schon gesehen, empfunden, gehört, mit dem Geruchssinn erfaßt. Die Welt war in Atome zerfallen, nun war ich kein Gegenstand mehr, der mit ihr verschmolzen war, ich wurde getrennt. Einsam, von allen Seiten umgaben mich Abgründe, die mich in das Anderssein stießen. Am Ende der Abgründe zog sich eine Landschaft hin, zerstört, es waren die Überreste meiner Vorstellungen, alles zerkrümelt in den Geräuschen, dem Licht, den ungeraden Linien, den Gerüchen, wie die Ruinen von etwas, das einst ein Haus gewesen war, wie die Scherben von etwas, das noch vor kurzem ein Krug gewesen war. Aus diesen Resten, aus diesem Chaos sollte ich mein Schicksal gestalten. Der stickigen Enge meines Anfangs beraubt, wo ich zunächst ein bewegliches Pünktchen war, ein mikroskopisch kleines Teilchen des Alls, drang ich nun im Fieber der Wonne, in der Finsternis der Glückseligkeit in das warme, rosige Land, beweglich, weich und lebenspendend. Dort verharrte ich ganz still, schon in fremden, zärtlichen Gedanken anwesend, schon geschaffen in den Blitzen fremder Emotionen und Träume, aber immer noch mir selbst und der Welt fremd. Dann ging ich die Stufen des Reifens hinunter, bis jemand die starke Linie durchschnitt, die mich vor dem Leben schützte, und ich schreiend auf seinen Grund fiel. Ganze Epochen der Erfahrung waren vergangen, bis ich vom ersten Wort berührt wurde. So fiel also noch einmal meine Identität zusammen, denn die benannte Welt verändert ihre Gestalt, ihre Farben und Düfte. Allmählich nahm sie Härte an und Eigenart, vergrößerte die Vielfalt. Ich vertiefte mich in das Dickicht von Namen und Dingen, verharrte darin bis zum gegenwärtigen Zeitpunkt, immer von neuem gequält und erniedrigt durch die Vielheit, die möglicherweise nicht so schwer zu ertragen gewesen wäre, wenn es nicht stets Veränderungen gegeben hätte, semantische Vermehrung, die stets neue Irrwege schaffte, auf falsche Wege führte, die zwischen der Sache und ihrem Namen, oder besser, ihren Namen liegen. Dabei bleibt die Sache bis in die Unendlichkeit erhalten, ihre Namen aber, wie Wellen in ständiger Bewegung, unterliegen immer neuen Veränderungen, verändern die Schattierungen ihrer Bedeutung auf eine Weise, die jeglichen Sinn ausschließt.

Das größte Glücksgefühl gab mir der Tastsinn. Mit geschlossenen Augen, taub und schweigend, glitt ich mit den Fingerspitzen über ihre Haut, sicher, geborgen und froh, daß diese Haut warm war, zart, weich, bereit, meine Zärtlichkeit zu empfangen. Ich berührte mit den Lippen ihre Lippen, die schmal, feucht und ängstlich waren, und spürte, wie sie nachgaben, mit mir eins wurden. Ich glitt mit der Hand über ihre kleinen mädchenhaften Brüste, die der regelmäßige Atem hob, aber ich spürte schon, wie meine Berührung Unordnung in seinen ursprünglichen Rhythmus brachte, wie er ungleichmäßig, schneller und flacher wurde. Ich berührte ihre Arme, so zart wie die Flügel eines Vogels, und konnte ihnen genügend Kraft geben, so daß sie mich umgaben und fest umfingen. Mein Tastsinn erkannte ihren ganzen Körper, ohne ihm Namen zu geben, in völliger semantischer Leere am Ende der Welt, wo man vergeblich nach den ägyptischen Pyramiden suchen würde, nach dem Forum Romanum, den Mönchen, die heilige Bücher abschrieben und illustrierten, nach dem Gesicht der Sixtinischen Madonna, nach den Stilleben von Potter, den Gedichten von Rimbaud und der Wasserstoffbombe.

Wenige Monate später hat sie ein Soldat oder ein Polizist getötet, der vielleicht in dem Augenblick, als ich sie mit meiner warmen, gierigen Berührung erkannte, Mozarts Kleine Nachtmusik hörte und dabei Tränen vergoß.

Ich ging entlang der Gleise, spürte, wie der leichte Frost Schienen und Schwellen auskühlte und auch die Lichter der Rampe, die sich jetzt entfernten, und wo sich langsam der Zug bewegte, den das Gebrüll der Rinder füllte. Ich ging vor mich hin, besessen von der Nüchternheit, denn von dem samtigen Martini war nichts in mir geblieben, es war auch nichts mehr übrig von der Lust auf diese Frau in enganliegenden Jeans, mit den klingenden Armreifen am Handgelenk, die zu Bürstes Beerdigung kommen wird in der prächtigen Rüstung ihrer Schönheit. Das wird mir dann wahrscheinlich unzüchtig und schlecht vorkommen vor dem Hintergrund der frischen Erde, des Eichensarges und der Kränze mit falschen Blumen. Doch ich werde dieser Frau verzeihen, denn sie ist mir gleichgültig, mit meinem Tastsinn habe ich sie nicht erforscht, und dem glaube ich am stärksten. Und er ist von meinen Sinnen am meisten ich selbst. Er war schon da, bevor mein Leben bewußt begann. In dieser ersten Sekunde meiner Existenz, in einer Juninacht, die vielleicht schwül war und in der der Himmel bedeckt war mit Wolken, als ein Gewitter über der Stadt hing und auf die Tapeten des Schlafzimmers sich die beweglichen Schatten der Blätter jenes Ahorns legten, den ich aus meiner Kindheit kenne, da empfing meine Mutter, schmal und dunkelhaarig, warm und still, die Zärtlichkeiten meines Vaters, eines großen, kantigen Menschen mit schweren Knochen, bläulichem Bartwuchs und Augen in der Farbe des Meeres. Er war ein Riese, in dessen Spuren ich nicht zu treten vermochte. Ich hüpfte wie ein Sperling in seinen Spuren auf dem Schnee, als plötzlich der Dritte auf dem Waldweg erschien, mit einem Pelz und Stiefeln bekleidet und dem schönen, kindlich melancholischen Gesicht, ein Waldarbeiter aus Emmaus, ein Bewohner der Träume, die ich mit Siemienski gemeinsam geträumt hatte, während die Bauern, die nach Schafswolle rochen, das Rad am Bus wechselten.

Ich war qualvoll nüchtern, hörte das Gebrüll der Tiere an der Rampe und das ferne Lärmen der Züge. Ich hatte nur einen Wunsch, zurückzukehren in die Zeit des Tastsinns, in die namenlose, rosige Dunkelheit, mich von all diesen Bedeutungen loszureißen, aus diesem Kreis der Dinge und Gedanken zu fliehen, in dem es keinen Platz mehr für mich gab. Da plötzlich empfand ich stechenden Schmerz. Ich hatte Verrat begangen. Ich habe dieses Mädchen niemals geliebt. Ich habe sie nicht geliebt, und auch sie liebte mich nicht. Zwischen meiner Hand und ihrer Haut war immer ein schmaler Spalt, in den die Lüge kroch. Ihre vertrockneten Krümel spürte ich jetzt auf meinen Händen, Lippen, Wangen. Damals, dort hatte es keine Liebe gegeben, es war nur die Lust am Erforschen. Hitziges, eiliges Suchen nach einem neuen Wissen, das wir beide noch nicht besaßen, das wir aber beide, jeder für sich, schon lange geahnt hatten. Also vereinten wir uns, um dieses Wissen zu erlangen, ängstlich und gierig, ohne um das Unrecht zu wissen, das wir uns gegenseitig zufügten. Sie war vielleicht reifer gewesen als ich, denn sie war ja auch älter. Sie verstand etwas mehr, und deshalb war wohl ihr Gesicht traurig am nächsten Morgen, als die Sonne in das Zimmer schaute und der Hund endlich aufgehört hatte zu bellen. Ich fühlte mich gekränkt, denn für mich hatte sich die Welt erweitert, war mächtiger geworden. Der Himmel war jetzt höher, und die Erde hatte demütig ihren Rücken gekrümmt. Also wollte ich im Gesicht dieses Mädchens Bestätigung sehen, keine Resignation. Sie aber hatte begriffen, daß wir uns in dieser einen Nacht dem Tode genähert hatten. Das große Geheimnis des Lebens war entdeckt, die letzte Erkenntnis in unser Schicksal geschrieben. Deshalb war sie traurig. Nur täuschte sie sich, was mich betraf – es sollte nicht meine letzte Erkenntnis bleiben. Alles, was in mir einst existiert hatte, wurde später verändert. Jeder Regen, der auf mich niederging, alle Winde, die mich trockneten, richteten Verwüstungen in meiner Vergangenheit an, als würde ich jeden Tag von neuem anders, mit wilder Widerspenstigkeit alles von vorn beginnen. Das war nicht wahr und doch selbstverständlich.

Und das, was einst nur ein Akt durchdringender Erkenntnis gewesen war, jene Nacht in der Nähe der Bahngleise, über die pausenlos Züge rollten, beladen mit Soldaten und Munition, als ich mit dem Tastsinn meine erste Frau erkannte, wurde später zum Verrat meiner großen, wahren Liebe gegenüber. Sie wurde zu einer bösen Tat, jeglicher Heiligkeit beraubt.

Er war damals fünf oder sechs Jahre alt gewesen. Am Bahnsteig stand ein Zug, vor dem Fenster ging ein Schutzmann in einem langen Mantel auf und ab, den Säbel an der Seite, mit langem Schnurrbart und dem breiten Gesicht der Bauern aus der fernen Steppe. Er war vielleicht fünf Jahre alt und drückte sein lustiges Gesichtchen an die Scheibe, ein kleiner Schelm, neugierig auf die Welt. Sein Vater, von dem er erzählte, er sei rechtschaffen, edel und schön gewesen, las eine Zeitung oder dachte vielleicht über das Ziel der Reise nach. Da fuhr der Zug langsam an, denn der Mann in der roten Mütze hatte das rote Fähnchen gehoben, der Lokführer schob den Regler herunter, sein rußgeschwärzter Gehilfe warf mit Schwung eine Schaufel Kohle unter den Kessel, die Räder drehten sich rutschend auf dem Gleis. Er schrie auf und stürzte fort vom Fenster. Der Vater nahm das Kind in den Arm, hob es hoch, fast bis zur Decke des Abteils, und fragte besorgt: »Was hast du, mein Kind? Beruhige dich, Liebling...« Er aber bebte vor Angst und konnte die Ursache seines Schreckens nicht erklären.

Fast sechzig Jahre später sah er sich wieder mit dem Gesichtchen an die Scheibe gepreßt, einen kleinen Jungen im Matrosenanzug, in Gummigamaschen mit Filzschäften, wie er auf den Bahnsteig starrte, wo er im Lichtreflex, der sich in der Säbelscheide spiegelte, oder in dem lackierten

Holz des roten Fähnchens, die furchtbare Gestalt seines künftigen Schicksals sah; das riesige Ausmaß seiner Niederlagen und Qualen, Trauer und Elend der Kriege, den Tod des Vaters, die Einsamkeit der Mutter, die scheußlichen, schneereichen Winter seiner Kindheit, als er weder warme Schuhe noch einen Schlitten oder auch nur die einfachsten Süßigkeiten bekam. Seine Schulen und Universitäten, Gegenstände und Namen der Welt, verführerisch erlogen, einsam, undurchdringlich. Und auch diese Frau, die er beobachtete, jenseits des Spiegels stehend. Er sah auch, daß er gebrochen sein würde von Liebe und Verrat, die er aber ertragen konnte und mutig durchgestanden hatte, um eines Nachts, als mich der Schlaf übermannte und ich nicht mehr auf ihn aufpassen konnte, sich aus der Kneipe zu stehlen, auf die Schienen, unter die Räder der rasenden Lokomotive.

So hatte er also schließlich doch diesen geheimnisvollen Bahnhof wiedergefunden, seinen Namen unter den ungezählten anderen Namen herausgefunden und war dem Zug entgegengegangen, in dem er als kleiner Junge gefahren war, mit dem Gesichtchen an die Scheibe gepreßt, verloren, schwach, aber doch glücklich, sobald sein Händchen den väterlichen Gehrock berührte.

Ich ging die Gleise entlang, bis ich plötzlich bemerkte, daß sie sich aufgelöst hatten in Dunkelheit und Nebel. Der Bahndamm hatte sie auf die Höhe meines Kopfes gehoben, dann noch höher, bis ich mich schließlich in einer leeren Schlucht wiederfand, von Gebäuden umgeben. Die Erde war hart, der Frost setzte sich darauf, glasig klirrend, aus dem Fenster eines Bahnwärterhäuschens fiel schwaches Licht. Eine Männerstimme sagte: »Was krauchen Sie denn so herum mitten in der Nacht?«

»Ich habe mich verirrt, Kamerad«, sagte ich.

»Gehen Sie nach links bis zum Zaun, da ist ein Durchgang.«

Ich ging nach links, dort fand ich den Zaun und wenige Schritte weiter den Durchgang. Dann spürte ich den harten Gehsteig unter den Füßen, meine Schritte hallten zwischen blinden Mauern von Schuppen und Lagerräumen. Ich blickte vor mich und sah Finsternis, blickte zurück und sah die Lichter der Stadt, etwas seitlich die glatten, grauweißen Umrisse des Kulturpalastes. Er erinnerte mich an den Leichnam eines Riesen, der strammstand.

Ein dumpfer, schwerer Morgen hing über der Stadt wie eine gesprungene Glocke. Im Osten war der Himmel violett, dann türkis, schließlich glitten die ersten Sonnenstrahlen über Fahrbahn und Gehsteig. In regelmäßigen Abständen hörte ich das Lärmen des Zuges, der aus dem Tunnel auftauchte. Auf den Straßen sammelten sich schon die Menschen, Straßenbahnen und Busse waren bereits überfüllt.

Ich ging langsam nach Hause, von der Sehnsucht nach einem ruhigen Leben, regelmäßigen Mahlzeiten und sachlicher Arbeit getrieben. Diese Sehnsucht steckte schon seit langem in mir, doch einst hatte ich ihre ungestüme Kraft gespürt. Jetzt, nach Jahren, irrte sie immer noch in mir wie ein müder Wanderer, aber langsam erlosch sie. Alles hat seine Zeit, auch die Sehnsucht nach Ruhe und Ordnung. In der Jugend begehrte ich Ordnung und eine gesicherte Existenz, denn sie ließen mich die Freude empfinden, deren Ursprung in meinem eigenen Körper lag. Doch als ich im Verlauf der Jahre immer schwächer wurde, gewann das Risiko die Herrschaft über mich. Ich unternahm lange und mühselige Reisen um den Tisch herum, eroberte die Gipfel der

Bücherschränke, tauchte in die Tiefen des Badezimmers. Dann kamen die Jahre noch bedeutenderer Taten. Ich zog also jetzt die Söckchen an die Füße, schnürte meine Schuhe oder trank ein Glas Wasser. Es waren wunderbare Augenblicke des siegreichen Kampfes mit mir selbst, denn ich forderte immer stolzer das Schicksal heraus, und das Risiko nahm geradezu wahnwitzige Ausmaße an. Ich spürte, wie das Blut in den Schläfen pulsierte, meine Knochen knirschten unheilverkündend, der Atem erstarb – ich aber, von Hochmut, Grauen und Liebe zum Leben erfüllt, bückte mich immer tiefer und tiefer, stieg bis auf den Grund der Existenz, um vom Fußboden ein Krümel Brot oder ein Streichholz aufzuheben. Eines Tages stellte ich aber fest, daß ich nichts mehr zu tun vermochte. Nur noch die morgendliche Rasur erwartete mich, um Verwandten und Dienern die Arbeit mit der Toilette einer Leiche zu ersparen. Ich seifte mein abgemagertes Greisengesicht ein, zum letzten Mal. Dieses Bewußtsein erfüllte mich mit unsagbarer Wonne. Nun hatte alle Mühe ihr Ende. Alle Versuche und Übungen hatte ich bereits hinter mir, ich brauchte mich weder auf Reisen noch auf Unternehmungen und große Taten vorzubereiten. Das Rasiermesser glitt mit angenehmem Rascheln über meine Wangen und entblößte ein knochiges, ausgetrocknetes Gesicht, in dem sich Bewunderung spiegelte. Dann unternahm ich den mühseligen Versuch, die Seifenreste von meiner Haut zu waschen, und trocknete sie mit einem Handtuch ab. Anschließend machte ich mich auf den weiten Weg in das Zimmer, wo ich langsam mein Hemd, Unterhosen und Socken anzog, eine schwarze Krawatte umband und schließlich eine schwarze Hose und ein ebensolches Jackett anlegte. In den Jackenaufschlag hatten Motten bereits vor einem halben Jahrhundert winzige

Löchlein hineingefressen. Dann kam ich zu der Überzeugung, daß meine Lackschuhe nicht so glänzen, wie es sich gehörte, und so verbrachte ich wieder ein Stündchen damit, sie vorsichtig mit einem weichen Lappen zu polieren. Am Ende setzte ich mich in den Sessel am Fenster und wartete auf den Tod. Als meine Tochter erschien, eine geschwätzige und nicht gerade kluge Person, ein altes Fräulein, bei dem ich die letzten Jahre verbracht hatte – lebte ich nicht mehr. Aus der erkalteten, steifen Hand nahm man meinen letzten Willen und erfüllte ihn. Damit war mein Fall beendet.

Ich stieg in die Straßenbahn und fuhr an das andere Ende der Stadt. Als die übrigen Menschen zu ihren nützlichen Arbeiten eilten, schleppte ich mich die Treppe hinauf in das hochgelegene Stockwerk, begeistert von dem Gedanken an die Ruhe, die mich nun erwartete. Die Sonne, kalt und golden wie eine Schüssel, die mit mächtigen Hammerschlägen aus Blech geschaffen war, schien an den Himmel in der Höhe des zweiten Stockwerks genagelt. Ihr grelles Licht verletzte meine Augen, als ich am Fenster des Treppenhauses stehenblieb. Irgendwo schlug eine Tür. Dann erblickte ich ein hübsches Mädchen, das die Treppe hinunterlief. Ihr offener Lammfellmantel zeigte schlanke Beine in hohen Reitstiefeln. Es war meine Nachbarin. Ich wünschte ihr einen guten Morgen, und sie sandte mir ein Lächeln. Ich spürte den Duft von Kölnisch Wasser, junger Haut und guter Kosmetik. Ein zarter Schal, um den Hals des Mädchens geschlungen und von der raschen Bewegung getragen, streifte mein Gesicht. Das bereitete mir stärkeren Schmerz als die Schläge von Wagenbachs Faust. Mir wurde bewußt, daß ich ein Weiberheld und Säufer war und eigentlich im Krieg hätte umkommen müssen. Doch diese Ehre hatte ich nicht verdient. Das Mädchen verschwand, und ich schleppte mich weiter hinauf. Dann schloß ich die Wohnungstür auf und stand in einem dunklen Flur. Ich zog den Mantel aus und nahm den Hut ab. Durch die Wand kam leise Musik. Mein Nachbar hörte Radio bei einem leckeren Frühstück. Und du wirst auch sterben, Kamerad, dachte ich über ihn mit einer gewissen Rührung. Ich ging ins Badezimmer und sah in den Spiegel. Es stimmte gar nicht, daß ich ein knochiger Greis war, der beschlossen hatte, sich zu rasieren, um Dienern und Verwandten die Mühe zu ersparen. Auch hatte ich keine geschwätzige Tochter, die ein alterndes Fräulein war, und auch meinen letzten Willen hatte ich noch nicht aufgeschrieben. Aus dem Spiegel blickten mich die Augen eines kräftigen, großgewachsenen Mannes an mit etwas gelichtetem Haarschopf, gesunder Haut und einem dunklen Bartwuchs. Es war noch kein halbes Jahrhundert vergangen, seit dieser Mensch aus dem Nichts aufgetaucht war. Zunächst war er ein zartes Geschöpf, dann wuchs er heran, wurde immer größer und schwerer. An seine Vergangenheit konnte ich mich nicht mehr erinnern, ich weiß nur noch, daß früher einmal die Lichtschalter sehr hoch waren und sich dieser kleine Mensch auf die Zehenspitzen stellen mußte, wenn er das Licht anknipsen wollte. Manchmal schob er auch zu diesem Zweck einen Hocker an die Wand. Später waren die Schalter heruntergekommen und befanden sich für ihn in Griffhöhe. Zu dieser Zeit lag er gern lange im Bett und knabberte Bonbons. Seine Finger waren häufig mit Tinte befleckt. Danach las er Bücher, spielte Geige und auch Fußball. Er hatte keine Ahnung, daß er sterben würde. Er ahnte es noch nicht einmal, als er Wagenbach kennengelernt hatte. Beiden war es gelungen, sich irgendwie aneinander zu gewöhnen, sie lebten nebeneinander. Er hatte Wagenbach überdauert, dann brach er auf in die weite Welt. Am Schlagbaum der brennenden, belagerten Stadt, im Lärm der Geschütze und beim Rattern der Maschinengewehre war er gerettet und leicht wie ein Lüftchen im Mai, trank Milch aus dem warmen Kuheuter, rauchte Machorka mit russischen Soldaten bei starkem Regen in einem völlig ausgebrannten Wald. Sie saßen unter Zeltplanen, die an Pfählen befestigt waren, und rauchten Zigaretten, die sie aus Zeitungspapier gedreht hatten. Dann ging er weiter. Er überquerte den Fluß und war nun in Polen. Die Menschen klopften ihm auf die Schultern, sie küßten seine mageren Wangen, weil er das blau-weiß gestreifte Narrenkostüm trug, und das verwandelte ihn in einen auferstandenen Christus. Er verbrannte die Lumpen und hörte aufmerksam zu, wie die gebratenen Läuse im Feuer knackten. Und wieder ging er weiter. Jahre verflossen, er aber, in seltsamer Vorsorge lebend, stand immer noch mitten in der Nacht auf, stahl sich auf Zehenspitzen in die Küche, griff ein Stück Brot, kehrte damit ins Bett zurück und legte es unter sein Kopfkissen. Beim Einschlafen nahm er den Duft des Brotes in sich auf mit einem Gefühl wonniger Unbequemlichkeit, denn der harte Kanten drückte seine Wangen. In dieser Zeit begrüßte ihn niemand mehr wie einen auferstandenen Christus.

Ich konnte mich nur an weniges aus seiner Vergangenheit erinnern, an das Gesicht eines jüdischen Schmugglers, der ihm einmal Geld gegeben hatte und dazu meinte:

»Damit können Sie sich ein Stückchen Leben einrichten ...«

Wir standen an einer Kreuzung, es wurde langsam dunkel, hübsche junge Dirnen, mit denen sich beide duzten, stolzierten in der Nähe. Da gab ihm der jüdische Schmuggler, mit einem roten, knorrigen Gesicht wie eine alte Rübe, das Geld für Brot, Wodka und eine Frau. Wir beide waren am Ende der Welt, sagte der Schmuggler. Wir beide kennen schon das Ende der Welt. Sie sind ein Goi, aber der da oben wird doch kein böses Wort sagen, wenn ich einen Goi wie Sie zu meinem eigenen Bruder mache. Da, nehmen Sie Geld, essen Sie sich satt, trinken Sie sich einen an, und nehmen Sie Tereska ins Bett. Aber er hatte sich nicht satt gegessen, nicht getrunken und war auch nicht mit der kleinen Dirne ins Bett gegangen, sondern kaufte billige Schühchen und eine Blume für das Mädchen, das er liebte. Als er davon erfuhr, schimpfte der jüdische Schmuggler nicht, rang nicht die Hände oder weinte gar, sondern sagte nur, da sei schon was dran, und ging auf die andere Straßenseite.

Ich konnte mich nur an weniges aus seiner Vergangenheit erinnern. Es waren eher Dinge, die flüchtige Eindrücke hinterließen. Gesichter ohne Namen, Ereignisse ohne Höhepunkte, Bücher ohne Überschriften. Ich merkte aber, wie die Lampe langsam erlosch, wie das Öl darin langsam ausbrannte. Ich verließ das Badezimmer, er aber blieb im Spiegel, begaffte die glänzenden Armaturen, die weiße Wanne und die gelöschte Lampe unter der Decke.

Langsam zog ich mich aus und legte mich auf die Couch. Mein Nachbar hatte das Radio ausgemacht, es herrschte die Stille des frühen Vormittags, manchmal durchbrochen von dem Lärm der Straßenbahn, einem Geräusch auf der Treppe oder dem Weinen eines Kindes. Die Sonne floß in den Raum in einem schmalen, hellen Strahl. Vor diesem Hintergrund bekam der dunkelgrüne Vorhang seine Schwere. Die Fußbodenbretter waren honigfarben, sorgfältig gewachst. Darauf legten sich zarte, flüchtige Schatten der Bäume, die vor dem Fenster standen. Im Raum war ein breites, bequemes Bett, verziert mit einem Baldachin und einem Vorhang aus dem gleichen Stoff wie am Fenster. Eine zierliche Kommode mit einem Spiegel und unzähligen Schubfächern ausgestattet, mit schlanken Säulen verziert und Verstecken, in denen Schleifen, getrocknete Blumen, Bänder und Spitzen schlummerten, stand neben dem halbgeöffneten Fenster. Dahinter lag eine saftige Wiese, in der Ferne erhoben sich Berge mit sanft abfallenden Hängen, grau, zu ihren Füßen ein grüner Waldstreifen, die Gipfel mit einem Schneerand gekrönt. Das Mädchen war eben erst aufgestanden, noch warm vom Schlaf kämmte sie ihr Haar vorm Spiegel. Eine kleine, scheckige Katze setzte sich in die Nähe des Fensters in den stillen Sonnentümpel. Ich betrachtete den Raum, das Mädchen, die Katze und die Berghänge und wünschte, dort wohnen zu dürfen, dort einzutreten, mich irgendwo zwischen Fenster und Kommode zu stellen wie ein Gegenstand, am besten eine Zierpflanze in großem Kübel oder ein Regal mit Büchern, nach denen die junge Dame von Zeit zu Zeit greift, meist abends, wenn sie schon die Petroleumlampe angezündet hat, den Vorhang zuzieht und damit das Feuer der untergehenden Sonne über den Gipfeln löscht. Ich wünschte in der unbeschreiblichen Stille und Unbeweglichkeit dieses Bildes zu wohnen, das an der Wand meines Zimmers hing neben einer Maske der sudanesischen Fruchtbarkeitsgöttin und einem Diplom der Gesellschaft der Freunde des Angelsports. Die goldenen Buchstaben verkündeten den Ruhm jenes Aals, der sich einmal im Dickicht der Wasserpflanzen verfangen hatte, von wo ich ihn herausgeholt habe, angeekelt, krank vor Todesangst, die sich plötzlich in diesem glatten, sich hin und her windenden Körper am Boden des Bootes offenbarte, bei dem Geschrei der wilden Enten, dem Glanz des seidigen

Seewassers, über das hastig die ersten Strahlen der aufgehenden Sonne eilten.

Ich wünschte dort in dem Bild zu wohnen, aber es gab keine Möglichkeit, da hinein zu gelangen, ich konnte also nur außerhalb des Bildes bleiben, erfüllt von der Sehnsucht nach seiner Stille und Unbeweglichkeit, jener Spur der Gefühle und Gedanken eines Unbekannten, der irgendwann einmal irgendwo nach dem Pinsel gegriffen hatte, um sich ebenfalls dort zu verbergen, wo er auf andere Weise nicht hingelangen konnte. Ich lag auf der Couch und betrachtete das alberne Bildchen, in dem meine Sehnsucht gefangen war wie ein Käfer in einem Bernstein. Darin lag auch ein großes Stück meiner Vergangenheit, denn ich erinnerte mich noch an die Gedanken, die mich vor einigen Jahren bewegt hatten, als ich den Geräuschen des Lebens noch freundschaftlich zugetan lauschte. Ich erinnerte mich an den Herzschlag, gleichmäßig und stark, ohne die hüpfende Ausgelassenheit. Wenn ich damals die Augen geschlossen hatte, sah ich mein Herz wie eine breite Wiese am Fuß der Berge, von Bächlein durchzogen, und jedes nahm seinen Anfang an einer anderen Quelle. Schäumend und munter schossen sie unter den Steinen hervor, sie bahnten sich ihren Weg die sanften Hänge hinab, zwischen verwitterten Steinen, Erdreich und weißem Sand. Jeder Herzschlag führte mich zu den Bächen auf der Wiese, dann sah ich nicht nur den Raum von meinem Bild, sondern das ganze Häuschen, das sich irgendwo am Ende der Welt duckte vor dem Hintergrund dieser Berge und dieser Wiese, über die mein Herz seine Bächlein trieb.

Später sah ich diese Landschaften wieder. Nur der Raum war geblieben mit dem Bett, der Kommode, dem Mädchen und der Katze und auch mit den dunklen Ecken, in die niemals ein Sonnenstrahl drang, selbst dann nicht, wenn das Mädchen das Fenster weit öffnete und der Wind, von den Bergen kommend, die Schleifen auf der Kommode bewegte, das Katzenfell glättete und in den Vorhang blies. In diesen dunklen, verlassenen Ecken, von denen das Mädchen gar nichts wußte, die nur ich allein ausfindig machen konnte, tickte unheilverkündend meine Zeitbombe, eine furchtbare Sprengladung, die Gleichmaß und Stärke des Tickens einbüßte, je näher die vorbestimmte Stunde heranrückte, die sich unter den Rippen hin und her warf, ungleichmäßig von innen daran klopfte, als suche sie einen bequemen Platz, eine Stelle, die am leichtesten im Augenblick der Explosion zu zerreißen sei.

Ich lag auf dem Bett, betrachtete das Bild und lauschte dem unregelmäßigen, trunkenen Ticken der Bombe, dem geflüsterten Urteil, dessen Endgültigkeit jeder hinnehmen muß. Die Haare standen mir zu Berge. Ich erhob mich, ging in die Küche, öffnete eine Flasche Jarzębiak und nahm einen tiefen Schluck. Jetzt ging es mir schon etwas besser, gut genug, um auf die Couch zurückzukehren, ohne Furcht auf das Bild zu schauen, die Augen zu schließen, des toten Bürste zu gedenken und dann einzuschlafen, voller Verachtung für die Bombe, die sich wild unter meinen Rippen hin und her warf, um mir Furcht einzuflößen.

Ich war eben dabei, das Fenster etwas weiter zu öffnen, um den Duft der frischen Wiese einzuatmen und den Geruch des Schnees, der an den Hängen taute, die Katze war auf das Fensterbrett gesprungen, und das Mädchen räkelte sich in seinem Bett, da klingelte das Telefon.

»Bitte«, sagte ich in den Hörer und blickte immer noch zum Fenster hinaus.

»Ich bin es«, hörte ich von der Wiese Siemienskis Stimme. »Habe ich Sie geweckt?«

»Aber woher denn, wie spät ist es?«

»Elf«, sagte Siemienski.

»Na also, was macht die Gesundheit?«

»Um dreizehn Uhr dreißig haben wir eine Beerdigung. Ich rufe aus einer Telefonzelle an, wollte Sie nur daran erinnern.«

»Danke, ich habe es nicht vergessen. Den gestrigen Nachmittag habe ich bei seiner Frau verbracht.«

Unangenehmes Rauschen in den Drähten war die einzige Antwort.

»Hallo, Herr Oberleutnant, sind Sie noch dran?«

»Ja, ich höre. Eine gutaussehende, elegante Frau. Aber sie hat ihn seit zehn Jahren nicht gesehen.«

»Wissen Sie das auch schon?«

»Ich weiß alles, was ich wissen muß.«

»Nämlich?« fragte ich leise und blickte durch das Fenster auf die schneebedeckten Gipfel. Wieder hörte ich das Tikken der Bombe unter den Rippen.

»Er hat sich in den vielen Jahren überhaupt nicht verändert. Ich glaube, er ist schon so zur Welt gekommen mit seinem Bauch, der Glatze und den Leberflecken auf der Stirn.«

»Nehmen wir an, es ist so«, sagte ich fast flüsternd, »und was bedeutet das?«

»Ich werde wohl doch nach Pawoszyn fahren«, sagte Siemienski.

»Sie werden nicht fahren.«

»Warum denn nicht?«

»Weil in Ihnen nicht einmal Platz genug ist für einen kleinen Rüssel, ganz zu schweigen von einem ganzen Schwein.«

»Sie machen Witze, und das an dem Tag, an dem Ihr Freund beerdigt wird.«

»Er war nicht mein Freund, aber jetzt ist er es geworden. Also, Sie fahren doch nicht, oder?«

Wieder rauschte es in den Drähten.

»Ich werde es mir noch überlegen«, sagte Siemienski. »Vorläufig servus.«

»Servus!«

Ich legte den Hörer auf.

Es war keine einfache und leichte Arbeit, denn nachts war die Erde wieder gefroren und der Schnee hart geworden. Die Spaten klirrten, wenn sie auf Eisklumpen stießen. Zwei Männer gruben, ein dritter saß auf einem Ziegelstein und rauchte. Auf dem Kopf trug er einen Hut mit breiter Krempe, die nach oben geschlagen war wie bei den Helden der Wildwestfilme, er war mit Lehm und vertrocknetem Kalk bespritzt. Neben einem Kübel stand eine Dame in braunem Pelzmantel, braunen Stiefeln, eine Tasche über die Schulter gehängt. Sie weinte. Sie war die einzige, die weinte. Die übrigen Anwesenden bewahrten bei der Beerdigung bleiche, finstere Würde. Die Dame war Bürstes Freundin aus früheren Zeiten, die einzige Person auf der Welt, die stets bereit gewesen war, seine Launen zu ertragen. Sie verloren sich für ganze Monate aus den Augen, wußten nichts voneinander, aber wenn sie sich wieder trafen, war es für beide ein freudiges Fest. Damals, nach jener furchtbaren Nacht der Eifersucht, war er mit dem Taxi zu ihr gefahren. Sie hörte die Klingel, ging an die Tür, fragte: ›Wer ist da?‹ Und als er sich meldete, undeutlich und beschämt, öffnete sie ganz weit die Tür und ihre Arme. Er weinte wie ein Kind, sie streichelte sein steifes, grau gewordenes Haar. Gegen Morgen aß er ein gutes Frühstück und legte sich zu Bett. Sie ging ins Büro. Als sie zurückkam, saß er im Sessel. Er war alt, verbraucht, krank. Wieder sprach sie mit sanfter Stimme über die Notwendigkeit, ein neues Leben zu beginnen, über andere Frauen und neue Interessen. Dabei schien er die Ruhe wiederzugewinnen. Sie überredete ihn, mit ihr ins Kino zu gehen, brachte abends aus dem Keller ein altes Feldbett und stellte es in der Küche auf. Aber er wollte nicht allein sein, er fühlte sich wie ein Kind in einem dunklen Zimmer. Also stellten sie sein Bett neben ihres, erst dann konnte er einschlafen. Sie lag noch lange wach und dachte darüber nach, wie ihm zu helfen sei. So vergingen einige Tage. Bürste kehrte in sein Büro zurück und suchte nach einer neuen Unterkunft. Sie aber meinte, daß sie ganz einfach zusammen wohnen könnten wie Bruder und Schwester. Seine Gegenwart störte sie niemals. Früher einmal, in der Jugend, kamen ihr zwar gelegentlich seltsame Gedanken, doch nach Jahren war sie abgekühlt und empfand für diesen Mann nur reine Freundschaft, mütterliches Verständnis und Mitgefühl. Wenn sie sich auszog, sagte sie ganz einfach: »Staszku, bitte dreh dich um.« In Wirklichkeit empfand sie aber in seiner Gegenwart keine Scham. Einige Zeit war vergangen, und Bürste hatte sich mit seinem Schicksal abgefunden. Die Scheidungsformalitäten dauerten nicht lange, etwas langwieriger war der Wohnungstausch. Schließlich ließ er sich unterm Dach in dem alten Haus nieder. Die Dame besuchte ihn nun seltener, ihre Wege entfernten sich voneinander, doch sie war darüber nicht traurig. Sie war allein, unabhängig, abgekühlt und gutherzig. Ein paarmal im Jahr kam Bürste an irgendeinem Abend zu ihr zu Besuch, brachte Kuchen oder Konfekt mit, dann sprachen sie über ihr Leben, aber eher heiter.

Sie sahen sich an wie Menschen, die auf Bahnsteigen stehen, jeden Augenblick auf den Abschied vorbereitet, die sich bereits damit abgefunden haben, daß sie eine lange und unumgängliche Reise erwartete. Und so ist er nun auf die Reise gegangen und – sie von diesem Schlag wie von einem Blitz getroffen, den sie doch eigentlich wie selbstverständlich hätte hinnehmen müssen –, sie weinte verzweifelt.

»Das ist die Schwester seiner ehemaligen Frau«, flüsterte Siemienski.

Aber natürlich, sie war die Schwester seiner geschiedenen Ehefrau. Eine ernste, vernünftige Schwester, die sich stets bemüht hatte, die anderen beiden von endgültigen Schritten abzubringen. Sie versuchte, Bürste davon zu überzeugen, daß seine Frau eine junge, etwas leichtfertige Person sei, daß man ihren Übermut nicht so ernst nehmen sollte, schließlich sei ja nichts Schlimmes passiert. Sie hatte diesen schwerfälligen Burschen gern und empfand Mitleid mit ihm. Sie kannte seit undenklichen Zeiten diese rothaarige Rotznase, die zu Hause immer besonders verwöhnt worden war, immer hübsch und widerspenstig, ein bißchen bösartig und seit der frühen Kindheit egoistisch. Zehn Jahre Altersunterschied haben zwischen den Schwestern einen Abgrund geschaffen, der nicht zu überwinden war. Sie erinnerte sich an einen Frühlingstag während der Besatzungszeit, sie küßte sich in der Küche mit Korab. Am nächsten Morgen sollte er an einer Aktion der Untergrundarmee teilnehmen. Tränen spürte sie unter den Lidern, sie starb in seinen Armen, beide einem Heldendenkmal ähnlich, sie opferte ihn für Polen, das Vaterland, kommende Generationen. Da lief plötzlich die Kleine in die Küche. Auf dünnen Beinchen, mager, einer Maus ähnlich, mit rötlichen Zöpfchen, in Faltenrock und grünen Socken, auf dem rechten Knie eine kaum verharschte Wunde. Sie piepste und lief wieder hinaus, direkt in die Arme der Mutter, die sofort erschien, kühl und herrisch auch noch im Angesicht des Heldentodes, wie alle polnischen Matronen seit vielen Jahrhunderten. Und Korab eilte hinaus wie ein begossener Pudel. Von dieser Aktion war er zwar zurückgekehrt, um noch kurze Zeit zu leben und dann irgendwo unter den Ruinen im Aufstand zu fallen. Sie erinnerte sich noch jahrelang an den Gesichtsausdruck dieser kleinen, bösartigen Person, die in ihre Welt mystischer Erhebung eingedrungen war, um sie zu zertreten.

Sie hatte Bürste gern, denn auch er litt durch diese Person. In Anwesenheit ihrer jüngeren Schwester wurde sie das Gefühl nicht los, sie sei gefangen, eingeschlossen. Ein Leben lang wartete sie auf den Schlag, ihre Gedanken kreisten stets um das Unglück, das ihre jüngere Schwester um sich säte. Hatte sie nicht um ihre eigene Ehe fürchten müssen, besorgt, daß diese rothaarige, rücksichtslose Person sie mit Freuden zerstören würde, nur um ihre Schwester später zu quälen und zu verspotten. Bürste war in einer gewissen Weise der Schild, der ihren Lebensbereich schützte. Solange die andere an ihrer Seite ein so vollkommenes Objekt hatte, fühlte sich die ältere Schwester sicher. Die Scheidung der beiden war für sie eine Niederlage. Wieder mußte sie mit dieser launischen, herrschsüchtigen Frau allein bleiben, stets ihrer überraschenden Boshaftigkeit ausgeliefert.

Es wunderte mich nicht, daß sie so heftig weinte.

Meine schöne Freundin, die Sekretärin, kam zur Beerdigung in einem dunklen Mäntelchen, ihr Make-up war diskret und unterstrich die Blässe des Gesichts. Sie stand abseits, während der Parteisekretär in Lederjacke, grünlichem Hut und Halbschuhen auf dicken Gummisohlen etwas vorgetreten war. Sein Gesicht zeigte Müdigkeit, er bereitete sich darauf vor, ein paar Worte des Abschieds zu sagen. Bürstes Kollegen waren dunkel gekleidet, bescheiden und bedrückt. Der Boß hatte dem Toten nicht die Ehre erwiesen. Zwar hatte er die feste Absicht gehabt, die Trauerfeier wahrzunehmen, aber eine unvorhergesehene Konferenz durchkreuzte seine Pläne. So ordnete er also an, man möge einen sehr ansehnlichen Kranz kaufen; goldgelbe Chrysanthemen, drum herum rotweiße Nelken, eine entsprechende Schleife mit Aufschrift. Unter einem Baum, etwas weiter in der Friedhofshalle, bemerkte ich die Dame aus der Rezeption im Hotel *Polski*. Ich nickte zur Begrüßung, sie antwortete mit einem diskreten Lächeln.

»Wer sind diese Leute?« fragte ich Siemienski und wies auf einige Damen und Herren, die dem frischen Grab am nächsten standen.

»Verwandte«, gab er zurück. »Er hatte verschiedene Cousins und entfernte Verwandte, sie hatten aber keinen näheren Kontakt miteinander.«

Er beugte sich noch näher zu mir herüber und sagte leise: »Ich fahre nicht nach Pawoszyn.«

»Sehr gut.«

»Denken Sie nicht schlecht über mich, ich bin ganz ehrlich, ich fahre nicht, weil ich es schon nachgeprüft habe. Er war nie in seinem Leben dort gewesen. Im Krieg hat er in den Wäldern gekämpft, ein sehr tapferer Bursche. Die Männer dort vorn mit dem Kranz, das sind seine Kameraden aus der Besatzungszeit.«

Ich nickte. Siemienski entfernte sich, leicht hinkend. Jetzt entdeckte ich endlich die roten Haare und die schmalen Schultern, die kleine, graziöse Gestalt vor dem Hintergrund der vereisten Äste.

Man ließ den Sarg in das offene Grab hinunter. Der Parteisekretär sprach drei Minuten, nicht schlecht, mit einer gewissen Rührung. Seine Augen waren halb geschlossen, das Gesicht von Müdigkeit gezeichnet, vielleicht war es sogar Furcht. Dann war irgend etwas bei der Feier durcheinandergeraten. Die Anwesenden tippelten unschlüssig um das frische Grab herum, es fehlte plötzlich die Person, die der notwendige Mittelpunkt des Dramas sein mußte. Sie waren gewisse konventionelle Selbstverständlichkeiten gewöhnt, brauchten eine Hierarchie. Nun befand sich die Trauergemeinde in einer Leere. Es gab keinen Menschen, für den man besonderes Mitgefühl empfinden, den man mit besonderer Herzlichkeit, einer melancholischen Umarmung und einem Kuß bedenken mußte. Sie war noch etwas weiter zurückgetreten. Ich sah ihr rotes Haar und die schmalen Schultern zwischen den Ästen, der weiße Fleck ihres Gesichtes schien erschrocken. Die Dame im braunen Pelzmantel schluchzte immer noch und entfernte sich durch die Friedhofsallee. Der Parteisekretär sah sich aufmerksam um, entschlossen, die Dinge zu organisieren, aber in der unmittelbaren Nähe des Grabes war immer noch niemand. Keiner wollte hier der erste sein, keinem stand dieses Privileg zu. Nur der Bursche mit dem Hut aus einem Wildwestfilm stand breitbeinig auf dem Hügel frisch aufgeworfener, brauner Erde und bewegte langsam seinen Spaten. Plötzlich fand ich mich ganz allein dem Sarg am nächsten. Ein großgewachsener Herr in einem Mantel mit Pelzkragen, die schwarze Melone in der Hand, drückte mir schweigend die Rechte. Das war einer seiner Kriegskameraden. Sie hatten zusammen auf die Deutschen geschossen, waren zusammen im Kampf gewesen. Als er verwundet wurde, hatte ihn Bürste im Kugelhagel vom Feld geholt und dann auf den Schultern durch Schneewehen geschleppt, durch Gräben und über Baumstümpfe bis zu dem Dorf, wo sie in einem verlassenen Schuppen ihren Sanitätsplatz hatten. Der Mann blutete so stark, daß sein Blut Bürstes Gesicht überströmte, und als sie in dem Schuppen angelangt waren, wußte der Sanitäter nicht recht, wer von ihnen mehr abbekommen hatte.

Dann trat ein zweiter Herr an mich heran, auch ein ehemaliger Kamerad, klein, kurzsichtig, mit Brille, und sagte: »Er war ein großartiger Kerl.« Dabei schüttelte er mir die Hand. Und so traten verschiedene Menschen an mich heran, nahmen mich in die Arme, ich spürte auf meinen Wangen ihre kühlen Küsse, sie drückten mir die Hand und sprachen leise, als fürchteten sie, mich zu wecken. Da stand Siemienski an meiner Seite, sehr bleich, ich sah, wie ihm die Wange zuckte. Er war wütend, nahm aber trotzdem diese Last auf sich mit mir zusammen, mutig und ohne Protest. Jetzt waren wir zu zweit, das zwang die übrigen zur Disziplin. Der warme Strom von Zucht und Ordnung ging durch die Trauergemeinde, sie stellten sich jetzt schweigend an, einer nach dem anderen. Der Mann mit dem Westernhut trat zur Seite, stützte sich auf den Spaten, griff nach einer Zigarette, nach Streichhölzern, zündete eines an, sog den Rauch ein. Die anderen aber kamen langsam und mühselig, Schritt für Schritt und schüttelten uns schweigend die Hände. Nur der Parteisekretär sagte sehr leise: »Sie haben mich also doch bemogelt, wie? Sie waren sein Freund ...« Dann drückte er mir fest und herzlich die Hand. Meine schöne Freundin sagte nichts, reichte mir die Hand und blickte dabei auf den Boden. Ihre Finger waren kalt und schwach wie verwelkte Blumen.

Die ganze Zeit über spürte ich den Blick der grünen Augen auf mir. Als ich dann endlich den Kopf hob, stand sie immer noch regungslos vor dem Hintergrund der vereisten Bäume, sehr bleich, unruhig und erstaunt, viel zu erschrokken, um sich uns zu nähern und ihr Beileid auszudrücken. Wir sahen uns einen Augenblick an, dann bewegte sie sich, machte einen Schritt, den zweiten, den dritten. Sie ging fort. Die Flamme ihres Haares leuchtete auf und erlosch abwechselnd zwischen den Bäumen der Allee, bis sie schließlich im Schwarz, Weiß und Grau des Friedhofs verschwand.

Der Frost wurde wieder stärker. Die Erde klirrte unter den Füßen, als wir durch die Friedhofsallee zum Tor gingen. Siemienski hinkte langsam hinter mir her, ganz anders als damals auf dem Waldweg.

Ein Mensch, der Bürste ähnlich sah, hatte gar kein Begräbnis. Er hing wie ein Sack an einem Ast, dann kamen drei Bauern mit einem Gendarmen, legten ihn auf den Wagen und fuhren zur Waldwiese, wo das frische, große Judenloch war. Der bläuliche Nebel des Leichengeruchs hing über der Wiese, denn es herrschte hochsommerliche Hitze. Die Sonne wanderte über einen wolkenlosen Himmel, sogar die hohen Bäume warfen keinen Schatten auf das frische Judengrab. Unter der dünnen Erdschicht bewegte sich also das Verwesende, schwoll an und verbreitete unglaublichen Gestank. Die drei Bauern schaufelten den weichen Lehm zur Seite, der Gendarm stand am Rande der Wiese und zog gierig an seiner Zigarre. Die ganze Gestalt war vom Rauch umgeben, als wollte sie sich in dem Duft der Zivilisation verbergen. Dann warfen die Bauern den Körper in das Grab, schütteten Erde darüber und rannten in den Wald. An diesem Abend sagte ein betrunkener Bauer zu einem anderen, sie hätten eine Sünde begangen, denn es ginge nicht an, daß ein Christenmensch zusammen mit Juden unter der Erde liege. Der erste antwortete, das sei eigentlich die Sünde der Deutschen, und er habe damit nichts zu tun. Dies sagte er, biß kräftig in eine Gurke, trank noch einen, doch der zweite hatte Gewissensbisse. Er wollte nicht mehr trinken und auch nichts essen. Er war bedrückt, bis er schließlich zur Beichte ging, er bekam die Absolution, trat an den Tisch des Herrn und hatte seine Ruhe wieder. Der Gendarm aber fuhr wenige Monate später in den Osten, fiel dort in einer Winternacht, der Steppenschnee hat ihn für immer bedeckt.

Bürste hatte also trotz allem mehr Glück. Man hat ihn doch immerhin bedauert, und schließlich ist es ja wohl nicht gerade verwunderlich, daß das Schicksal einen Teil seiner Träume, die ja ziemlich altmodisch waren, nicht erfüllen wollte. Im Alter wurde er krank. Er maß den Beschwerden keine Bedeutung bei, denn er hatte sich an die Jahre der Altersschwäche gewöhnt. In seinem Zimmer roch es nach Spritzen, auf dem Nachttisch glänzten im Lampenlicht Fläschchen und Röhrchen. Der bittere Geruch von Arzneien verflog nicht einmal dann, wenn das Schlafzimmer gelüftet wurde. Auf Anraten des Arztes blieb er schließlich im Bett. Sie saß im Sessel, nicht weit entfernt, immer noch schön und elegant, aber die Flamme ihres Haares war bereits erloschen, sie war aschgrau geworden. Ihre Hände waren jetzt durchsichtig, von blauen Adern durchzogen, über der Oberlippe hatte sich das zarte Moos des Alters festgesetzt. Sie lächelte ihm zu, und wenn er leise stöhnte, weil er unbequem lag, trat sie ans Bett und richtete ihm sorgfältig die Kissen. Seine Hände lagen auf der Bettdecke, mager und schwach, seltsam beweglich und fremd wie kleine Tiere auf der Suche nach Nahrung. Er hatte begriffen, daß der Tod näher kam, und begrüßte ihn resigniert, doch ohne Verzweiflung. Er war ja sehr alt geworden, und auch ihre Jugend war längst vergangen. Das Wichtigste aber war, daß sie niemals die Tiefe der Einsamkeit erfahren mußten. Auf die Schwelle trat der Sohn, ein großgewachsener, gut gebauter junger Mann, vielleicht ein bißchen zu rundlich, aber doch gesund und voller Lebenskraft. Es kamen noch andere Angehörige, er hörte, wie Stühle über den Boden geschoben wurden, und vernahm leise Stimmen. Wenn er mit Mühe ein Augenlid hob, sah er ihre Schatten an der Wand. Er spürte die Wärme ihres Atems, rief jeden von ihnen nacheinander beim Namen. Der Gerufene näherte sich seinem Kissen, neigte das Gesicht und lauschte andächtig den Worten des Sterbenden. Er gab ihnen letzte Ratschläge, bestimmte über ihr künftiges Schicksal, sanft und verständnisvoll, teilte eher seine Erfahrungen mit ihnen, als daß er seinen Willen aufzwang. Er wußte, daß sie seinen Anweisungen treu folgen würden, war sich aber auch dessen bewußt, daß es richtig sei, ihnen einen Streifen von Freiheit, Würde und Unabhängigkeit zu belassen, um den er sich auch in seinem eigenen Leben stets bemüht hatte. So sagte er also nur das Nötigste und war auch denen gegenüber großherzig, mit denen er früher in Fehde gelegen hatte. Er verteilte seinen Besitz, der nicht allzu groß und kostbar war, den er aber durch fleißige und ordentliche Arbeit erworben hatte, den also der Anstand seines Lebens, seines Charakters und seiner ethischen Haltung krönte. Sie aber lauschten seinen Ratschlägen, die er mit immer schwächer werdender Stimme erteilte, Tränen flossen über ihre Gesichter, doch sie versuchten, es vor ihm zu verbergen, denn er verlangte von ihnen Tapferkeit und Einverständnis mit dem, was unumgänglich war. Ihre Anwesenheit bei seinem Fortgang sollte zu einer tiefen und klugen Erfahrung werden, nicht zu einem traurigen und schrecklichen Erlebnis, denn sie alle mußten sich darauf vorbereiten. Er wünschte also, daß sie an seinem Beispiel jene gesegnete Demut des Einverständnisses und der Ruhe kennenlernten, daß sie keine Furcht empfanden, sondern das große Gefühl des Eingeweihtseins, das so nötig gebraucht wird. Daher ist es nicht recht, es zu vernachlässigen, wenn man später ohne besondere Überraschung den Pflichten nachkommen soll. So verhielt er sich auf dem Totenlager, während sie flüsterten und ihre Blicke erloschen schienen. Er vernahm den Geruch der Arzneien und den frischen Wind, denn er hatte gebeten, sie möchten das Fenster öffnen, und reine Luft war in den Raum gedrungen, deren Strom sein Gesicht sanft umspielte, als wolle ihn die Welt mit einer letzten Liebkosung verabschieden. Er hatte sich also dieses Verhalten auferlegt, um sein Fortgehen mit den Abgängen der Väter und Großväter zu verbinden, an deren Lager er einst gewacht hatte, kräftig und gesund, voll Lebensmut und Freude, und doch gesammelt, vom Ernst der Erfahrung überzeugt. Damals war er es gewesen, der dem Flüstern der sterbenden Vorfahren andächtig gelauscht hatte, die friedvoll aus dem Leben gingen und in seinem Herzen das großartige Gefühl des langsamen Erlöschens geweckt hatten. Es war ein trauriges und doch auch edles Gefühl, ganz ohne Tragik, denn es war wie ein Anker, wie eine Wurzel oder ein festes Fundament, dem man es zu danken hatte, wenn die Nachfolger Kirchen erbauten, Eichen pflanzten, Brücken über Flüsse schlugen, Kontinente umsegelten und auch dem Gesang der Vögel lauschten, die Form eines Blattes und die Form der weiblichen Brust bewunderten, vor Gott demütig auf die Knie fielen und sündigten in der Hoffnung, daß ihnen die Sünden erlassen würden.

So starb er im greisen Alter in einem weichen Bett, von kurzer, doch schwerer Krankheit gepeinigt. Er drückte die Hände der Angehörigen und Freunde, lauschte dem Rhythmus der Welt mit stolz erhobener Stirn, die der Wind, der durch das offene Fenster wehte, leicht und zärtlich streifte, bis das Leben erlosch und das Herz stehenblieb. Sein letzter Gedanke war zum Himmel geeilt, wo ein gütiger Gott von unbegreiflicher Barmherzigkeit seit langem schon wartete. So starb er also, und als er verstorben war, spürte er den Geruch der schmelzenden Kerzen nicht mehr, hörte nicht ihr leises Zischen und auch nicht das Weinen der greisen Gattin. Er hörte nicht einmal, wie der Tod seine Seele mitnahm und damit ins All enteilte. Er spürte es nicht und hörte es nicht mehr, und doch war sein letzter Gedanke diesen Gerüchen und Geräuschen vorgeeilt, denn er wußte ganz genau, daß es eben so sein würde.

Lieber Gott, dachte ich, während wir über die Friedhofsallee gingen, warum hast du ihm diesen Schatz genommen? Warum waren ihm nur die Eisenbahnschienen übriggeblieben, warum ist er in das Nichts gegangen, erfüllt von dem wilden, schrecklichen Lärm, der seinen letzten Schrei übertönte?

»Und was haben Sie davon?« fragte Siemienski. »Da haben wir's, ein klares Beispiel von gedankenlosem Unfug. Mich haben Sie gewarnt, und jetzt marschieren Sie selber in dem Morast. Der Fall ist doch schließlich erledigt.«

»Sie haben recht, Kamerad, darüber brauchen wir gar nicht zu sprechen.«

Dichter Wald glitt an der Scheibe des Wagens vorbei.

Der Weg war fast ganz trocken, denn der Wind hatte den Schnee fortgeweht, Frost kam und sprengte die Matschreste am Rande der Straße. Nur zwischen den Bäumen lagen noch weiße Streifen, auf denen sich die Spuren der Tiere abgedrückt hatten.

»Wir kommen gleich in eine kleine Stadt«, sagte der Fahrer des Polizeiwagens, »dort kann man etwas essen.«

»Sehr gut«, meinte Siemienski.

Ich fühlte mich wohl. Ich saß allein auf dem hinteren Sitz des Wagens, bequem ausgebreitet wie auf einer Couch. Vor mir war der Rücken von Siemienski, schmal und leicht gebeugt. Er wirkte neben dem Rücken des kräftigen Chauffeurs beinahe jungenhaft.

»Ich hätte Sie eigentlich nicht mitnehmen sollen«, begann wieder Siemienski. »Zum Teufel, Sie haben doch Ihr eigenes Leben, und daran sollte man sich halten.«

»Sie haben recht, Kamerad.«

»Noch eine Kurve, dann kommt eine Kneipe«, meinte der Fahrer.

Sanft steuerte der Wagen die Kurve an, der Wald endete plötzlich, als hätte man ihn mit dem Messer abgeschnitten. Ich sah kleine Häuser, Gärten, etwas weiter am Ende der Straße die Umrisse der Kirche. Gegenüber war ein Restaurant und daneben ein betonierter Parkplatz. Dort stellte der Fahrer den Wagen ab. Das Restaurant war sauber, die Wände rosa gestrichen, die Tischchen wie in einer Puppenstube, auf dünnen Metallbeinen, mit Weideimitation aus Kunststoff umflochten. Es kam eine Kellnerin, kein häßliches Mädchen, mit lustigem Blick und sehr hellem, fast weißem Haar. Siemienski bestellte Koteletts und zwei kleine Wodkas. Der Fahrer mußte sich mit Mineralwasser begnügen. In der Kneipe war es leer, und plötzlich fühlte ich mich beschämt, daß ich nun gleich hier ein Gläschen Wodka trinken und dann weiterfahren würde, um die Spuren eines Schattens zu suchen, während andere Menschen im Schweiße ihres Angesichts die Welt zivilisierten. Es war kurz vor der Mittagsstunde, ein wunderschöner Tag. Ganz Polen, vom Norden bis zum Süden, vom Osten bis zum Westen, zivilisierte sich, wurde mächtiger, erblühte. Ich aber gab mich der Träumerei hin, einer grundlosen Qual, als hätte ich erst jetzt die biologischen Gesetzmäßigkeiten entdeckt. Nicht ohne Bedauern und Scham dachte ich darüber nach, daß ich ein widerspenstiger Knabe gewesen war ohne innere Disziplin. Und während die gleichaltrigen Jungen lernten, habe ich mich sicherlich auf den Wiesen am Stadtrand herumgetrieben oder Äpfel im Garten des Herrn Pfarrer geklaut. Solche Nachlässigkeit in der Ausbildung hat später traurige Folgen. Der beste Beweis ist, daß ich jetzt hier in der Kneipe sitze und nach Nirgendwo reise, anstatt die Grundmauern zu bauen, unter denen ich dann eines Tages begraben werde, salbungsvoll, mit der mir zukommenden Achtung und Trauer. Die übrigen Angehörigen meines Jahrgangs, an die ich mich noch erinnere, wie sie als fleißige Knaben von Sonnenaufgang bis Sonnenuntergang über den Büchern hockten – hatten einen anderen Weg gewählt. Sie haben die Schulen beendet, und als sie ihre Mauern verließen, gingen sie ohne Zögern, ohne Zweifel und überflüssige Illusionen munter an eine nützliche Arbeit, bauten Barrikaden, putzten Pistolen oder vertrieben geheime Drucksachen. Sie kümmerten sich nicht um die selbstverständlichen Folgen der Biologie, die man sich ohne Mühe in den ersten Botanikstunden aneignen kann, wenn sich die Klasse mit dem Problem der Bestäubung und der Fotosynthese beschäftigt. Sie kümmerten sich nicht um

Selbstverständlichkeiten, wenn man ihnen vor der Erschießung den Mund mit Gips füllte und die Schlinge um den Hals legte. Diejenigen, die mit dem Leben davongekommen waren, fanden sich später in einer Wüste wieder und zeigten wieder der Welt ihre offenen, freudigen Gesichter. Sie bauten Grundmauern, und die Arbeit brannte ihnen unter den Fingern – nur ziemlich häufig kam es vor, daß sie plötzlich im Viereck eines Nachrufs erstarrten, aber ihr Bauwerk immer noch anlächelten.

Ich trank den Wodka aus und stellte fest, daß ich ein Sonderling sei. Da erwachte in mir, wie häufig bei Sonderlingen, die der Fluch einer Sünde und des Gebrechens belastet, eine unsagbare wilde Wut auf die scheußliche Heuchelei, die schmutzige Lüge der sentimentalen Zärtlichkeit, über die Verlogenheit und Gemeinheit.

»Wir müssen fahren, Kamerad«, sagte ich zu Siemienski.

Der Fahrer leerte schnell sein Glas Mineralwasser, wischte den Mund ab, stand auf und sagte, er wolle schon den Motor etwas warmlaufen lassen. Siemienski ging zur Toilette, ich trat rasch an die Bar und trank noch einen Wodka.

Durchdringender Wind trug Schneewolken mit sich, der Frost knarrte in den Ästen alter Bäume. Dämmerung brach herein und mit ihr ein wilder Schneesturm, der das ganze Städtchen mit feinem Weiß bestäubte, den Fluß, der unter Eis gefangen war, Wälder, Wiesen und den Bahndamm.

Wir gingen also mit schnellen Schritten, Siemienski fluchte und stöhnte, er schleppte sein lahmes Bein hinter sich wie eine Last. Der Bahndamm war schon ganz nah, trockener Schnee tanzte darüber, pfiff mit dem Wind über die Gleise.

»Hier war es«, sagte Siemienski und blieb stehen.

»Wo?«

»Hier!«

»Wo denn, hier?« schrie ich.

»Genau da, wo Sie stehen.«

Ich stand auf dem Bahndamm, unter dem Fuß spürte ich die Schwellen, harte Balken ohne Splitter, poliert von Regen und Sonnenglut. Über die Schwellen liefen die Schienen, bläulich und glatt, neben meinem linken Fuß sah ich ein Verbindungsstück, aus dem eine rötliche Niete hervorlugte wie ein Klümpchen Schmutz. Etwas tiefer unter uns sah man die weißen Sträucher einer Zwergakazie, von Schneestreifen verziert.

»Hier hatte er den Mantel hingelegt«, sagte Siemienski. Mit dem Absatz stieß ich an die Schiene, sie klirrte, durch ihren unendlich langen Körper lief das Echo bis zum Horizont.

»Nun ja«, sagte ich trocken. Weder Zorn noch Verzweiflung empfand ich, auch keine Trauer. »Nun ja«, wiederholte ich und ging langsam wieder den Bahndamm hinunter.

»Was noch?« fragte Siemienski. Ich dachte, daß er mir jetzt jeden Wunsch erfüllen würde, nur hatte ich keine Wünsche.

»Wir können in die Stadt zurückkehren«, sagte ich leise. Er nickte und ging vor. Der Wind sammelte seine Kräfte, um wieder winselnd und lärmend über die Gleise zu jagen. Er schüttete uns stechenden Schnee in die Augen.

»Hat der Lokführer nichts gehört?« fragte ich.

»Nein.«

»Das war doch ein starker Aufprall, da lag schließlich ein Mensch und keine Katze.«

»Was sagen Sie?« rief Siemienski.

Der Wind griff unsere Worte und trug sie in einer weißen Wolke auf den Bahndamm.

»Der Aufprall muß stark gewesen sein. Er war ein großer, schwerer Mann!« schrie ich durch den Sturm.

»Bei einer Lokomotive? Schnellzug, fast hundert Stundenkilometer!«

Siemienskis Stimme übertönte nur mit Mühe den Wind, aber nach einer Weile gelangten wir auf einen Weg, der von Bäumen geschützt war. Hier wurde es etwas ruhiger.

»Der Lokführer hat es also nicht einmal bemerkt«, sagte ich.

Nein, so einfach war es nicht gewesen. In einem gewissen Augenblick hatte er doch einen leichten Widerstand gespürt. Die Hand auf dem Regler zuckte, er sah auf die Anzeigen – alles war in Ordnung. Er atmete auf, setzte sich bequemer. Das monotone, wohlbekannte Dröhnen der Räder füllte seinen Kopf. Dann kam gleich eine Bahnstation. Er verlangsamte die Drehzahl, betätigte die Bremsen, der Zug verlor an Geschwindigkeit. Der Lärm der Räder veränderte seinen Rhythmus, am Fenster zogen die Lichter der Stadt vorbei, dann schwamm die Lokomotive in die Helligkeit der Bahnsteige wie ein Fisch im Aquarium in das Licht des Scheinwerfers. Da entdeckte jemand die Spuren. Der Lokführer sprang heraus, Eisenbahner liefen herbei und Polizisten. Auch der Staatsanwalt war erschienen, man hatte ihn mitten in der Nacht telefonisch geweckt. Vorn an der Lok klebte eine schwarze, gefrorene Hülle. Dem Lokführer wurde übel. Dann stand er in dem stickigen Raum des Bahnhofsvorstehers, trank warmes Bier und wich den Blicken der Menschen aus.

Wir näherten uns dem Wagen, der am Waldrand stehengeblieben war. Im hellen Licht der Scheinwerfer tobten Schneewirbel.

»Und was jetzt?« fragte Siemienski. In seiner Stimme bemerkte ich Anspannung und Unruhe. Ich glaubte, er wollte mich nicht allein lassen.

»Ich gehe in das Hotel zurück«, sagte ich. »Über Nacht bleibe ich hier. Und morgen fahre ich zurück nach Warschau.«

»Den Wagen muß ich jetzt gleich zurückschicken«, meinte er. »Vielleicht fahren Sie doch mit.«

»Nein, ich bleibe.«

»Das hat doch keinen Sinn. Morgen schleppen Sie sich dann mit dem Bus durch die Gegend, und so wären Sie noch heute zu Hause ...«

»Weiß ich, Kamerad, trotzdem bleibe ich über Nacht im Hotel.« Siemienski gab auf.

»Wie Sie wollen. Jedenfalls fahren wir jetzt erst einmal in die Stadt.«

»Ich habe keine Lust zu fahren. Ich möchte etwas gehen.«

»Bei so einem Schneesturm. Es ist schon dunkel. Der Weg führt durch den Wald. Außerdem gibt es Frost. Steigen Sie doch ein ...« Er öffnete die Wagentür.

»Ich geh zu Fuß, Kamerad.«

»Der Teufel soll Sie holen«, sagte Siemienski. »In Ordnung, also, wir gehen zu Fuß. Und dann essen wir etwas im Restaurant *Piastowska*.

Es gab keinen Zweifel, er hatte sich in den Kopf gesetzt, daß er auf mich aufpassen würde.

»Seien Sie kein Kind, Kamerad«, sagte ich. »Wenn ich ehrlich sein soll, ich wäre lieber allein. Ich verirre mich schon nicht in diesem Wald. In einer halben Stunde bin ich im Hotel. Sie können dort anrufen. Aber in das Restaurant gehe ich nicht. Ich bin müde.«

Er hatte die Hoffnung aufgegeben, nickte, setzte sich in den Wagen und sagte: »Ich rufe Sie an. Und auf Wiedersehen.«

»Auf Wiedersehen.«

Der Wagen fuhr langsam an, die Räder gruben tiefe Rillen in den Schnee. Die Scheinwerfer glitten bläulich über den Bahndamm, eine Baumgruppe, den vereisten Schnee. Dann machten die Lichter einen sanften Bogen und schlugen gegen die dunkle Wand des Waldes. Ich sah, wie sich der rote Schein langsam entfernte, er flimmerte noch zwischen den Bäumen, bis er schließlich in der Dunkelheit verschwand, hinter sich dünne, tanzende Säulen des Schneesturms ließ und die immer schwärzer werdenden Schatten der Bäume. Eine Weile hörte ich noch das Brummen des Motors, dann meldete sich von der anderen Seite aus weiter Ferne das Pfeifen der Lokomotive. Langsam kletterte der Lärm des näher kommenden Zuges zu mir hinauf, zunächst war er wie ein sanfter Wind, wie etwas Helleres in der umliegenden Dunkelheit. Dann sah ich in der Ferne einen glühenden Punkt, die Erde zuckte, sie wurde dichter unter den Füßen. Das lärmende Zittern der Wagen sprengte sie irgendwo in der Tiefe, zersetzte sie in Atome. Der Schneesturm hielt in seinem wilden Lauf inne, lauschte mit mir zusammen. Über die Wipfel der Kiefern lief jetzt das Poltern, floß an den Stämmen herab und versickerte in der Erde. Ein zweites Poltern lief ihm entgegen, es kletterte an der feuchten Baumrinde hoch wie ein Wiesel, um dann die Kronen der Kiefern zu schütteln, irgendwo über meinem Kopf. Der Bahndamm fiel plötzlich in ein weißes Lichtnetz, pfeifende

Stöße liefen über die Gleise, die Schwellen stöhnten. Lärmend raste der Zug vorbei, hinter ihm zog sich das klebrige Pfeifen und der Glanz hell erleuchteter Fenster, dann floß das Poltern wieder die Stämme herab zur Erde und kehrte über die Baumstämme zu den Gipfeln zurück, immer schwächer und langsamer, schwächer und langsamer, bis es im Schnee versiegte und der Schneesturm wieder seinen stillen, unsichtbaren Tanz über den Bahndamm begann.

Ich stand an der dunklen Wand des Waldes, von dieser Folter gepeinigt. Im Gesicht spürte ich die scharfen Schneespitzen, der Wind schlug mir mit wütender Faust auf den Nacken.

Wie war es also gewesen in jenem Augenblick auf den Schienen? Wie ging dieses Sterben vonstatten? Es dauerte zwar nicht lange, aber vielleicht vergeht die Zeit dann anders, zieht sich unendlich in die Länge, geht in eine andere Dimension über, die wir nur ahnen können? Die Ärzte hatten festgestellt, daß der Tod sofort eingetreten war. Aber was bedeutet das?

Ich kam zu dem Schluß, daß es auf den Gleisen doch etwas andauerte, ein langer und inhaltsreicher Prozeß, und daß wir uns dem Nachdenken entziehen, solange wir am Leben sind. Als er auf den Schienen lag und dem Lärm des näher kommenden Zuges lauschte, da befand er sich noch in einer Zeit, die ihm bekannt war, gezähmt und berechenbar. Das dauerte also einige Sekunden. Doch als die Lokomotive mit seinem Körper zusammenstieß, trat Bürste in eine andere Dimension, wo die Zeit, die sich vorher in seinem Denken mit Raum und Bewegung verband, eine völlig neue Bedeutung bekam. Ein Mensch starb, und in ihm, außerhalb von ihm zog sich das unendliche Andauern der Mikrozeit dahin, des Mikroraumes und der Mikrobewegung, die vielleicht ein getreues Abbild und die Verwirklichung der Galaxien und Lichtjahre darstellt. Sicherlich hat er noch einmal alle seine wichtigen Dinge erlebt, seine Gedanken und Träume. Er starb also in der Kindheit, in den schneereichen Wintern des ersten großen Krieges, als er keine warmen Schuhe hatte und in der Stube bleiben mußte, die nach Seifenlauge roch, das Gesicht an die Fensterscheibe gepreßt. Er starb als Schüler im blauen Schulanzug, als Jüngling mit stolzen Plänen und als Kämpfer in den Wäldern des zweiten großen Krieges. Er starb versteckt in der Tiefe des Spiegels, durch den er das Leben seiner launischen, bösen Frau beobachtete, und auch in der kleinen Wohnung unter dem Dach des alten Hauses, wo hinter der Wand die junge Frau ein Liedchen trällerte und der rothaarige Sportler die Hanteln gleichmäßig hob. Und in diesem Sterben verwandelte er sich, veränderte sich, glitt in die neue Dimension des Seins. Das Nichtsein umfing ihn langsam, und er trat da hinein, von dem Schmutz des Lebens befreit, steril und sauber, ohne Gedanken, Gefühle, Phantasie. Seine Sinne starben mit ihm, vielleicht sogar schon etwas früher, was er wohl für einen Segen gehalten haben muß, denn die lange Zeitspanne, in der er nicht mehr sah, nicht mehr hörte und nicht mehr fühlte, erlaubte ihm, sich auf die endgültige Verwandlung vorzubereiten, denn er existierte noch auf der Seite des Lebens, weilte, aber schon auf der Seite des Todes. Das Sein dieses Menschen verwandelte sich in Nichtsein, seine Zeit versteinerte, wurde schwer, unveränderlich und einmalig, wurde zur Zeit jenseits der sichtbaren Bewegung und jenseits des umfassenden Raumes, sie wurde also zur Ewigkeit, ohne Anfang und Ende, monumental und still, die nicht mehr vergehen konnte und wie eine riesige Kuppel über das All gespannt war. Unter dieser Kuppel drang Bürste in das Nichtsein.

Durch den schneebedeckten Wald ging ich in das Städtchen. Die hellerleuchteten Häuser begrüßten mich, die Straßenlaternen und die blaue Leuchtreklame des Hotels *Polski*. Es war wie ein guter Anlegeplatz für ein Boot, das sich allzu weit auf den stürmischen Ozean hinausgewagt hatte.

Der Wind warf an das Fenster eine Handvoll feinen Schnee, der leise die Scheibe hinabglitt. Zwischen den Gärten tanzte der Schneesturm, über die Gehsteige zogen weiße Schwaden. Ich wohnte wieder in dem gleichen Zimmer, in dem mich die Nachricht von Bürstes Tod erreicht hatte. Auf der Ablage unter dem Spiegel stand wieder mein Rasierzeug, lagen Seife und Schwamm. Am Kopfende des Bettes flüsterte das Radio. Das Leben auf der Welt ging weiter, darüber gab es gar keinen Zweifel, auf der guten, alten Welt, die immer in der Umklammerung der Angst und der weichen Watte der Illusionen weiterlebte. Wieder dachte ich an die Rückfahrt mit dem Bus durch schneebedeckte Wälder. In einer Kurve wird der Bus an dem Dorf Emmaus vorbeifahren, jenem Dorf, in dem Bauern und Waldarbeiter leben, wo man ein neues Geschäftszentrum baut und einen Saal, damit die jungen Leute auch einmal tanzen können, Zeitung lesen und über die Dinge der weiten Welt reden. Sehr gut!

Ich ging hinunter und setzte mich an den Ofen. Ich erinnerte mich an den Hund, der jahrelang bei Tante Isabella gelebt hatte, bis er schließlich an einem Herzschlag starb. Ich saß an dem warmen Kachelofen und mußte zugeben, daß es mir nicht schlecht ging. Der Kellner Leszek ging leise durch den kleinen Saal in einem angeschmutzten Kittel und dunkelroten, ausländischen Halbschuhen. Vielleicht hat er mich nicht bemerkt, vielleicht war der Haß in ihm erloschen, denn im Halbdunkel des Raumes sah ich seinen ruhigen Blick, ein bißchen abwesend, als hätte er eine große Reise vor sich und wäre nur noch damit beschäftigt. Wortlos ging er vorbei und schloß die Tür hinter sich. Auf den kleinen Saal, den Kachelofen und meine ganze Gestalt fiel die undurchsichtige Dunkelheit des Abends. Vor dem Fenster wütete der Schneesturm, der Wind warf zornig ganze Schneebälle an die Scheiben. In der Ferne stöhnte eine Laterne, deren Licht nicht bis zu meinen Augen reichte. Endlich war es sehr still geworden, nur der Schnee fiel knirschend gegen die Fenster. Der Ofen sandte warme Wellen zu mir. Langsam taute ich auf, taute und war schon fast bereit.

Mein Gott, sagte ich demütig in der Tiefe des Herzens, warum quälst du mich mit der Liebe? Die kleinen, närrischen Menschen glauben, sie sei stärker als der Tod, wir beide aber wissen sehr genau, daß nur ihr Mangel den Menschen die furchtbare Angst vor der Trennung ersparen kann. Was bedeutet denn das Fortgehen aus einem leeren Raum, in dem alle Gegenstände tot sind und jeder Gedanke überflüssig ist? Aber nichts scheint so grausam und mitleidlos wie der große Abgang, wenn man hier seine Liebe hinterläßt und vor ihr den Deckel des Sarges zuschlägt.

Mein Gott, fragte ich demütig und schwach, ist das der Sinn der doppelten Erfahrung? Sollen wir, der Unsterblichkeit unwürdig, die Liebe erfahren, um Gott zu begehren, der uns dann manchmal entgegenkommt?

Der Schnee knirschte an den Scheiben, irgendwo in der Straße rang der Wind mit einer Laterne, ich aber lauschte der Stimme meines Herzens. Ich war arm, zerknirscht und sterblich, verlassen in der Unendlichkeit wie ein Krümel des launischen Willens der Schöpfung, aber ich war auch mächtig, stolz und unsterblich, denn ich habe in der Dunkelheit das tränenüberströmte Gesicht gesehen, die braunen Augen und die dunklen, glatten Haare über der Stirn, die zarten Arme, die mädchenhaften Brüste und den Bauch wie der Schild eines Kämpfers. Ich habe zärtliches Weinen vernommen und Worte der Liebe, ich fühlte die Berührung kühler Hände und heiße Küsse, also war ich nicht einsam, seitdem sie in mein Leben getreten ist, niemals war ich einsam, seitdem sie gekommen war, um mich zu retten und zu trösten, den Hungrigen zu speisen und den Durstigen zu tränken, den Kranken zu besuchen und den Toten zu erlösen.

Lange und glücklich saß ich an dem warmen Ofen. Aber alles hat seine Zeit, und als sich die Stunden des Glücks erfüllt hatten, erhob ich mich. Ich bewegte mich unsicher, als wäre die Dunkelheit, in der Nähe der Fenster vom Licht der Straßenlaterne etwas verwässert, plötzlich dichter geworden. Ich durchschwamm sie aber bis zum Ufer der Tür, und als ich an der Schwelle erschien, im Licht jener Blume, durch deren Stiel man mühselig eine Neonröhre gezogen hatte, sah ich die Hotelhalle und an der Rezeption die bekannte Dame. Ich grüßte sie freundlich, sie antwortete fast herzlich. Nach ihrer Meinung war Bürstes Beerdigung großartig ausgefallen und so würdig, wie es sich gehörte, so wie es sich der Tote gewünscht hätte. Ich nickte zum Zeichen des Einverständnisses, zeigte aber kein größeres Interesse, und deshalb verstummte sie. Sie fügte noch hinzu, man habe von der Polizeistation angerufen. Sie habe aber nicht gewußt, wo man mich suchen solle. Oberleutnant Siemienski bat nur darum, Grüße zu übermitteln, was sie nun mit Vergnügen tue. Ich bedankte mich und trat auf die Straße.

Der Frost lief leise zwischen den Häusern, drängte sich durch die Zäune in die Gärten, wo die Obstbäume, von Strohpuppen geschützt, schlummerten. Der Sturm hatte sich aus der Stadt gestohlen, ich sah nur noch in der Ferne im bleichen Licht der Laterne verschwindende Schneewirbel.

Der Schnee knackte unter den Füßen, weiße Decken lagen träge auf den Dächern. Die Wolken waren auseinandergerückt wie ein Bühnenvorhang, und am Winterhimmel über der Stadt erglühten kalte Sterne. In solchen Nächten denken die Menschen gern an ihre Kindheit zurück. Dann duften für sie wieder Gerichte, die es längst nicht mehr gibt. Wenn sie die Augen schließen, sehen sie mit schmerzlicher Deutlichkeit den Weihnachtsabend, irgendwo und irgendwann, als sie noch kleine Menschlein waren, als man sie Weihnachtslieder lehrte und sie unter dem Christbaum Bilderbücher, Puppen, Spielsoldaten und mit Goldstaub gefärbte Ruten vorfanden. Es kommt vor, daß sie sich dann auch an die Gesichter ihrer Mütter und Väter erinnern. Dann überkommt sie die Sehnsucht nach dem verlorenen Glück.

Der Schnee lärmte unter meinen Füßen. Ich dachte an Bürste, dessen Weihnachtsabende unter den Rädern der rasenden Lokomotive verlorengegangen waren. Dort auf dem Bahngleis waren sie geblieben, auseinandergetragen und zerstreut über den Bahndamm. Sträucher und Gräser waren alle seine Dinge, die wahren und die erträumten, die ganze Last seines Lebens und auch noch das, was es in seinem Leben niemals gegeben hatte, was andere Menschen geschaffen hatten, also ihre Gedanken über ihn, ihre guten und bösen Gefühle und auch ihre Träume, an denen er teilhatte, ohne es zu wissen, als wäre er schon viel früher gestorben.

Nur ich war übriggeblieben, der Hüter seiner Existenz.

Hier gab es ihn nirgends. Die Welt hatte ihn verstoßen, um so grausamer, als sie noch immer damit beschäftigt war, die Spuren seiner Anwesenheit fortzuräumen, die Fehler seines Lebens zu tilgen, seine Wege zu begradigen, auf denen langsam schon das Gras des Vergessens keimte. Er war nicht anwesend, denn man hatte ihn mit zarter Niederträchtigkeit aus dem Bereich der Subjekte in den der Dinge verschoben, niemand sprach mehr zu ihm, man sprach nur noch über ihn – und sie dachten auf diese Weise Bürstes Anwesenheit zu verlängern. Im Grunde genommen faulte er aber und zerfiel schneller als in der Erde, wo er noch längere Zeit allein sein wird und fremd, bevor ihn die Welt der Käfer und Bakterien verschlingt, um ihn in die große Familie der organischen Verbindungen aufzunehmen. Sogar in hundert Jahren wird vielleicht jemand in dem vergessenen Grab Überreste dieses Menschen finden, er wird die Erde von den Knochen abschütteln oder von dem Totenkopf, und dann wird ihn heilige Furcht überkommen. In diesen aufgefundenen Knochen wird zweifellos etwas Materielles vorhanden sein, etwas, was wirklich Bürste gewesen war. Aber in den Gesprächen der Lebenden, die ihn jetzt so seltsam verabschiedet hatten, erschien er nur als Symbol ihrer eigenen Vorstellungen. Er war nicht er selbst, sondern nur ein Teil dieser Menschen, sie gingen mit ihm um wie mit einem Gerät ihres Gedächtnisses. Plötzlich war er nicht mehr eine Person, sondern er vervielfältigte sich, er war zwischen die

Spiegel getreten, die bis in die Unendlichkeit das Bild, seine Silhouette, seine Existenz, seinen Charakter zurückwarfen, wobei keines dieser Bilder wirklich er war. Es waren nur die Vorstellungen fremder Gedanken, er konnte also jeden Augenblick erlöschen, man konnte ihn auf den Speicher des Gedächtnisses tragen, zwischen verstaubtes Gerümpel, alte Koffer, abgenutzte Möbel. Man konnte ihn auch in den Keller werfen, in die Konfitüregläser, in die Flaschen Johannisbeerwein, zu den Kartoffeln, die vom vergangenen Herbst übriggeblieben waren. Es gab sicherlich solche, die ihn ehren und im Gedächtnis behalten wollten. Sie stopften also seine Bilder in Rahmen, hängten sie an die Wände, stellten sie auf Kommoden oder Regale, neben Reproduktionen von Picasso und Wojciech Kossak, je nach Geschmack. Langsam setzte sich dann Staub auf die Bilder, die Blicke der Menschen glitten gleichgültig über sein Gesicht, gedankenlos wie das Auge der Kuh über einen Stein im Felde.

Aber er sollte auch geschaffen werden auf eine Weise, die das Menschsein verhöhnte, denn es werden sich Leute finden, die sich beim Anblick seiner Fotografie flüchtig an ihn erinnern werden, warm und mit etwas Rührung daran denken, wie er war, wie er sich bewegte, wie er sprach und was er angerichtet hatte, als er mit einer schnellen Bewegung des Armes beim Mittagessen sein Rotweinglas umstieß und das Damasttischtuch befleckte, was bei der Hausfrau Panik hervorgerufen hatte, die die übrigen Gäste mit allgemeiner, aber künstlicher Fröhlichkeit zu überbrücken suchten. Er aber schien beschämt, sogar aufgeschreckt, verlor den freudigen Schwung und schwieg bis zum Ende des Essens, als hätte er ein schweres Verbrechen begangen. Sie werden auch an den Streich denken, den er seiner Cousine gespielt hatte. Sie konnte ihm jahrelang nicht verzeihen, daß er sie bloßgestellt hatte. Erst an seinem Grab konnte sie verzeihen, und dabei flüsterte sie: Staszek, was war er doch für ein Schelm gewesen ...

Kurz gesagt, sein Bild werden wohlwollende Menschen betrachten, die ihn, ihrer Grausamkeit und Sünde nicht bewußt, zerstückeln, ihn zu einem Zusatz der Begebenheiten machen und ihn in ein Eckchen der Realität drängen, ungeachtet dessen, daß er unendliches All war, sogar erstaunt über diesen Gedanken und ein wenig empört, denn in ihrem Leben hatte er nur eine Nebenrolle gespielt. Da war ein Wort, ein Ereignis, ein Zwischenfall, aus denen das Gewebe unseres Seins entsteht, das erst belebt wird von dem einen unsterblichen Funken, der in jedem von uns und nur für ihn allein brennt.

Und so werden sie ihn verteilen, verletzen, amputieren in ihren Erinnerungen, werden sich ihn aneignen, aus ihm ein Element ihres eigenen Lebens machen, ihn in verschütteten Wein verwandeln, einen Fleck auf der Tischdecke oder einen Spaziergang im Walde. Zwar wird der Wind seine Asche nicht verwehen, denn in einem soliden Grab herrscht nur die geheimnisvolle Bewegung der Einzeller, er selbst aber wird in der Welt zerstreut werden, durch die Mühle der Erinnerungen gedreht, der melancholischen Lächeln und Gedanken.

Er war also nirgends mehr. Doch als ich diese Feststellung gemacht hatte, empfand ich, daß sie durchdringende Unwahrheit war. Wieder war ich von phantastischen Vorstellungen ergriffen, ganz in dem Zwischenspiel gefangen, das mich umgab wie ein Spinnennetz. Ich dachte, daß für Bürste die Pause vorbei sei, die für uns immer noch andauert, was nicht bedeutet, daß er alles verloren hatte, ohne etwas Neues zu gewinnen. Am stärksten tröstete mich der Gedanke, daß er für sich gar nicht gestorben sei, denn man kann doch für sich selbst nicht tot sein. Man ist es nur für andere, nicht für sich selbst. Wenn es Gott gibt, sitzt Bürste mit Ihm beim ewigen himmlischen Mahl und genießt Freuden, von denen wir keine Vorstellungen haben. Wenn es Gott nicht gibt, wurde Bürste zur Materie des Alls und der Unendlichkeit, zur Bewegung der Planeten und dem Rhythmus der Zeit. Dann hat er sich in den Wind verwandelt, der nun vom Fluß heraufweht, in ein Frühlingsgras, eine Kalorie, ein Ampere und auch in den Schatten, den meine Gestalt bei Sonnenschein auf den Gehsteig wirft. Einsam und unwiederholbar wurde er zur Vielfalt der Welt, zur Qual und zur Wonne jeglichen Seins.

Und doch gab es ihn nirgends mehr. Ich dachte mit Wehmut, daß es nicht sicher sei, ob die Fotos, die alten Briefe und die flüchtigen Erinnerungen der unterschiedlichsten Menschen, ob das alles, was eigentlich so kümmerlich, so platt und unsinnig scheint, nicht jene seltsame Schönheit des Zwischenspiels ausmacht, in dem wir noch zu verbleiben haben. Der Gedanke an Bürste, sein Bild, auf dem der Blick einen Moment lang verweilt, ein Stückchen Papier mit seiner Schrift – das alles bedeutet doch nicht nur, daß die Anwesenheit dieses Menschen zur Vergangenheit geworden war, sondern erinnert auch an die Tatsache, daß er fortgegangen ist, bereitet uns auf den Augenblick vor, in dem uns die Welt ebenfalls aus dem Bereich der Subjekte in die Dimension der Ereignisse und Dinge schieben wird. So betrachtet, schien mir der Gedanke an Bürste gut und am Platze, denn so oder anders war es doch ein Gedanke über jenes Tabu unserer Zeit, an die Sache, die man lieber nicht benennen sollte, die man beschönigend das Fortgehen,

Abwesenheit, Abschied oder Reise in die Unendlichkeit nennt, der man in jedem Gespräch ausweicht, die man mit schlau vereinbartem Schweigen umgibt, um das Geisterhafte in den Bereich der Physiologie zu stoßen, aber doch nur scheinbar, denn die Angst gibt uns die wahnwitzigsten Ideen ein, und was das Maß der Natur ist, das Maß des Sinnes und der Existenz – versuchen wir auf Sittenkultur zu begrenzen. Der Gedanke an einen Toten kann also gelegentlich einen Menschen entlarven, bis auf die Knochen bloßstellen, ihn mitten in der Nacht dem Stich der unendlich wichtigen Erkenntnis preisgeben, vor der er tagsüber flieht, ein gewitzter und starrsinniger Betrüger, den Träumen und Visionen hingegeben, den Ansichten und Tatsachen, die er nur deshalb erfindet, um in sich selbst den Sinn zu erlegen und zu hetzen, jenseits dessen die Dinge keine Bedeutung mehr haben.

Der flüchtige Blick auf die Fotografie eines Verstorbenen, die schlichten Gedanken an ihn können also für uns zur Brücke werden, über die man in den weiten, finsteren Raum gelangt, in dem, wie die Menschen glauben, sich nur Geister herumtreiben. Wenn man erst einmal dort ist, stellt man fest mit etwas gutem Willen, Tapferkeit, Demut und Begeisterung, daß vor uns das Land der Versöhnung liegt.

Es schneite immer noch. Durch das Fenster sah ich verfallene Mauern ... Als ich hinunterkam, saß er am Ofen. Sein Gesicht war rot und verquollen, mit Tränensäcken unter den Augen. Er erinnerte mich an einen alten Hund, der lange Jahre in unserer Familie gelebt hatte.

»Ach, Sie sind es«, sagte er. »Sie sind ein früher Vogel.«

Bitte beachten Sie auch die folgenden Seiten

Andrzej Szczypiorski im Diogenes Verlag

Eine Messe für die Stadt Arras

Roman. Aus dem Polnischen
von Karin Wolff. detebe 22414

»Wir sollten vorsichtiger sein, wenn wir uns über ›die besten Bücher‹ und ›die wichtigsten Autoren‹ äußern, denn es ist allzeit wahrscheinlich, daß wir die gar nicht kennen. Zum Beispiel den Roman *Eine Messe für die Stadt Arras* von Andrzej Szczypiorski.«
Ulrich Greiner / Die Zeit, Hamburg

»*Eine Messe für die Stadt Arras* ist Andrzej Szczypiorskis Hauptwerk.« *Marcel Reich-Ranicki / FAZ*

Die schöne Frau Seidenman

Roman. Deutsch von
Klaus Staemmler. detebe 21945

»Gelassen, aller pessimistischen Geschichtsbetrachtung zum Trotz, blickt Andrzej Szczypiorski über die Jahrzehnte zurück auf die finsteren Zeiten, die er selbst einst durchlebt hat, in den Flammen des Warschauer Aufstands und danach im KZ Sachsenhausen. Mit herber Ironie erzählt er von Gerechten wie Schurken, von guten Patrioten und Henkersknechten, Todgeweihten und noch einmal Davongekommenen, deren Geschicke sich verknüpfen zu dramatisch gerafftem Romangeschehen.« *Der Spiegel, Hamburg*

»Ein leises und poetisches Buch, das ausspricht, was beim Namen genannt zu werden verdient – damit wir nicht vergessen, was niemand mehr hören und sehen und wissen mag.« *Frankfurter Allgemeine Zeitung*

Amerikanischer Whiskey

Erzählungen. Deutsch
von Klaus Staemmler. Mit einem Vorwort des
Autors zur deutschen Ausgabe. detebe 22415

»Gesättigt mit Welt und Erfahrung sind die Geschichten; ein souveräner Kopf und blendender Erzähl-Techniker schildert das ewige Menschheits-Monopoly, Macht und Ohnmacht, erlebt am eigenen Leibe. Turmhoch stehen diese Erzählungen über dem grassierenden esoterischen Gefinkel und knieweichen Selbstbeweinen heimischer Floristen.«
Der Spiegel, Hamburg

Notizen zum Stand der Dinge

Deutsch von
Klaus Staemmler. detebe 22565

»Diese Aufzeichnungen sind das Dokument der Auseinandersetzung eines aus seinem Lebenszusammenhang gerissenen Individuums mit einer aus ihrem organischen Zusammenhang herausgerissenen Zeit – und des Versuchs, sich aus dieser Zeit heraus in einen Bereich der Zeitlosigkeit zu retten. Authentisch, subjektiv und schonungslos.« *Neue Zürcher Zeitung*

Nacht, Tag und Nacht

Roman. Deutsch von Klaus Staemmler
Leinen

»*Nacht, Tag und Nacht* ist ein sehr nachdenkliches Buch, dessen Stärke in der Verknüpfung anschaulichen Erzählens mit kompromißloser Reflektion liegt. Im Schicksal einiger farbig gezeichneter Figuren wird das Lebensopfer einer ganzen Generation spürbar.
Szczypiorskis Abrechnung mit der Vergangenheit seines Landes ist schonungslos.«
Bayrisches Fernsehen, München

Sławomir Mrożek im Diogenes Verlag

Striptease

und andere Stücke

Aus dem Polnischen von Ludwig Zimmerer

Inhalt: *Polizei, Auf hoher See, Karol, Striptease, Das Martyrium des Piotr O'Hey, Der Truthahn.*

Auf hoher See gibt es kein Entrinnen: Einer der drei schiffbrüchigen Männer auf dem Floß soll aufgefressen werden, damit wenigstens die beiden anderen überleben können. Jeder versucht den anderen davon zu überzeugen, daß gerade er sich opfern müsse. In pointierten Dialogen werden die Lügen und Phrasen erkennbar, mit denen Menschen dazu gebracht werden, ihr Leben zu opfern.

In *Karol* kommen ein ebenso schießwütiger wie kurzsichtiger Opa und sein grobschlächtiger Enkel zu einem Augenarzt. Mittels einer neuen Brille will der Opa den von ihm verfolgten und gehaßten ominösen Karol endlich erkennen und ihm mit der Flinte eins aufs Fell brennen. Der Augenarzt befürchtet, von dem Opa für besagten Karol gehalten zu werden. Aus Angst wird er zum Komplizen der verrückten Karol-Jäger.

In *Striptease* werden zwei Männer in einen gefängnisartigen Raum gestoßen, dessen Türen offen sind. Die Männer, beide in Straßenanzügen und mit Aktentaschen ausgestattet, versichern sich gegenseitig, daß ›das Ereignis‹ keinerlei Bedeutung habe und kein Grund zu Beunruhigung bestehe. Wenn sie wollten, könnten sie ja jederzeit den Raum verlassen. Während die beiden Männer sich in eine philosophische Diskussion über den Freiheitsbegriff verstricken, schließt eine riesige Hand von außen die Türen…
»Als das Stück Anfang der sechziger Jahre auf die Bühne kam, ließ sich dieser *Striptease* unschwer als

absurde Parabel auf die politischen Zustände Polens deuten. Wenn man das Stück heute wieder sieht, ist man fast verwundert, wie allgemeingültig die Botschaft ist.«
Thomas Thieringer/Süddeutsche Zeitung, München

In *Polizei* will der einzige Häftling eines nicht näher bezeichneten Landes endlich das Papier unterschreiben, das ihm seine Freilassung einbringen wird. Der Verschwörer, der inzwischen einzige Oppositionelle im Land, räsoniert, daß er sich wohl im Irrtum befinden müsse, wenn alle anderen Bürger mit der Regierung einverstanden seien. Doch da bittet ihn der Polizeipräsident händeringend, standfest zu bleiben: Wenn er nämlich seinen letzten Gefangenen als ›geläutert‹ freilassen muß, werden er und seine sämtlichen Beamten überflüssig.
»Mrożek hält der Diktatur mit scheinheiligem Augenaufschlag ein ins Groteske übersteigertes Wunschbild begeisterter Untertanen entgegen und schlägt in jedem der drei Akte einen neuen, absurden Salto. Die Satire mündet in eine wahre Verhaftungsorgie: General, Kommandant und Leutnant liefern sich ein dialektisches Scharmützel, bei dem Mrożek die pfiffige Vieldeutigkeit der marxistischen Dialektik persifliert. Schließlich wird jeder von jedem mit überzeugenden Argumenten verhaftet.« *Hellmuth Karasek*

Tango

und andere Stücke

Deutsch von Christa Vogel und M. C. A. Molnar

Inhalt: *Eine wundersame Nacht*, *Zabawa*, *Der Kynologe am Scheideweg*, *Der Tod des Leutnants*, *Tango*, *Der Hirsch*, *Racket-baby*.

In *Tango* erinnern sich Arturs Eltern und Großeltern an die Zeiten, in denen Tango zu tanzen noch ein Skandal war. Doch mit diesen und allen anderen Zwängen und Konventionen haben sie gründlich aufgeräumt. Der Enkel Artur beschwert sich nun über die totale Freiheit, »weil nichts mehr möglich ist, weil eben alles möglich ist«. Artur fordert sein »Recht auf Aufruhr«.

»Die Stücke des heute in Mexiko lebenden polnischen Autors mögen es, politische und gesellschaftliche Mechanismen derart konsequent ins Absurde zu treiben, daß sie unterhaltsam durchschaubar werden. *Tango* hat von seiner kritischen Qualität als Farce kaum etwas eingebüßt, erweist sich als noch immer verblüffend offen für Deutungen und aktuelle Bezüge: Artur als Yuppie-Sproß der in die Jahre gekommenen Tabubrechergeneration. Oder: Artur als hilfloser ›Fundi‹ im Anything-goes-Geschwätz.«
Neue Zürcher Zeitung

»Mrożeks Artur ist der Hamlet von heute; eine tragische Figur, weil er die neue Form einer Welt, die ihm nicht behagt, durch eine alte ersetzen will, an deren Inhalte er aber selbst nicht mehr glaubt.«
Die Weltwoche, Zürich

Eine wundersame Nacht verspricht es zu werden, als sich zwei Kollegen auf Dienstreise in einem kleinen, stickig heißen Doppelzimmer wiederfinden. Mit ausgesuchter Höflichkeit besprechen die beiden Herren, wer das Bett am offenen Fenster nehmen soll, wer sich zuerst waschen darf, wer an der Reihe ist, das Licht zu löschen. Nachts erwachen beide durch ein Geräusch: Der vermutete Einbrecher entpuppt sich als junge Dame. Beide Kollegen fühlen sich sehr angesprochen und machen der Dame den Hof – bis der eine bemerkt, daß das Ganze nur ein Traum sein kann. Ein Traum, den sie beide gemeinsam träumen. Und was wäre günstiger als ein Traum, um dem werten Kollegen einmal zu sagen, was man schon seit Jahren von ihm hält?

»Der Ausgangspunkt von Mrożeks Stücken ist die Parodie: ihr Ziel ist die Darstellung des organisierten

Chaos, die Demontage des Mechanismus der modernen – sozialen, moralischen, politischen u.a. – Widersprüche, das Vorzeigen der Gegensätze zwischen Kostüm und Wahrheit, Lebensart und Leben, Wirklichkeit und Weltanschauung. Man sagt in Warschau, Mrożek besitze das absolute Gehör für groteske Zustände, für Komik. Unter der Oberfläche seines Gelächters verbirgt sich – wie in Shaws paradoxen Parabeln und wie in Majakowskis Buffo-Mysterien – das düstere Drama der Gegenwart. Mrożeks Komik möchte die Imitation mit Hilfe der Imitation kompromittieren. Man kommt ihm näher, wenn man sich einen kafkaesk verfremdeten Čechov oder einen slawisch parodierten Kafka denkt. Die Überführung des Schwachsinns der total verwalteten Welt, die Reinigung vom Pathos durch Ironie ist die Katharsis dieser Stücke.« *Karl Dedecius*

Der Botschafter

und andere Stücke

Deutsch von Christa Vogel und M. C. A. Molnar

Inhalt: *Der Botschafter*, *Ein Sommertag*, *Alpha*, *Der Vertrag*, *Das Portrait*, *Die Witwen*.

Der Botschafter eines großen Landes bekommt vom Sonderbeauftragten seines Gastlandes ein merkwürdiges Geschenk: ein großer hellblauer Globus – ohne Kontinente. »Das ist kein Fehler«, sagt der Sonderbeauftragte. »Wir arbeiten noch daran.« Eines Tages, wenn die Aufteilung der Welt perfekt wäre, würden die Kontinente und Ländergrenzen eingezeichnet werden. Noch während der Sonderbeauftragte spricht, hört man eine Stimme um Hilfe rufen. Plötzlich stößt der Kopf eines Mannes oben durch den Globus hindurch, wie ein Küken aus dem Ei. Der Botschafter möchte dem unerwarteten Gast etwas anbieten: »Was darf's denn sein? Ein Martini? Ein Sherry?« – »Asyl!«, antwortet der Mann. »Ich bin Flüchtling. Ich bitte um Asyl.«

Alpha, der angebetete Volkstribun einer Massenprotestbewegung gegen ein totalitäres Regime, wird während eines Aufstands von der Geheimpolizei festgenommen. Man bringt ihn in ein höchst luxuriöses Gefängnis, ein von der Geheimpolizei extra zu diesem Zwecke requiriertes Schloß. Beta, der Chef der Geheimpolizei, erklärt Alpha die Situation. Nach der blutigen Niederschlagung des Aufstandes, ist das Regime um sein Image besorgt: »Wir haben zwar die Macht, aber wir haben keine Ausstrahlung.« Die möchte man sich gern bei Alpha ›ausleihen‹...

Der Vertrag wird zwischen dem älteren, begüterten Herrn – Magnus – und dem jungen Kellner eines Schweizer Nobelhotels – Maurice – geschlossen. Magnus hat sich nämlich verkalkuliert. Sein Geld geht zu Ende, es reicht gerade noch für ein paar Monate Aufenthalt in dem teuren Hotel, das seit Jahren sein einziges Zuhause ist. Zum Selbstmord fehlt Magnus der Mut, deshalb offeriert er Maurice den Rest seines Vermögens dafür, daß er ihn innerhalb einer Woche schmerzlos und überraschend ins Jenseits befördern möge.
»Mrożek zeigt sich mit *Der Vertrag* auf der Höhe seiner Kunst. Der polnische Dramatiker verknappt das Personal seines dialektischen Denkspiels auf zwei Figuren und stellt die Fabel völlig in den Dienst seines Themas: das spannungsreiche und höchst labile Verhältnis von Herr und Knecht.« *Frankfurter Rundschau*

»Mrożek ist ein engagierter Schriftsteller – also hält er die Literatur nicht für eine erhabene Spielerei mit Worten, sondern für ein Mittel, auf die Menschen zu wirken. Er ist Humorist – also meint er es besonders ernst. Er ist Satiriker – also verspottet er die Welt, um sie zu verbessern. Er ist Surrealist – also geht es ihm um die Wirklichkeit, die er mit überwirklichen Motiven verfremdet, um sie zu verdeutlichen. Er ist ein Mann des Absurden – also zeigt er das Widersinnige, um die Vernunft zu provozieren.« *Marcel Reich-Ranicki*

Die Giraffe
und andere Erzählungen

Deutsch von Christa Vogel
und Ludwig Zimmerer

Der vorliegende Band enthält die ersten Erzählungen und kleineren Prosastücke Mrożeks aus den Jahren 1953–1960, darunter so bekannte wie *Der Elefant, Hochzeit in Atomweiler*, *Der Schwan* und *Die Giraffe.*

»Mrożek zeigt in surrealistischen Miniaturen, die von grotesken Einfällen strotzen, vor allem die Folgen der Propaganda im Bewußtsein der durchschnittlichen Menschen. Dieser Satiriker kritisiert die Gesellschaftsordnung, in der er lebte, lediglich vom Standpunkt der Logik. Er liebt phantastische Motive, aber er ist der Sachverwalter der Vernunft und des gesunden Menschenverstandes. Und eben deswegen verdeutlicht er die Absurdität der von ihm dargestellten Welt.«
Marcel Reich-Ranicki

»Mrożeks Satiren sind mehr als in Allegorie verschlüsselte Leitartikel zu Tagesfragen. Sie sind Parabeln, die nicht ins Allgemeine, Unverbindliche hinwegschwindeln müssen, um zu Dichtungen zu werden.«
Hellmuth Karasek

»Mrożeks Stärken sind bekannt: Ironie und Phantasie. Der Pastiche, die Ausnutzung der Pointe, Stilparodien die polemische Verkehrung der Motive, das dialektische Schattenboxen – all dies bereitet ihm selbst wie auch seiner Lesergemeinde sichtbares Vergnügen.«
Tadeusz Nowakowski

»Der vor allem als Dramatiker bekannt gewordene Autor erweist sich auch als pointenreicher Prosaschriftsteller, der mit seinem Witz der Absurdität unserer Wirklichkeit zu Leibe rückt und die Wechselbeziehung von Realität und Irrealität ins Spiel bringt.«
Neue Zürcher Zeitung